ハヤカワ文庫JA
〈JA1291〉

逆転裁判
時間旅行者の逆転

円居 挽

早川書房
8053

逆転裁判　時間旅行者の逆転

2001年

二〇〇一年　二月二十七日　午後七時二十六分
勇盟《ゆうめい》大学　工学部キャンパス

　これからどうしよう……。

　もうじき春だというのに、尾根紡優子《おねぼうゆうこ》は途方に暮れながら遊歩道を歩いていた。

「馬鹿も休み休み言いたまえ！　タイムマシンなんてふざけたものを研究したいのなら私の目の届かないところでやりなさい！」

「そうですか。では解りました。今までお世話になりました！」

　売り言葉に買い言葉、教授と大喧嘩して研究室を飛び出したはいいが行くアテは特にない。暗い前途を思って優子はため息を吐いた。

　昔から勉強はできる方だったが、大学院で二年過ごしてようやく自分が天才ではないことに気づかされた。他人の研究を手伝う才能こそあったが、一人で新しい研究を進めるために重要で必要な閃《ひらめ》きが欠けていたのだ。ましてやタイムマシンの開発なんて雲を摑むような話だった。

私は誰かの研究を手伝いながらこの世界に留《とど》まるのが一番いいのだろう。だけど……どうしてもやりたいことがあるのだから仕方がない。どうしてもタイムマシンを作らなくてはならないのだ。とっかかりなんて全然見えないけれど、やりたくないことをして自分を誤魔化《ごまか》す気にはなれなかった。

論文は通ったので修了はできるだろうが、優子が勇盟大学で研究を続けていくことはもう無理そうだった。別の大学の研究室を探すか、それとも企業の研究部門に就職するか……しかし表立ってタイムマシンの研究を掲げているようなところなんてなかった。

一人寂しく歩きながら、ふとこれまでの記憶が甦《よみがえ》る。

「尾根紡さんは頭いいんだね」

「そっか。タイムトラベルできたらいいね」

「二十二世紀行ったらお土産《みやげ》ちょうだい」

タイムマシンを作るのは子供の頃からの夢だった。優子が夢を周囲の人間に熱っぽく語ると、みな曖昧《あいまい》な笑顔で励ましの言葉を返してくれた。あれはずっと難解な話に戸惑っていたのだとばかり思っていたのだが、もしかして優子のことを頭のおかしい人間だと見做《みな》していたのかもしれない。

だとしたら私のこれまでの人生は何だったんだろう。いや、タイムマシンはいつか人類が作るべきもの、私は早く生まれすぎたのかもしれない……。

もやもやと考えながら歩き続け、遊歩道の終点にさしかかった頃、突然男性が優子の前に転げ出て来た。あまりのことに優子の身体は硬直する。なんとか動いた首で周囲を見回したが、生憎《あいにく》冬の夜にキャンパスをうろついているのは自分だけのようだった。

やがて男性は優子に気がついたようで、弱々しい笑顔と共に声をかけてきた。

「き、君。ちょうど良かった。今日は何月何日かね？」

逃げ損なったと思いつつ、優子は日にちを答える。

「え、二月二十七日ですけど」

「西暦は？」

「に、二〇〇一年です」

それを聞いた男性は怖い顔で目をクワッと見開いたかと思うと、モジャモジャ頭を掻きながら突然笑い始めた。

「ハハハ……大成功だ！」

笑っている間は襲いかかってくることもなかろうと思い、優子は男性を観察する。

年齢は三十代か四十代……服越しでも太鼓腹が目立つ体形だから、もしかするともっと歳がいっているのかもしれない。男性はアタッシェケースと手提げカバンを一つずつ持っており、よく見ると怪我もしている。どうやら何らかのトラブルに巻き込まれているようだ。

本能では今すぐ逃げるべきだと解っていた。なのに優子の理性はそれを無理矢理抑え込もうとしている。

だって……通りすがりの人間に今日が何月何日かを訊くだなんて、何度夢に見たか解らない。わざわざそんな馬鹿な質問をするのは自分のような夢想家か、本当にタイムマシンを開発した人間だけだ。

「あの……怪我されてますよね。良かったら手当をさせて下さい。それから……お話を聞かせてもらえませんか？」

男性は少し驚いた後、「いいとも」と言って歯を覗かせた。

近くのドラッグストアで絆創膏《ばんそうこう》と消毒薬を買った優子は、キャンパス内のベンチで彼の手当をした。

「イテテ……やはりしみるな。しかしこれで助かった。礼を言うよ。ええと……」

「尾根紡優子です」

「ワタシの名前は北三田《きたみた》耕太《こうた》、信じられないかもしれないが二〇一六年の十月三日からやって来た」

「信じます！」

「はは、無理せんでいいよ。冗談半分で聞いてくれ」

「それより、二〇一六年にはタイムマシンが完成しているんですか？」

「ああ。試作品だがな。ワタシが完成させた」

耕太はそう言って自慢げな表情を浮かべた。

「しかしワタシに恨みを抱く奴がいてな……そいつの襲撃を受けたんだ。とりあえず過去に逃げたはいいが、少々逃げすぎたな……」

「た、タイムマシンを見せていただけませんか？」

「構わんよ……ああ、でも今は意味がないな」

耕太は持っていたアタッシェケースを眺めて苦笑いする。アタッシェケースからは微《かす》かに焦げ臭い匂いがした。

「どうも壊れてしまったらしい。おそらく直せるとは思うが……何せここは十五年前の世界だ。機器や部品もワタシのいた時代とは違う。自転車のパンクを直すようにはいかんだろうな……」

耕太は突然優子に向かって頭を下げた。

「尾根紡さん、厚かましいお願いかもしれないが、マシンの修理を手伝ってくれそうな人間に心当たりはないかね？　工学の基礎知識があって、ある程度機械を触り慣れているということなのだが……勿論、相応のお礼はできる」

そう言って耕太が手提げカバンのチャックを開けると、中には札束が沢山入っていた。

「別に銀行強盗をしたわけではないぞ」

耕太はまず冗談めかしてそんな断りを入れた。

「これはワタシの財産だ。タイムトラベルの際に咄嗟《とっさ》に掴んだのが幸いした。何、不届き者にみすみす金をくれてやることはないと思ってな。奴め、今頃悔しがってることだろう。ワハハハ」

「不届き者というのは？」

「ワタシを妬《ねた》んで、全てを奪おうとした奴がいたのだよ。危うく殺されるところだったが、間一髪タイムトラベルで逃げることに成功した。しかしワタシがいなくなれば、奴はワタシの地位を奪うだろう。そうなれば研究データは奴の手に落ちる。それを防ぐためにもワタシは二〇一六年に戻りたい。だが一人では無理だ」

これは……まさに渡りに船ではないか。

優子は胸の高鳴りを抑えながら、こう申し出る。

「あの、私では駄目ですか？　大学院生なんですけど」

「いや、勇盟大の院生なら願ったり叶ったりだが……自分の研究は良いのかね？」

「それが……実はタイムマシンの研究をしたいと口にしたら、教授と喧嘩になりまして」

優子は自分が真剣にタイムマシンを研究したいと思っていたことを話した。

「ワハハハハ、それはそれは」

耕太は大笑いした後、すぐに真顔になった。

「おっと失礼。君を笑ったのではない。その無能な教授を笑ったのだ」

「えっ」

「心ない言葉ならワタシも散々浴びてきた。だが所詮、凡人には解らんのだ。発明とは道のない荒野を進むようなもの、必ず目的地に辿り着く保証はないが……それでも臆病者たちに笑われるいわれはない」

長年付き合いのある人間に傷つけられることもあれば、初対面の人間の言葉に救われることもある。

自分と同じ夢を抱いて、同じように辛い目に遭って来た人に出会えるなんて……運命かもしれない。同じ痛みを共有しているこの人ならば自分の夢を託してもいい……。

優子の胸は感動で一杯だった。

「お手伝いさせて下さい」

「喜んで。君はもう同志だ」

二十四年生きてきて、一番嬉しかった瞬間だったと思う。

「そうと決まれば早速どこかで物件を借りよう。まだこの時代にはないが、ひとまずラボは必要だからな」

こうして優子の夢はようやく動き出したのだった。

二〇〇一年　十月一日　午後四時十分
ラボキタミタ　作業場

頑張って下さい……あと少し。

優子はその作業を固唾《かたず》を呑んで見守っていた。

「ふう。これで良し……」

装置の最後のボルトを締め終えた耕太がスパナを置いて汗を拭く。

「君と出会ってからここまで半年以上かかったが、ついに完成だ」

優子は力一杯拍手した。前日から徹夜していることもあって気分がハイになっている。

「博士、おめでとうございます！」

「うむ、尾根紡君が手伝ってくれたお陰だ。この半年、君は本当によくやってくれた」

三月で大学から追い出されてしまった優子だったが、助手としてラボに籠もっている耕太に代わって部品の調達や光熱費の支払いなど、様々な手伝いをした。しかし大学院でやりたくもない実験をやらされていた時に比べたら遙かに充実した毎日だった。

「あの、もう未来に帰ってしまうんですか？」

この半年、細々とした手伝いばかりで優子はタイムマシンの理論的な面を学ぶ余裕がなかった。優子としてはまだまだ耕太の傍で学びたい。

そんな優子の心配を知ってか、耕太は優しく諭《さと》してくれた。

「落ち着きなさい。何も今日明日いなくなるわけではない。まだまだやることがある。それに君にもご褒美としてタイムトラベルを体験して貰わないと」

「感激です！」

「しかしその前にまず未来をあるべき姿に直さねばならない。その仕事を終えたら、必ずこの時代に迎えに来る……と言ってもそう長く待つ必要はない筈だ。君の視点だとワタシが未来へ発ってからせいぜい数時間後に帰ってくるだろう」

だけど博士が帰ってくるまでの短い時間を私は一日千秋の思いで待つんだろうな……相対性理論の不思議だ。

優子はずっと耕太に訊《たず》ねたかったことを思い出した。

「あの、博士はどうしてこの研究を？」

この半年、それとなく訊ねてもはぐらかされていたが、そろそろ教えて貰ってもいい頃合いだ。

「あまり未来のことを知るべきではないと思うが……そうだな、ワタシを襲ったあの男に妻を殺されたとだけ言っておこう」

「そんな……」

何者かに襲われたことは知っているが、奥様の命まで奪われていたとは思わなかった。

「ああ、あいつはひどい人間だ。自分の目的のためなら平気で他人を踏みつけにする。ワタシも襲われたが、命が助かっただけマシだ」

「これから一体どうするつもりなのですか？」

「ワタシは二〇一六年十月三日の午後九時から二〇〇一年二月二十七日の午後七時に飛んで

きた……つまりこのままでは二〇一六年十月三日の午後九時以降にワタシは存在していないことになる。だから元の時間に戻ろうと思う。その際、座標を指定してあの男の真後ろに現れてやろう。そのまま一発殴りつけてよろめいたところを、ふん縛って警察に突き出す予定だ。もう妻を取り戻すことは叶わないが、それぐらいは許されるだろう……」

「奥様を助けることはできないんですか？」

「妻が殺されたのは二〇一二年だ。その時は不幸な事故だと思っていたが、かなり後になって奴の仕業だと気がついた。しかし四年も前の事象を修正したら、ワタシの現在にどんな影響が起きるか解らない。残念だが諦めるしかない」

「そんな……」

それはにわかには信じがたい内容だった。

「少しワタシの子供の頃の話をしようか。十歳になるまでワタシは本当に夢のない少年だった。同級生たちはスポーツ選手やヒーローに憧れていたが、運動神経のない自分には到底無理だと思って最初から諦めていたぐらいだ」

「十歳の時に何があったんですか？」

「未来のワタシが目の前に現れてな。ワタシが為すべきこと……いや、為したことを教えてくれたんだ。『君はタイムマシンを発明する』とな」

「それは……本当なんですか？」

耕太は心外そうな視線を優子に向け、苦笑する。

「別に信じてくれなくても構わないぞ。もっともその男は名乗らなかったが、ワタシは二十歳を過ぎて自分がその男の風貌に近づいていることに気がついたんだ。だからあの出来事は未来のワタシからのメッセージだったのだと解釈した。余計なことをして過去を変えようとすると、最高の未来は消え失せるぞと釘を刺したかったのだろう」

「……それでも羨《うらや》ましいです。私のところには私が来ませんでしたから、きっと発明できなかったんでしょうね」

心からの言葉だった。自分が幼少期にそんな体験をしていたら、きっと今よりもずっと強い意志を持って生きていただろうに。

「そう腐るもんじゃない。未来の君の方がずっと理性的だったというだけの話だ。ええと、ワタシの話だったな。ともかくその一件で初めて人生の目標ができたんだ。それでワタシは真剣にタイムマシンを作ろうと思った。中学高校大学とずっと勉強のし通しで……友人はロクにできなかったが充実した毎日だったよ」

「あ、そういえば……」

優子は今の言葉であることをふと思い出した。

「どうしたのかね、尾根紡君？」

「いえ……先日、大学の近くで博士によく似た若い人を見かけた気がするんです」

耕太はジロリと優子を見る。

「心当たりがある……もしかすると君が見かけたのは若い頃のワタシかもしれんな」

「あの、次見かけたら声をかけても良いですか?」

「駄目だ!」

普段は穏やかな耕太が大きな声を出したので、優子はとても驚いた。それほどのタブーなのだろうか。

「何故ですか?」

「そりゃ……君、未来のワタシを知っている人間が過去のワタシに話しかけては良からぬ影響を与えるかもしれないからだ」

「大丈夫です。決してネガティブなことは言いませんし」

「いや、それはそれで問題だ。ワタシの場合、未来の自分から『タイムマシンを発明する』という結果を教えて貰った。だが何もしないでタイムマシンが完成することはありえない。それどころか、諦めた時点で完成しないことが確定する。今思うとどれだけ苦労するのか教えて貰うべきだったな。まるで蜃気楼《しんきろう》みたいな夢だったよ」

なんだか煙《けむ》に巻かれているような気がする。

そこに電話がかかってきた。優子は慌てて受話器を持ち上げる。

「はい、こちらラボキタミタです」

すると電話口の向こうからゾッとするほど冷たい声が返ってきた。

『そちらにいる北三田さんと面会したい……取り次いでくれるかな?』

二〇〇一年　十月一日　午後八時三分
ラボキタミタ　控え室

博士に面会を申し込む人間って誰なんだろうか……。

六時頃、そんなことを考えていた優子は気がつけばデスクに突っ伏して寝ていた。徹夜が続いてすっかり睡眠サイクルがおかしくなってしまっている。時計を見ればまだ八時すぎ、早く帰って家で寝直そう。

しかし席を立った瞬間、先の疑問の答えを得てしまった。よく考えれば未来人である耕太に名指しで面会を申し込む人間がいることを、もっと不審に思うべきだった。そんなことをできるのは、耕太と同じ時間を生きた未来人だけではないか……。

「耕太ァ！」

突然、隣の作業場からそんな叫び声が聞こえて優子は我に返った。

そういえば夕方の電話、すぐに博士に受話器を渡してしまったから面会日時についての詳細は解らなかったけれど……もしかして今夜だったの？

叫び声に続いて、壁の向こうからは人間が激しく争うような音が聞こえてきた。博士が面会中に癇癪《かんしゃく》を起こして暴れているのならいいが、だったら自分の名前を叫ぶわけがない。きっと何かあったのだ。

優子は控え室のドアを開けて廊下の様子を窺う。すると外に通じるドアが微かに開いているのが見えた。侵入してきた何者かが作業場で耕太と揉めているのではないか。

様子見している間にも作業場からは何かが落ちたり割れたりする耳障りな音が聞こえてくる。中の諍《いさか》いは既に乱闘に発展している可能性が高そうだった。

このままこっそりと帰ってしまうことも可能だ。だが優子の良心が恩人を見捨てることを許さなかった。

優子は控え室を出て、廊下に立てかけてあったモップを握りしめると、ドアのガラス越しに作業場の様子を窺う。すると耕太と謎の男が睨み合っていた。どうやら乱闘は膠着《こうちゃく》状態になったらしい。

謎の男はこちらに背を向けているのもあって、顔も年齢も解らない。だが謎の男は後ろポケットに一目で大振りのナイフと解るものを差していた。男が後ろ手にそれに触れようとするのを見て、優子は一刻の猶予もないことを悟った。モップを強く握りしめると、ドアを身体で押し開けながら飛び込む。

「博士！」

その男はギョッとした様子で優子を見たが、すぐに素手で摑みかかってきた。

「放して下さい」

男は優子の右腕と左肩をしっかり摑んだ。可動部を押さえられてはモップで応戦もできない。

「尾根紡君！」

「自分の心配をしろ！」

男はそう叫ぶと優子を思いっきり突き飛ばす。結果、硬い壁に背面から叩きつけられた優子は、コンクリートの冷たさに顔を顰《しか》める間もなく意識を失った。

二〇〇一年　十月二日　午前六時三十三分
ラボキタミタ　作業場

どこかでドンドンと何かを叩く音が聞こえて優子は目を覚ました。

あれ、いつの間に作業場で寝てたんだろう……。

腕時計を見ると朝の六時半だった。眠った記憶もないが、前日徹夜していたから突然倒れたのかもしれない。

それにしてもなんだか身体と頭が痛い。身体が痛いのは硬い床の上で蹲《うずくま》るように寝ていたから。頭が痛いのは……何故だろう？

ふと音のしている方を見ると強面《こわもて》の男たちがドアのガラスを必死に叩いていた。どうやら開けてくれと言っているようだ。その懇願するような表情に哀れみを覚えた優子は、ドアを開けてやるべく痛みを堪《こら》えながら立ち上がった。

サムターンを捻《ひね》り、ドアを解錠する。だがすぐにチェーンロックがかかっていることに気がつき、合わせてそれも外す。そのまま優子はドアを開け、外の男たちにこう告げる。

「はい、開きましたよ」

だが男たちは感謝するどころか、優子を押しのけて作業場に殺到する。呆然として動けないでいると、背後から「死亡してます！」という声が聞こえてきた。

え、死亡って……誰が？

そう思う間もなく、優子は男の一人に手錠をかけられる。

「尾根紡優子、殺人容疑で逮捕する」

振り向くと、脇腹にナイフが刺さったまま物言わぬ死体になった耕太が倒れていた。

そうだ、私あの時、襲われて……じゃあ、この人たちは刑事さん？

事情を悟った優子は再び意識を失った。

二〇〇一年　十月九日　午前十一時
留置所

御剣信《みつるぎしん》はガラスの向こうにいる優子に訴えかけた。

「私はあなたの味方になれる人間です。どうか私を信用していただけませんか？」

しかし、彼女は首を縦に振らなかった。

信は当年三十五歳、実直な仕事ぶりが評判のベテラン弁護士だ。どんな難事件も粘り強く調査を重ね、突破口を見いだすのが信のやり方だったが、そのためにはまず依頼人の協力が必要不可欠だ。

「こういうことを言っては何ですが、今のあなたはとても絶望的な状況にあるんですよ」

優子が逮捕された大まかな経緯は、一応本人や別の弁護士からも聞いている。

事件があったのは十月一日の午後八時過ぎ。ラボキタミタで働いていた優子が上司である北三田耕太が何者かに襲われていることに気がつき、廊下に立てかけてあったモップで武装して、耕太を助けるべく作業場に飛び込んだ……。

しかし彼女の記憶はそこで途切れ、翌朝耕太の死体と一緒に気を失っていたところを警察に発見されることになった。それも内側から鍵とチェーンロックのかかった密室で……。

警察は即座に彼女を逮捕し、今に至るというわけだ。検察側の証拠固めも済み、起訴されようとしている。

最初は別の弁護士が担当しようとしたのだが、状況の厳しさと優子の非協力的な態度に匙《さじ》を投げ、信にお鉢が回ってきたというわけだ。弁護側にとって厳しい裁判になることは避けられないし、別に弁護を投げ出したって誰も責めないのは解っていたが、だからこそ信は自分が担当するべきだと思った。何故なら彼を動かすのは損得勘定ではなく正義の心だからだ。

正直なところ、信には優子がクロかどうか解らない。ただ、時々出会う、助けが必要なタイプの依頼者であることは間違いない。もっともクロだから手を引くというのも信の主義に反する。有罪も無罪もまずは手を差し伸べてからだ。そして最後までその手は離さない。

「尾根紡さん、内側から鍵のかかった密室で死体と一緒に発見されるということが、どれだけ危うい状況なのか解りますか？」

「それなりには……」

どこか他人事《ひとごと》のような響きがあるのは恩人を失ったショックのためだろうか。なんとなく全ての所作が投げやりに見える。

「私はあなたを全力で弁護します。そのために少しでも情報が欲しいんです」

信は自分の思いを真っ直ぐ伝えることにした。

「例えば法廷戦術として被害者が『犯人をどうにか追い出して、再度中に入れないために内側から鍵をかけただけだった』と主張することは可能です。しかし嘘の主張は些細《ささい》な事実一つで覆《くつがえ》されてしまうぐらい脆《もろ》いものです。私としてはできることなら真実を語って戦いたいのですが……」

「実は私、まず犯人の姿をあまり憶えていないんです」

「大丈夫ですよ。それぐらいは自分で見つけ出しますから。さあ、何でも話して下さい」

信がそう促《うなが》すと優子は何かを話したそうな様子だ。

「でも信じていただけるかどうか。お恥ずかしい話ですが、本気で話したことを笑われるのが怖いんです」

心配する優子に信は微笑《ほほえ》みかける。

「私は弁護士です。依頼人の話はいつだって真剣に聞きますよ」

「そういうことでしたら……」

優子は居住まいを正して、信の目を見つめる。

「もしも北三田博士の話が本当なら……犯人はもうこの時代にいないかもしれません」

「どういうことですか？」

「何故なら……博士は十五年先の未来からやって来た人なんです！」

優子が語った話はまさに荒唐無稽《こうとうむけい》の一言に尽きた。

優子は二〇一六年から逃げてきた北三田耕太という人物に雇われ、半年以上一緒に過ごしてタイムマシンを修理したというのだ。一応、給料は出ていたそうだが、そんな怪しい仕事によく手を貸したものだ。

そんな信の思いを知らず、優子の話は続く。

「私が思うに、犯人は未来で博士を襲った人間と同一人物ではないかと。殺害に失敗した犯人が足取りを追って過去に飛び、目的を遂げたんですよ。だとしたらもう、犯人は自分のいた時間に戻ってます。今から追ったところでどうにもなりません」

信はため息を吐く代わりに息を大きく吸う。話を聴いていて解ったが、優子からこちらをからかう意図は一切感じられない。それどころか真剣そのものなのだ。本人に嘘をついているという意識がないなら、個々の要素の妥当性をこちらで一つ一つ検証すればおのずと真実は明らかになるだろう。

「だいたいの事情は承知しました。でも安心して下さい。私の仕事は真犯人が誰かを告発することではなくて、あなたが犯人でないことを立証することですから。仮に真犯人がもう手の届かないところに逃げていたとしても、即有罪というわけではありません。そう、逃げた先がたとえ未来であっても関係ないんです」

「……私、助かるんですか？」

信は小さく首を横に振る。優子の不安を煽《あお》らないように、けれども過度な期待を持たせないように。

「それはまだ解りません。裁判というのは必ずしも無実の人間を救ってくれるものではありませんから」

残念ながら、裁判というのは弁護士と検事の真剣勝負だ。真実の側に立っていたとしても、未熟であればただ敗れ去るのみ……残酷だが、それが現実なのだ。

それでも信はどんな検事が相手であっても負けるつもりはなかった。

「ですが判決が出るその時まで、あなたを全力で助けることを誓いましょう」

二〇〇一年　十月十二日　午後〇時

しかし信の調査はいきなり暗礁《あんしょう》に乗り上げてしまった。

「……そうですか。解りました。引き続きよろしくお願いします」

信は電話の相手にそう念を押すと、渋い表情で受話器を置いた。

丸三日様々な手を尽くしたにもかかわらず、北三田耕太なる人物は見つからなかった。実際のところ、優子が被害者を北三田耕太と呼んでいたから便宜上それに倣っているに過ぎない状態だ。

「ふむ……これは困ったな」

一応、信頼できる筋に追加調査を頼んだのだがこのままでは望ましい結果は出そうにない。裁判の開始までまだ時間があるとはいえ、最初の一歩がこれではまずい。信としては依頼人を疑いたくはないのだが、優子の話の根幹を成す男が見つからない以上、弁護を組み立てることもままならない。

他のアプローチを考えるか……。

信は優子の話をよく思い返してみた。十五年先からやって来たという耕太は、壊れたタイムマシンと一緒に多額の現金を所持していた。そしてその現金を元手に今のラボキタミタを立ち上げた……それが半年以上前だから、一からラボを建てたということはない。つまり借りていたと考えるのが妥当で、事件現場となったあの建物にも元のオーナーがいる筈だ。まずはそこから当たってみよう。

信が馴染みの不動産屋に電話を一本かけると、ラボの建物のオーナーはすぐに見つかった。

なんのことはない。事件現場のラボは談壇《だんだん》寺という寺の敷地内にあり、そこの住職がオーナーとのことだった。

談壇寺は検事局の方面だから土地勘もある。迷うこともないだろう。

そう思った瞬間、信は名案を閃いた。

そうだ、検事局だ。解らないのなら検察側に訊けば良いではないか。

信はお気に入りのソフト帽を頭にのせると、まず検事局に向かった。

二〇〇一年　十月十二日　某時刻
検事局

「御剣法律事務所の御剣信です。北三田耕太殺害の件で担当検事にお話が……」

信は受付で目的を告げ、担当検事に取り次いで貰う。先方の都合が悪ければ出直すつもりだったが、幸いにして在室中だそうだ。信は受付で教えられた執務室へ向かう。

幸先がいい。これは案外すんなり解るかもしれない。

「失礼します」

執務室のドアを開けた瞬間、少し上向きだった気持ちはすぐに真下を向くことになった。瀟洒《しょうしゃ》なデスクの向こうからこちらを睨んでいるのは、信が知り得る中でも最悪の相手だったからだ。

「誰かと思えばキサマか、御剣弁護士」

見事な銀髪を撫でつけたその壮年男性は、名を狩魔《かるま》豪《ごう》と言った。別名、二十五年間無敗の男。

「狩魔検事、まさかあなたが担当とは……」

信は誰も優子の弁護を引き受けなかった本当の理由が解った。誰だって、最初から負けの見えている法廷に立ちたくない。それぐらい豪が立つ法廷は弁護士たちから忌避《きひ》されていた。

しかし一方で、信は豪の無敗伝説に疑問を抱いていた。どんな名弁護士、名検事でも負ける時は負けるのだ。二十五年無敗だなんて統計的に明らかにおかしい。

「それにしても意外でした。私なんて門前払いされてもおかしくなかったというのに」

素直に本心を吐露すると、豪は尊大な笑みを浮かべた。座っているにもかかわらず、明らかに立っている信を見下している。

「狩魔はカンペキをもってヨシとする。時には哀れな弁護士に施しの一つぐらいくれてやらんと。どうせロクに捜査が捗《はかど》っていないのだろう？」

図星だ。最初の北三田耕太探しで躓《つまず》いてそれっきりなのだから。……そして信が知る限り、豪は異常なまでにプライドが高い。ここは一つ、下手《したて》に出て施しを受けてみよう。

「それは良かった。実はどうしても教えていただきたいことがありまして」

「そうか、言ってみるがいい」

上機嫌な豪に向けて、信は静かに毒杯を差し出した。

「被害者の北三田耕太氏ですが……彼の本当の氏名を教えていただけませんか？」

その瞬間、豪の態度が突然ピリッとしたのが解った。

「……それはならん」

「何故ですか？」

「自分でそんなことも調べられん弁護士など、論外もいいところだからだ。キサマには失望した。速やかに帰るがいい」

しかしこれは「施しの一つぐらいくれてやらんと」と言っていた人間が口にしていい言葉ではない。明らかに矛盾している。おそらく、信にそれを伝えるのは何かしら不都合があるのだろう。

信はこれを好機と見て、攻めに転じる。

「本当に起訴しても良いのですか？　せめて被害者の氏名が判明してからにするべきでは？」

「……」

豪は不機嫌そうな顔のまま、黙り込んだ。

今、信は検察側ですら北三田耕太の氏名を把握できていないと踏んでいた。信だって三日も手を尽くしたのだから、正規の手段では特定不可能という確信はあった。

信はそのまま追い打ちをかける。

「私は北三田耕太氏の名前が偽名であるということだけは摑んでおりますから、もし本件の被害者の氏名が北三田耕太となっていた場合、弁護側は起訴状に問題ありとして、疑義を申し立てますが問題ありませんね？」

信がそう告げると、豪は苦虫を噛み潰したような表情になる。

「……ふん、確かに被害者の正確な氏名は未だに判明していない」

やはり検察側もまだ摑んでいなかったのだ。信としてはアテは外れたが、検察側の捜査状況の一端が覗けたという意味では大きなアドバンテージだ。

「しかしそれの何が問題だと言うのだ。人が殺され、その犯人が解っている以上、起訴の手続きを停める理由はどこにもなかろう。それ以前に被害者の身元が不明なのはワガハイの落ち度ではなく、ただあの刑事どもが無能なだけだ」

信は豪の物言いに呆れていた。何度生まれ変わってもここまで傲慢になることはないだろう。

「ならば起訴をもう少し先送りにすれば良いのでは？」

信としては少しでも調査の時間が稼げればという計算があっての言葉だったが、豪は烈火の如《ごと》く怒り出した。

「キサマはワガハイに最低最悪の前例を作らせる気か!?　被害者の身元が解らない限り起訴

できないというルールが広まったが最後、卑劣な殺人者たちは死体から身元を示すあらゆるものを剝ぎとるだろう。そうなったら、一件の裁判にどれだけの月日が費やされることか……」

「そんな大袈裟な……」

「何が大袈裟なものか。二十五年検事を務めてきて解ったが、犯罪者どもは一分一秒でも有罪判決を遅くしようとありとあらゆる遅延行為をやってくるのだぞ？　あの尾根紡優子もトロトロトロトロトロ受け答えしおって何様のつもりだ！　そうやって失われた一分一秒のせいで、ワガハイが他の犯罪者を有罪にするのが同じだけ遅れる……それだけこの国の治安が悪化するのだ！」

きっと本気でそう思っているに違いない。

「だいたい、ワガハイの一秒と凡人の一秒が同じわけなかろう。それを何故、ワガハイが凡人や悪人に歩みを合わせねばならないのだ？」

選ばれし人間はそうでない人間よりも沢山の権利を与えられ、一方で相応の義務を負う……この考え方は理解できる。しかし豪の場合はどうも、自分は選ばれし人間だからこそ何をしても許されると思っている節がある。そういう人間は決して珍しくないが、被告人を有罪にする検事であることが問題なのだ。

「そもそもそこらの凡検事とワガハイが同じ枠に押し込められているのが不愉快だ。奴らは一つの裁判に何ヶ月も必要だろうが、ワガハイならほんの数日で有罪にできる。いや、その気になればひと月に十人でも二十人でも有罪にできるのだ！　うむ、早急な法制度の改正が必要だ。検事局長、いや法務大臣に直訴しなければ……」

裁判制度を数日のサイクルで回すなど正気の沙汰ではない。いや、絶対にあってはならない。

「失礼ですが狩魔検事、異議があります」

「なんだと？」

「確かに狩魔検事と同じ価値を持つ人間は、この世に数えるほどしかいないでしょう」

「ふん、なんだ。よく解っているではないか」

「しかし検事は被告人の人生に対して責任があります。判決が有罪であれ無罪であれ被告人の人生を大きく狂わせるんですから。だからこそ、相応の時間を使って被告人に向き合うのがせめてもの礼儀ではないでしょうか？　ましてや被告人をスコアのように扱うなんて言語道断です」

信が豪の様子を窺うと、明らかに自身の誇りを傷つけられたことに怒っていた。

「ワガハイに礼儀を説くか、この無礼者！」

こうなることは解っていたが、それでも言わざるを得なかった。

「謝罪の言葉を口にするなら今の内だぞ、御剣弁護士。それなら死刑を求刑するのは勘弁してやろう。無罪判決の目のない依頼人に同情してキャリアに傷をつけるのも馬鹿らしかろう？」

「あなたは私の依頼人を侮辱《ぶじょく》しました。私こそ、あなたから依頼人に謝罪して貰いたいぐらいですよ」

豪は手が白くなるほど拳《こぶし》を握りしめていたが、やがて耳障りな音で指を鳴らすといつもの傲岸不遜《ごうがんふそん》な表情に戻った。

「此度の裁判、軽く撫でてやるつもりだったが気が変わった。全力で相手をしてやろう」

「……負けるつもりであなたに挑む弁護士ばかりではないんですよ」

そう言って信は豪の執務室を後にした。

信は検事局のロビーで紅茶を買い、一息ついた。

成り行きとはいえ、狩魔豪を本気にさせてしまった。まあ、本気であろうがあるまいが、厳しい相手に変わりないことがせめてもの救いだ。

だがマイナス材料ばかりではない。検察側が被害者の身元を把握していないのなら、そこから足元をすくうことはできるかもしれない。

そのためにも次はラボの建物のオーナーに話を訊くべきだ。

二〇〇一年　十月十二日　午後一時四十五分
談壇寺　境内

信の話を聴いた一人の僧がゆっくりと手を合わせる。

「北三田はんは残念でしたなあ……」

彼の名は嬉野常芳《うれしのじょうほう》、談壇寺の住職だ。柔らかい関西弁を話す中年男性で、信のことを快く出迎えてくれた。

「あんな気前のええお人、なかなかおらんかったのに。はあ、借り手つくかなあ……」

常芳は北三田の死を悼んでいるというよりは、店子《たなこ》を失って悲しんでいるように見える。

「ところで住職、北三田耕太という名前ですが、おそらく偽名です」

「はあ、さいですか」

しかし常芳の反応は極めて薄かった。

「あの、どうでも良さそうですね」

「どうでもええことはないけど、ウチとしたら払うもん払うてくれたらそれ以上立ち入る気はないですしなあ。それに北三田はん、家賃一年分一括で払ってくれましてな。まあ、そういうお客さんに対しては野暮なこと訊かないってのが暗黙のルールですわ。アンタにとっては残念やけど、北三田はんの素性についてウチはなんも知りまへん」

常芳は生臭坊主とまではいかないものの、あまり倫理観の強い僧ではないらしい。それが信の調査に上手く働いてくれれば良いのだが、はたして……。

「あの、現場を見せて貰ってもよろしいですか？」

「別にええよ」

賄賂を要求されたら断るつもりでいたのだが、あっさりと許されてしまった。信は拍子抜けする思いで常芳に念を押す。

「本当ですか？」

「……ああ、でも今はあきまへん」

信は再び身構える。やはり何かしら条件をつけてくるのだろうか。

「何故ですか？」

「そない怖い顔しなさんな。別にイケズで言うてるわけやないよ。むしろ逆、ウチなりの親切心ですわ」

「はあ」

「実は検事が警察に現場を裁判まで封鎖しておけと言ってきましてな。四六時中、警官二人が張り付いてるんですわ。ウチにしても迷惑ちゅうもんです。なんでウチの寺の敷地歩いてるだけで睨まれなアカンのかって」

狩魔検事の仕業か……。

「しかし正統な理由があれば弁護側の調査も認められる筈ですが……」

「いや、甘いですわ。あの検事、さっきわざわざウチのところに電話してきて、担当弁護士とは絶対に話すな言うてきましたよ。正味の話」

常芳がどこまで話を盛っているのかは解らないが、弁護側に事件現場を調べる機会を与えないというのは何とも横暴な話だ。豪がずっと無敗でいられるのもこのスタンスのお陰だろう。

だが信は常芳が意味深な笑みを浮かべていることに気がついた。

「でも安心し。そんなもん、あんじょう良くやったるから。アンタのこと気に入ったしな」

「いいんですか？」

信は困惑した。話が上手く進むのは歓迎だが、初対面の人間にここまで好かれる理由に心当たりがない。

「ああ、あの検事に嫌われてるってことは逆にええ人なんかなって思てな。それにしてもなんや、あのエラそうな態度、思い出しただけで腹立ってくるわ」

常芳は僧にあるまじき表情で毒づいた。しかし初対面の人間にここまで憎まれることができる豪に、信はむしろ感心した。

「ウチの勘やと、そう遠くない内に警備は緩む筈や。そのタイミングを見計らって御剣センセに連絡しますわ」

「……ご協力、感謝します」

信は狐につままれたような思いで談壇寺を後にした。

二〇〇一年　十月十二日　午後六時二分
御剣法律事務所

　信は事務所で一人、顔を顰めながら資料を睨んでいた。

　さて、どうしたものか。

　常芳の話から北三田耕太の正体を掴むことに失敗した以上、別のアプローチを考えざるをえなかった。

　北三田耕太が見つからない点についてもっと現実的な解釈をすれば、被害者が優子にデタラメの経歴を語ったと見るべきだろう。だが完全なデタラメを語るというのはむしろ難しい。裁判で数多くの人間の嘘を見てきた信だが、大抵の嘘は何かに根ざしている。嘘の方向性さえ解れば、正体を掴むことができるかもしれない。

　仮にその北三田耕太が本当に十五年先の未来からやって来た人間だとしよう。だとすれば今現在、普通に生活を送っていてもおかしくはない。検死報告書によると被害者はおそらく三十代とのことだから、今この国に暮らしているとすると現在は十五〜二十四歳。その中から北三田という姓か耕太という名を持つ人物をピックアップすれば見つかるかもしれないが、気が遠くなるほど手間がかかりそうだ。

気がつけば、時計の針はとうに六時を過ぎていた。

今日はここまでか。家に帰ってまた考えよう。いや、その前にまず弁当を買わなければ……。

事務所を出た信は弁当屋で二人分の弁当を買うと、そのまま真っ直ぐ帰宅した。

信が靴を脱いでいると一人息子の怜侍《れいじ》が出迎えてくれた。

「父さん、おかえり」

御剣家は父一人子一人の暮らし、だから信はどんなに仕事が忙しくとも、怜侍とはなるべく一緒に過ごすことにしている。

「ああ、ただいま。腹が減っただろう？　今夜はトンカツ弁当だ」

「嬉しいよ。すぐに温めるね」

怜侍は弁当を受け取るとレンジにかけた。回転する弁当を眺めている怜侍に信はネクタイを緩めながら話しかける。

「なあ、学校は楽しいか？」

「うん。今日も放課後、友達と遊んだよ」

信はその答えを微笑ましい思いで聞いていた。少し前まで、この歳で六法全書を手に取るような早熟な怜侍が学校に溶け込めるかどうかとても心配していたのだ。

「温まったよ。早く食べよう、父さん」

「ああ」

二人で黙々と弁当を食べている内に、信はふとこんなことを怜侍に訊いてみた。

「なあ、怜侍。お前、タイムマシンを信じるか？」

「父さん、いきなりどうしたの？」

「いや、お前だったらどう思うかなと……」

「そうだね、まず過去へのタイムトラベルはタイムパラドックスの問題を解消できない以上、無理と言われているよ。未来への時間移動は可能とされているけど、それは一方通行の旅行だし。おまけに現代の科学ではいつ実現できるかも解らないじゃないか」

「お前、凄いな……」

怜侍が読書家なのはよく知っていたつもりだが、これは小学生離れしている。もしアメリカの学校に通わせていたら飛び級で今頃は大学生かもしれない。

「でも……」

「……でも？」

怜侍はしばしの躊躇《ためら》いの後、思わぬことを口をした。

「でもあったらいいなとは思うよ。そうしたら昔の武将なんかに会ってみたい」

信は怜侍のその言葉にしんみりしつつ、少し安心する。ちゃんと子供らしいところもあるではないか。

「で、父さん。タイムマシンがどうしたの？」

少しバツが悪そうに問い返してくる。

「いや、今担当している事件でちょっとな。別にタイムマシンの存在を信じているわけじゃないが、父さんもあったらいいなとは思う。ただ、悪人はその『あったらいいな』を利用する。お前も美味い話には気をつけるんだぞ。いや、食事中に仕事の話は無粋だったな。忘れてくれ」

話を打ち切って食事を再開したものの、信はトンカツの味が解らなかった。北三田耕太の身元をどうやったら割り出せるか、無意識の内に考えているせいだ。

このまま身元が割れずに初公判に突入することだけは避けたいが……。

そう思いながら信が怜侍の方を向くと、怜侍がこちらをじっと見つめていた。

「どうした怜侍？　父さんの顔に何かついてるか？」

「まだ仕事のこと考えてる。眉間にシワが寄ってるよ」

「おっと」

信は眉間に指を当て、シワを伸ばす。そんな信に対して怜侍は食事の手を止めて質問してきた。

「一体、何を悩んでるの？」

「ん？　ああ……」

タイムマシンの話にあれだけしっかりとした答えを出したのだ。もしかしたら北三田耕太の件についても何かいいアイデアを出してくれるかもしれない。

「十五年先の未来から来たと嘯《うそぶ》いている三十代の男がいた。私はその真偽を確かめようと戸籍を当たったが、該当者ゼロという結果に終わった。お前ならどう探す？」

正解が知りたいというよりは息子の論理的思考を見たいというのが信の本音だったが、怜侍は予想外の答えを口にした。

「……思うんだけど、結婚して姓が変わったってことはないかな？」

「うーん、どうだろう。男が結婚して姓を変えるというのはあんまり一般的ではないからな……」

そこまで口にした瞬間、信はある可能性に気がついた。

婿養子に入るケースを忘れていた。しかもその場合、相手の家柄は古くからの名家か資産家であることも多い。次の家督を継がせる男児がいない家が婿養子という形で外部から求めるからだ。

「それだ。それだよ！」

信は弁当の残りを一気にかっ込むと、再び外出の支度をする。例の信頼できる筋に協力を仰がねば。

「すまない怜侍。今日は先に寝ていてくれ」

ポカンとしている怜侍を一人に残して、信は家を飛び出した。

二〇〇一年　十月十五日　午前十一時四十分

北三田由吉《ゆきち》邸

信は一人の老人と差し向かいで話をしていた。

「確かに小森《こもり》耕太ならウチの婿養子になる予定ですが」

北三田由吉は六十がらみの総白髪の男だったが、身体中に生命力が漲《みなぎ》っており、百歳まで生きそうな雰囲気がある。

探していた未来の北三田耕太は、どうやら今はまだ小森耕太という名前らしい。

「それで一体、弁護士さんがワタシに何の用ですかな？　まさかウチの耕太が何か？」

あれから北三田姓の有力者を探し続けた信は数件の空振りを経て、隣の市に住んでいる由吉を訪ねたのだった。それにしても二日半で正解らしきものに辿り着けたのは、正直ツイていた。

「実は二週間前、殺人事件の被害者がそちらの耕太さんである可能性が浮上しまして。勿論、何かの間違いということもあるので、こうして確認に伺いました」

「ガハ、ガハハハハ、ガッハッハッハッハッハッハッハ……ゲッ、ゲホゲホ！」

由吉は大笑した後に咳き込み始めたので、信は慌てた。

「大丈夫ですか？」

「お気遣いなく。人生が上手くいきすぎたせいか、笑い出すと簡単には止まらんのですよ」

胸をさすりながら由吉は呼吸を整える。その言葉に偽りはなく、この家も結構な豪邸だった。成功した芸能人でもここまでの家に住める人間はなかなかいないだろう。

「それで……ああ、耕太の話でしたな。アイツなら今朝も食事を一緒に食べましたよ」

「では耕太さんはまだ生きていると？」

「当たり前ですよ。正式な婚約発表はまだですが、いずれは娘と式を挙げ、北三田家に入ります」

つまり北三田耕太という人間が戸籍上いずれ現れるということは確実だ。被害者が北三田耕太という名を名乗るにはその事実を知らなければならない。被害者は本当にタイムトラベラーだったのだろうか。それとも……。

「あの北三田さん、今から変なことをお訊ねしますが、お心当たりがなければ聞き流して下さい」

「ほう、何かね？」

「もしや耕太さんはタイムマシンの研究をされていたりしませんか？」

信の言葉に由吉は目をクワッと見開く。そして信に勢い良く迫ると、両肩を強く摑んだ。

「それをどこで聞きなさった？」

信は由吉から強烈なプレッシャーを感じながら、どうにか答える。

「ひ、被害者の北三田耕太さんは生前『自分はタイムマシンの研究をしていてその成果で十五年先の未来からやって来た』と依頼人に話していたんですよ。それが何か？」

「ううむ……」

由吉は唸《うな》りながら信の肩から手を離す。そして自宅だというのに周囲を気にしながらこう切り出した。

「これは誰にも口外しないでいただきたいのですが……いいですかな？」

「守秘義務は守ります」

信がそう言うと、由吉は安心したような表情で話を始めた。

「ワタシももう六十、流石《さすが》に気力や体力の衰えを感じるようになってきましてな。勿論、四十歳五十歳の頃にできたことは今でも問題なくできますが、それがいつまでも続くとは思いません。グループはワタシが大きくしてきたようなものですから、後進に譲るなんて考えられません」

信は仕事柄様々な人間を見てきたが、由吉は典型的なワンマン社長タイプだ。若い頃から一人で十人分働けてしまったから成功した後も自分のように働けない人間を下に見る。

「こう言っては失礼ですが、いつかは引退されるのですからその時の準備は必要では……」

「ええ、そうなんですよ」

口にしてから怒らせるかもしれないと思ったのだが、由吉は何故か嬉しそうに笑った。

「だから手遅れになる前に手を打つことにしたのです。実は何年も前から一流大学の若手研究者を何人か金で引き抜きましてな。ワタシのためになる研究をさせて競わせたのです」

「それは……凄いですね」

「まあ、金持ちの道楽ですよ。しかしそう簡単に上手くいけば苦労はしません。見込みがなさそうな研究や意味のない研究を毎年整理し続けて、最後まで残ったのがコールドスリープ装置とタイムマシンでした」

タイムマシン！　ようやくそのキーワードに辿り着いた。

だが信は調査が進展して嬉しい反面、複雑な気持ちを抱いていた。どこまで実用化の目処《めど》が立っていたかは解らないが、タイムマシンやコールドスリープ装置に頼って生きようとするのは常人の発想ではない。どうにも「自分は長生きしてしかるべき存在だ」という結論があってのことのような気がするのだ。成功者故の傲慢というか、ある意味では狩魔検事と同じタイプの人間だ。

しかし信はそんな思いをおくびにも出さず、質問を続ける。

「では耕太さんは本当にタイムマシンの研究をされていたんですか？」

「いや、アイツはコールドスリープ装置のほうです。しかも試作品を完成させました。この意味が解りますかな？　もしもワタシが病に冒された時はひとまずコールドスリープ装置に入り、中で医学の進歩を待てば良いわけですよ」

うーん、どちらも私にとってはSFの世界の話だ。そんな簡単に寿命を誤魔化す方法があってはいずれ社会が大変なことになりそうなものだが。

「ではタイムマシンの方は失敗だったのですか？」

「失敗というか……耕太の説明によると、完成まであと十数年はかかるという話でした。まあ、そちらも生きてさえいれば拝むことができるわけで、決して高い買い物ではなかったと自負しておりますわ」

由吉がタイムマシンの完成を疑っていないことに信は驚いていた。そしてタイムマシンという突拍子もないキーワードが優子以外の口から出たことにも。タイムマシンの実現性について信自身は懐疑的だったが、それを信じている人間が複数いれば争いが起きる可能性は大いにある。実際の実現性なんて関係ない。

二〇〇一年の段階では上手くいかなかった研究を、二〇一六年から来たという偽の北三田耕太は成功させたと優子は言っていた。そのことがどういう意味を持つのか、門外漢である信には丸っきり解らなかった。

それでも信は次に何をするべきかは解っていた。

「ところで、耕太さんに会わせていただけませんか？」

二〇〇一年　十月十五日　午後〇時五十分
銅南《どうなん》テニスクラブ

テニスボールが自陣で高くバウンドした瞬間、その男は笑みを浮かべて跳んだ。まるで獲物を待ち構えていた鷹のように。

「これで……ゲームセットだ！」

信が由吉から教えられたテニスコートを訪れた時、小森耕太は見事なスマッシュで勝負を決めたところだった。

研究者といえば日がな一日研究室に籠もりきりで不健康なイメージがあった。しかしこの小森耕太は均整の取れた肉体の持ち主で、よく日に焼けていた。耕太をスポーツ選手と紹介されても大抵の人間は素直に信じるだろう。

信はコート近くのベンチで汗を拭いている最中の耕太に話しかける。

「あの、私は御剣法律事務所の……」

耕太は自己紹介を手で制した。

「ああ、御剣信さんですね？　義父から電話がありましたよ」

信は肯《うなず》いて名刺を渡す。

「それにしても凄いスマッシュでしたね。私にはとてもできそうにありません」

「いやあ、鍛えてますからね」

今のは賞賛半分お世辞半分の言葉だったが、耕太はとても気をよくしたようだ。信は手応えを感じてもう少しおだてることにした。

「失礼ですが耕太さんは、いわゆる研究者のイメージとは良い意味でかけ離れてますね」

「研究というのは長い長い道のりなんですよ。つまり頭だけでなく身体の健康も大事なんです。だから運動を嫌って身体をどんどん駄目にしていくのは端的に言ってバカの所行ですね。所詮、二流三流ですよ」

流石にそう言い切るだけはあり、面立ちや骨格、体型的なことを鑑《かんが》みても目の前にいる耕太はあの被害者――北三田耕太を名乗る男の十五年前の姿には見えない。だがそれでも一応訊ねてみる。

「失礼ですが、今年でお幾つになりますか？」

「もう三十二ですよ」

「お若いですね。二十代前半でも通じますよ」

実際、信の目に耕太の容貌はそれぐらいに映った。

耕太は白い歯を覗かせて笑う。

「いやあ、嬉しいですね。日々の努力に加えて、研究の効果も出ているということですから」

信がその言葉の意味を更に訊ねようとした時、大人しそうな女性が耕太に声をかけた。

「耕太さん、お水を持って来ました……」

彼女はそう言いながら手に持っていたペットボトルを耕太に差し出す。

「ああ、エリカ。御剣さん、もうご存じかもしれませんが恋人のエリカです」

「北三田エリカです」

そう名乗ったエリカは頭を下げた。つられて信も自己紹介をして名刺を渡す。

「遅かったじゃないか。試合直後に水分補給できないと意味ないだろ」

耕太はペットボトルを引ったくると、勢い良く飲む。

「ごめんなさい。近くの自販機では売り切れていたものですから……」

どうやらエリカは父親とはあまり似ず、やや相手の顔色を窺うタイプの女性らしかった。信の経験則では大抵は入り婿の方が立場が弱い筈だから、これは珍しいパターンだ。

「失礼、お見苦しいところを。それでどういった御用向きですか？」

「小森さんの研究について詳しく聞かせていただけますか？」

「機密保持という観点からは断った方がいいんでしょうが、お義父さんの顔を潰すわけにはいきませんからね」

耕太は肩をすくめると、説明を始めた。

「ボクの研究は解りやすく言えばアンチエイジング……つまり歳を取らない研究ですね。一般的なアンチエイジングというのは加齢による身体的衰えをいくらか食い止めるのが関の山です。人間の細胞は寿命が決められてますし、簡単に若返ったりしませんからね。しかしボクはそれを覆したい……生命サイクルの反逆者になって、人類史、いや生物史に名を残すのがボクの目標です」

信は由吉が耕太をエリカの相手に選んだ理由がよく解った気がした。見た目も頭もよく、如才なく、そしてエネルギーに満ち満ちている。探してもなかなかこんな人間は見つからないだろう。

ただそこまで揃っている耕太が良い夫になるかどうかは、また別の話のような気がした。

「現時点ではまだ細胞の若返りまでは辿り着いてませんが、細胞の老化を止める方法に関してはかなりいいところまで来たと自負してます」

「それが件《くだん》のコールドスリープ装置ですか？」

「ええ。コールドスリープ装置自体は海外でもよく見かけますが、ボクのはあんなインチキなものとは違います。細胞を壊さず冷凍し、後遺症もない……まだ人間での実験は終わってませんし、特許も出願してませんが、実用化されたら確実に人類の歴史を変えます」

よく解らないが凄い自信だ。けれども出資者である由吉が認めた以上、それなりに有効性があるのだろう。

「おっと、御剣さんが聞き上手だから話しすぎました。ここから先は勘弁して下さい。ボクにも色々と立場がありますから」

「ありがとうございます……」

信の勘は耕太が何かを知っていると告げているのだが、何と訊ねるのが有効なのかまだ解らない。折角の機会、とぼけられて終わりでは困るのだ。

よし、一つ攻め方を変えて、法廷風にやってみようか。

「そういえばお二人のご婚約はまだ限られた方しか知らないと伺ってますが、本当ですか？」

耕太は一瞬質問の意図が解らないような表情を浮かべていたが、すぐに肯く。

「ええ。まあ、婚約自体は半年以上前から済んでいたことですが、こちらも色々ありまして……ああ、でもじきに婚約発表を盛大に行いますから。どうですか、御剣さんも？」

「ええ、仕事が入ってなければ……」

信は社交辞令で曖昧に誤魔化す。

だがこれでとぼけられない状態に持って来ることができた。あとはカードを切るだけだ。

「実は二週間前に起きた殺人事件の弁護を担当しているのですが、事件の被害者が『北三田耕太』という名を名乗っていたんですよ」

信の告白を聞いた二人の反応は対照的だった。エリカは大きく開いた口をすぐに覆った。一方、耕太は顔色を変えなかった。

「あまり面白くない冗談ですね。まるでボクへの当てつけみたいだ」

「残念ながら事実です。しかしここは発想を逆転させて下さい。お二人の婚約を知っていて、なおかつあなたへ当てつけができた人間に心当たりはありませんか？」

「耕太さん、もしかして……」

「お前は黙ってろ！」

エリカを一喝する耕太。やはりこの二人は何かを知っているようだ。

「ちなみにこの顔にお心当たりはありませんか？」

信は優子から借りた被害者の生前の写真を二人に突きつける。するとエリカは顔を覆い、耕太は忌々《いまいま》しげな表情で写真を睨んでいた。

「よく知ってますよ。そいつは青柳恭介《あおやぎきょうすけ》という男です。そうか、死んだんですね……」

信はようやく被害者の影を踏めた気がした。勿論、これから調べなければならないことはまだまだあるが、そのとっかかりが見つかったというのは大きい。

一方、これで被害者が優子に語ったあれこれは嘘だったということになる。故にこれから嘘と真を選別しなければならない。

「青柳さんとはどういうご関係だったんですか？」

「六年前、義父が自分のために研究者を集めた話はもうご存じですよね。ボクは奴とその時に初めて顔を合わせたんですよ。勿論、研究内容が違うので普段からそこまで親しくしていたわけではありませんが、まあ競争相手の一人でした。ボクと同じ歳だった筈なのに随分と老けた見た目で腹も出ていた……ボクとは何から何まで正反対の男でしたよ」

確かに耕太の話を聞くまで被害者が三十二歳だと思わなかった。

「それでも青柳さんは最後まで残ったんです」

耕太は今度はエリカを睨んだ。しかし信は恭介が最後まで残った理由が解った気がした。

「もしかして青柳さんの研究というのはタイムマシンですか？」

「そうですよ」

耕太は苦虫を噛み潰したような顔で答える。

「だけどアイツが最後まで残ったのはあんな突飛なものを面白がった義父の粋狂のせいですよ」

「でも真面目だったから……」

「バカなだけだよ。アイツはただの研究バカだ」

耕太がエリカの言葉を遮《さえぎ》る。信は耕太が吐き捨てるように言ったのが引っかかった。

「と言いますと？」

「技術革新が日進月歩だなんて言う連中は現場を見ていないんです。普通、研究というのは薄い紙を貼り重ねていくように進めるものです。昨日できたことが今日にはちょっと良くなり、明日には更に良くなる……そういうサイクルを無視して、最初から辿り着くかどうかも怪しいゴールを設定する奴は研究者じゃない。ましてできもしない研究を見せびらかして金を出させるなんて、ただの詐欺師と同じです」

「だけど青柳さんの研究はいいところまで行ってたじゃないですか……」

「うるさいぞ！」

とうとう耕太はエリカを怒鳴りつけた。

「お前、いつからそんなにエラくなった。結婚するからってボクに指図するんじゃない！」

「ごめんなさい……」

「解ればいいんだよ、解ればな」

そう言うと耕太は傍にあったスポーツバッグを摑む。

「……それじゃ御剣さん、ボクはこれで。仕事がありますから」

「はい。ありがとうございました」

去っていく耕太に何かドス黒いものを感じつつ、信はその背中を見送った。

二〇〇一年　十月十五日　午後三時三十分
留置所

「尾根紡さん、あなたにお話ししておかなければならないことがあります」

信は面会時間が始まるなり、挨拶も世間話もすっ飛ばして本題に入った。

「まず北三田耕太という人物は存在しません」

優子の顔が強張《こわば》る。もう笑顔は引き出せそうにない。

「どういう意味ですか？」

「文字通りの意味ですよ。彼は戸籍上、存在しない人間でした」

「それは博士が未来から来た人間だからです……」

未来から来ようが戸籍がないのはおかしいのだが、話がややこしくなるので敢えて結論を告げた。

「しかし殺された人物の正体を突き止めることに成功しました。彼は青柳恭介という名前の研究者でした」

「そんな……でも博士はタイムトラベラーなんですよ？」

「残念ながら、現時点では彼が語った話を裏付ける証拠は見つかってません」

信は首を大きく横に振った。

「私も勇盟大学まで足を運びましたよ。あなたはそれなりに有名だったようですね」

タイムマシンを開発する意思を公言して憚《はばか》らなかった優子は悪い意味で学内の有名人だった。

「そんなあなたの噂を聞きつけた恭介さんがあなたを騙すために、タイムトラベラーを装って接近したとは考えられませんか？」

「絶対に違います！　どうしてヒドいことを言うんですか。博士がそんな人の筈ありません！」

聞く耳を持たない……というより聞く耳を持ちたくないと優子の顔にしっかり出ていた。彼女に現実を突きつけるにはもう一捻り必要そうだ。

「私はこれから青柳恭介なる人物の経歴を調べます。なので、その上で改めておかしな点があったら指摘して下さい。よく似ているだけの別人という可能性はありますからね」

信は勝つために依頼人の信念をただ踏みつけるような真似はしない。一方で簡単に折れるつもりもないので、自分の信念もきちんと告げる。

「勿論、私の調査結果を否定して下さっても構いません。しかし私は納得がいくまでは何度でも事実を提示します」

信が真摯《しんし》な態度でそう告げると瞬間、優子は呆気に取られたように口を開けていた。

「……は、はい」

「それでは私は調査に戻ります。裁判まで時間があるとはいえ、遊んでいるわけにはいきませんからね」

信はソフト帽をかぶり直して面会室を後にした。頭の中は、先ほどの優子の妙な反応で一杯だった。

あれはきっと虚を突かれた表情だ。おそらく信に頭ごなしに叱られることを予想して反発する準備をしていたところに、いきなり下手に出られて困ったのだろう。

だがその一連の心の動きは面会中の優子が実はとても理性的だったことを示している。取り乱してみせたのも計算の可能性が高い。

おそらく優子はまだ何かを隠している。担当弁護士にも言えない何かを。それを明らかにしない限り、この裁判は勝てないだろう。

そんなことを思いながら、信は足早に留置所を立ち去った。

二〇〇一年　十月二十二日　午後四時五十分
某所

偽の北三田耕太の本名が青柳恭介だと判明して一週間が経った。その間、信はずっと恭介の足取りを辿っていた。

手始めに小学校、中学、高校、大学……と彼の同級生に当たってみたが、恭介と深い付き合いを持った人間とは出会えなかった。しかし面白いことに話を訊いた誰もが口を揃えて「ああ、タイムマシンの奴」と言った。タイムマシンの開発は昔から彼の夢であり悲願だったようだ。そして何を話していても必ずタイムマシンの話になり、閉口した相手から距離を置かれるようになるところはどの時代の恭介も同じだった。ホラ吹きだったから人が遠ざかったのか、人を遠ざけるためにホラを吹いていたのか、どちらが先だったのか今となっては解らない。

ただ、数学と物理は中学生の頃から全国でもトップクラスの成績だったらしい。もしかしたらタイムマシン開発のために一際熱心に勉強したのかもしれない。そう思った途端、青柳恭介の人物像がぼやけ始めた。ホラ吹きは何も為せないからホラ吹きなのだ。一方で恭介はただのホラ吹きにしてはあまりに実現のための行動力がありすぎる。

信はもっと深く恭介を知っている人物と接触する必要があると思い、今度は親類を当たることにした。恭介の両親は既に他界した後で、彼の親類は両手で足りるほどしかいなかった。兄夫婦、従兄弟たち、そしてその家族……しかし評判は誰に聞いても散々だった。

「子供の頃から夢みたいな研究の話をしてる、たまに「未来の自分から聞いた」と未来を教えてくれるがロクに当たった試しがない、大学院まで行ったのに未だによく解らない仕事をしている……だが視点を変えれば恭介のタイムマシン開発にかける情熱は本物だったということになる。

優子に対しては未来から来たと偽ったが、それも何か理由があったのかもしれない。いや……よく考えれば持って生まれた頭脳の差はあったにせよ、恭介と優子の境遇は比較的似ている。何より普通の人間には幼い頃に抱いたタイムマシン開発の夢を貫き続けるのは難しい。

恭介は優子にある種のシンパシーを抱いて接近したのではないだろうか？

私の常識ではタイムマシンなんて今の科学力ではありえない。だが彼には、私や一般の人間には見えないものが見えていたのかもしれないな。

二十二日の夕方、そんなことを思いながら信は勇盟大学の近所にある学生向けのマンションを目指していた。近場の親類でまだ話を聞いていないのはあと一人、兄夫婦の一人息子である青柳大気《たいき》だけだ。彼は勇盟大学の経済学部に通う三年生だった。

大気の住むマンションに着いた信は、エントランスの前で帰りを待つことにした。一応、大気の両親からは大学の時間割やバイトの予定を聞いていた。寄り道していなければ程なく帰ってくる筈だ。信は大気への聞き込みを一区切りにして、次の段階へ進むつもりだった。

十五分後、一人の青年が買い物袋を提げてこちらに歩いてきた。それが大気だと確信したのは、彼が写真で見た恭介を十数年若返らせたような外見だったせいだ。

信はさりげなく大気と距離を詰め、にこやかな表情で声をかける。

「青柳大気さんですか？」

「そうですけど……」

「私はこういう者です」

信は名刺を差し出しながら用件を切り出す。

「実はタイムマシンについて興味がありまして……よろしければ青柳恭介氏について詳しい話を聞かせていただけないでしょうか？」

大気は初対面の信をあっさりと自分の部屋に上げてくれた。それもどういうわけか上機嫌だ。

「どうぞどうぞ。ジュースかお茶しかありませんけど、どちらがいいですか？」

「いえ、お構いなく」

大気とちゃぶ台に差し向かいになったところで、信は早速本題に入る。

「大気さんは恭介氏が何をしていたのかご存じだったんですか？」

「当然ですよ。親類で一番仲が良いんですから。でもここ半年ぐらい連絡が取れなかったんですよね。元気にしてるかな、叔父さん」

それにしてもよく喋ってくれる。この分では恭介が死んだことはもうしばらく黙っていた方が良さそうだ。それにできれば告げた瞬間のリアクションも観察したい。

勿論、良心が咎《とが》めないと言えば嘘になる。ただ、今回の事件はあまりにイレギュラー過ぎて、いつもの紳士的なやり方を徹底する余裕がないのだ。

「私が聞いた話によると、恭介氏のタイムマシンの研究はかなりのところまで進んでいたようですが、それもご存じでした？」

嘘ではない。ただ、耕太と揉めた話に関しては意図的に省いたが。

「あー、いや、僕文系なんで叔父さんがする専門的なことはサッパリなんですよ。一番のファンなんで話は誰よりも熱心に聞いてますけどね。叔父さんはとにかく天才なんですよ」

「そんなに夢中になるなんて、何がきっかけだったんですか？」

「これは叔父さんからあんまり言うなって釘刺されてるんですけど、叔父さんの予言って当たるんですよ。なんせ未来を見てるから」

信はその予言とやらがひどく気になった。

「ちょっとよろしいですか？　その予言というのは一体……」

「文字通りの意味ですよ。きっかけは中学三年の頃、受験勉強で不安だった僕に叔父さんが未来を少しだけ教えてくれたんです。それがこれです」

そう言って大気はカバンから手帳を取り出した。

「使い終わってもこの手帳だけはいつも持ち歩いてるんですよ。ほら」

大気のそのページには癖のある字でこんなことが書かれていた。

一九九六年　英斗《えいと》高校入学
一九九九年　勇盟大学経済学部入学

二〇〇三年　結城《ゆうき》商事入社
二〇〇八年　大プロジェクトのメンバーに抜擢
二〇一三年　プロジェクト大成功。今度はリーダーとして新たなプロジェクトを立ち上げる
二〇一八年　課長に昇進
二〇二四年　部長に昇進

どうやらこれは大気の未来を数年単位で予言したものらしい。

「今のところ全部当たっています。実は次のページにもまだあるんですよ」

「いえ、結構……」

目を輝かせながら見せようとする大気を信は手で制した。恭介の適当な予言を本気で信じている大気の姿を、これ以上見ているのが辛くなったからだ。

「そうですか？　ここからが凄いのに……」

大気が落胆の色を覗かせたのを見てとった信は、さりげなくフォローを入れる。

「私が大気さんの将来を知ることで悪影響が出たら大変ですからね」

するとと大気の顔はパッと明るくなる。

「あ、それもそうですね。お気遣いありがとうございます」

舌先で相手の心をコントロールするのは信にとっては不得手なことだったが、相手を気遣う言葉なら話は別だ。何より実際の裁判でクレバーな法廷戦術を行使するよりもずっと気が楽だ。

「しかし結城商事といったら一流商社、入社試験も相当の難関だと聞いてますよ」

だが信がそう言った途端、大気はまるで電気でも切れたみたいに暗い表情になった。

「あの、大気さん？」

大気は信の呼びかけに答えず、おもむろに傍《かたわ》らの受話器を持ち上げ、どこかにかけ始めた。

「あ、母さん？　うん、ちょっと声が聞きたくなって……」

大気は耳を澄まさないと聞き取れないような小さな声でひとしきり愚痴のようなものをこぼし尽くすと受話器を置き、すっきりした表情で信に向き直る。

「ああ、すいません。僕、些細なことで落ち込む癖があって……まあ、その度に誰かに電話をかければ回復するんですけど。じきに就活が始まるんで、ちょっとナーバスになってました。結城商事、叔父さんが太鼓判を押しているんだから通るに決まってますよね」

信は呆気に取られていた。電話が大気なりのメンタルコントロール法だというのは理解できたが、あまり赤の他人に見せるようなものではない。まあ、それだけショックが大きかったのかもしれないが……こちらも少し気をつけよう。

「ええと……ああ、叔父さんの話でしたね。実は凄い人なのに、親類のみんなは叔父さんのそういうところを知らずに嫌ってるんです。まあ、僕も親類を鬱陶《うっとう》しく感じる瞬間はありますし敢えて啓蒙したりはしませんけど。結局のところ、僕と叔父さんは似たもの同士なんですよ」

信は予言に妙な引っかかりを覚えた。大気は確か今年二十一歳だが恭介に予言をしてもらった時は十五歳、一方その頃の恭介はといえば由吉のところで研究を始めたばかりの筈だ。タイムマシンの実機もないのに予言なんてできるのだろうか。

「しかし大気さん、それは恭介氏がタイムマシンの研究を始めて間もない頃の話じゃないですか。もうその頃からタイムマシンの研究はかなり進んでいたんですか？」

信がそう訊ねると、大気は首をゆっくり横に振る。

「これも内緒なんですけど、叔父さんは自分の未来を大まかに知っていたんです」

「それはどういう意味ですか？」

「文字通りの意味ですよ。叔父さんが子供の頃、未来の叔父さんが現れて『君は将来タイムマシンを発明する』って伝えたそうです。その際、自分の運命の一部を聞かされたとか。あと甥《おい》っ子の僕の運命も一緒に！」

大気は自信たっぷりに話しているが、信には大ボラにしか聞こえない。

信はふと大気がどこまで本気で予言とやらを信じているのか気になってしまった。

今が真実をぶつけるべきタイミングか。

咳払いをして、信は恭介の訃報を伝えることにした。

「実はあなたに残念な知らせがあります。恭介氏は今月の頭に何者かに襲われて亡くなりました」

聞かされた大気はしばらく放心した様子で天井の一点を見つめていたが、やがて正気に返ると小さく呟《つぶや》いた。

「……嘘だ」

「本当です」

「叔父さんはもっと先の先の先まで見通してました。そんな叔父さんが死ぬ筈ありません！」

大気はそう叫ぶと再び受話器を持ち上げ、どこかにかけ始めた。その様子から信は大気が恭介の死を知らなかったことを確信した。

「父さん？　うん、僕落ち込んじゃってさ……え、叔父さんが死んだってどうして教えてくれなかったの？　だいたい父さんはさ……」

今度の愚痴は勢いがあり、しかも終わる気配がなかった。信は大気にかけるべき言葉を見つけることができず、そのまま部屋を辞することにした。

恭介が大気の未来を言い当てることができた理由だが、実はあながち説明できないこともない。

　そもそも現時点で当てた予言はたった二つしかない。英斗高校と勇盟大学への進学だけだ。確かに両者ともそれなりに難しい学校ではあるが、大気の学力を知っていれば決して勘勝負にはならない。彼の学力で進学できそうな可能性があるところを挙げたのだろう。他の予言も同様だ。結城商事への就職はともかく、課長や部長への昇進なんて所属している事業部までセットで予言しないと意味がない。当てずっぽうの予言でも範囲を広くとっておけば当たる確率が高くなる。それだけの話だ。

　そして重要なのは、現時点では親類で大気しか恭介のことを信じていないということだ。予言を的中させたように思わせるのは簡単だ。例えば十人に嘘の予言を告げても一人か二人の分は当たる。他愛のない話だが、本人にとっては予言を当てた人間は神のように見えるだろう。反面、恭介が親類たちから蛇蝎《だかつ》のように嫌われていたのも、彼らが恭介の予言にぬか喜びさせられ続けた恨みと考えれば説明がつく。

　ただ好意的に解釈すれば、大気への予言はある種の親切心から出たものかもしれないとも思う。

　大気と少し話をしてみて解ったが彼は決してメンタルが強い方ではない。おそらくは思春期も不安定だった筈だ。そんな大気を安心させてやるために「自分は未来を知ってる。お前の未来はこんなに明るい。だから頑張れ！」という意味で予言を書いてやったのかもしれない。親戚中から疎《うと》まれていても、可愛い甥の背中を押してあげたかったのかもしれない。

　信には恭介が純粋な研究者なのか邪悪な詐欺師なのか解らなくなってきた。信の勘は恭介の人物像の解釈で事件の捉え方が全く変わってくると告げているのだが、肝心の人物像が一向に確定しない。まだ情報が足りないのだろうか……。

その時、常芳から現場にもう入れるという連絡が来て、信は事務所に帰る前にそちらに向かうことにした。

二〇〇一年　十月二十二日　午後五時四十四分
談壇寺　境内

談壇寺に到着した信が門を叩くと、中から常芳が顔を出した。

「わざわざありがとうございました」

「はは、連中こっそり帰って行かはったわ。まあ、いくら検事の命令でも警察かて二十四時間見張ってられるほど暇やないもんな」

常芳は笑いながら信を境内に招き入れた。妙に嬉しそうなのは豪に意趣返しができる喜びからだろうか。

「ほら、御剣センセ。あのハコや」

現場はコンクリート打ちっ放しの小さな建物だった。それなりに古いらしく外壁のヒビやシミも目立つ。一周回って観察したところ、窓の類《たぐ》いはなく、出入り口は塗装の剝げかけた鉄製の扉だけのようだった。

「なんだか不気味な建物ですね」

「昔、ウチの寺に人が増えすぎた時に作ったんやけど、あまりに評判が悪くてそのまま空っぽになってたところなんですわ。確かに今思うとなんでこんなけったいなハコにしたのか解りませんな」

そう言いながら常芳は鉄の扉を解錠する。

「ささ、どうぞ」

鉄の扉を開けるとまずドアが三つ並んでいるのが目に入った。中央の大きな部屋と左右の小さな部屋、あとそれらを結ぶ廊下だけの建物らしい。

「まあ、牢獄みたいやったんで、貸し出すにあたって明るくするために壁を白く塗って、中のドアもガラス貼りにして開放的なイメージにしたんや」

「ここは本当に住居ですか？」

「どやろか。電気と電話線は通ってるけどトイレはないし。まあ、寺の中にある共用トイレと共用風呂があるからええんやけどな。実際、北三田はんはここに住んでましたな。ほら、左手の小さい部屋は寝泊まり用の部屋です」

「では右手の部屋は？」

「それはあのお嬢さんの控え室ですわ。で、真ん中が事件現場になった作業場」

「常芳さんは尾根紡さんが逮捕される瞬間に居合わせたんですか？」

そう問われて常芳は曖昧に首を傾げる。

「居合わせたのは偶然やな。最初、作業場が開かへん言われて見に行ったら中からチェーンロックかかっとってな。こんなん、鍵探して来ても無駄や言うたら、警官の人ら必死にドアをドンドン叩いて倒れてるお嬢さんを起こそうとしてな。いや、外から見たらあのお嬢さんも生きてるかどうか解らんのになあ。結局、目を覚ましたお嬢さんに開けて貰う羽目になったんや。まあ、お嬢さんも自分が捕まる知ってたら開けたかどうか解らんけどな……」

裁判では間違いなく現場が密室であったことが争点になる。検察側は優子以外に施錠できた人間がいなかった、故に犯人は優子だと主張してくるだろう。

まずドアが本当に外から開けられなかったかどうかを確認しておくべきだ。

信がドアに嵌《は》め込んであるガラスを眺めていると、隣で常芳が笑ったのが解った。

「何かおかしいことでも？」

「いや、実はそのガラスは特別製なんや。見ただけやと解らんやろうけど簡単には割られへんで」

「強化ガラスということですか？」

「平たく言えばそうやな。コンクリのブロックで叩いたら瑕《きず》ぐらいいくかもしれへんけど、まあ簡単には割られへんよ。ほら、ここ」

常芳の指した先には瑕と思《おぼ》しき小さな曇りが見られた。

「強化ガラスって知らんかった犯人が事件の夜、何度も叩いたんちゃうんか？　こんなん前はなかったしな」

信がよく確認するとこの瑕は外からつけられたものだった。常芳の見立ては正しそうだ。

「ではこのガラスを外すことはできますか？」

「ハハッ、アンタ大胆なこと考えますなあ」

常芳は愉快そうに身体を揺すって笑ったが、すぐに真顔になる。

「でもそれも無理や。ガラスは部屋の内側から嵌めな嵌まらんようになってんねん」

「つまり外から密室を作ることはどうやっても無理ということですね」

このドアは内開き、つまり蝶番《ちょうつがい》も部屋の内側にある。外から蝶番を外して鍵やチェーンロックを無効化するという手も使えそうにない。と言うより、ドアの構造があまりにシンプル過ぎてトリックを疑う余地がない。

「室内も調べさせて下さい」

「ええよ」

信が中に入るとそこは十二畳ほどのスペースで、作業台とデスク、それにカバーのかかった大きな装置のようなものなどが並んでいた。デスクの上には電話があったが受話器が外れてぶら下がったままになっている。刺された恭介にはこれを直すだけの余力がなかったのだろう。

「警察と一緒に踏み込んだ時、北三田はんはこの受話器の近くで仰向けになって倒れていましたな」

「目立った外傷はありましたか？」

「どうも左脇腹を刺されたみたいで、ナイフが刺さったままでしたな」

「ナイフを抜かなかったのは、抜けば出血がひどくなることを知っていたからかもしれませんね」

ナイフで深く刺された場合、無理に引き抜くと出血多量で命を落とすことがあるが、むしろ抜かないことでナイフ自体が栓の役目を果たし、出血を抑えることができる。勿論、長い目で見れば手当が必要なことに変わりはないが。

「まあ、命がかかった喧嘩ならナイフに刺された痛みなんて感じないかもしれませんな。火事場のクソ力というやつです」

「きっとアドレナリンが痛みを麻痺《まひ》させていたのでしょう」

信は優子の話を思い出しながら、事件当夜にこの部屋で何があったのか考える。

優子の話によると、隣の部屋で物音に気がついて作業場の中を覗いた時には既に犯人と恭介が揉めていたわけだ。優子は加勢に入ってすぐに返り討ちにあったようだが、自身は刺されていない。

あくまで想像だが、犯人が優子を殴っている隙に恭介が有効な一撃を加えたのではないだろうか。追い詰められた犯人は刃物を出し、恭介の脇腹を刺してしまう。だが刺されたことに気がつかなかった恭介は、そのまま犯人を部屋の外に押し出すことに成功する。

「しかし刺されてからどのくらいで逝ったんか解りませんが、手当をしないとその内お迎えが来ることぐらい本人も解ってたでしょうに」

そう言われて信はあることに気がつく。

「そういえば、被害者はどうして救急車を呼ばなかったんでしょうかね」

「言われてみればホンマやな。電話線がチョン切れてるわけでなし……一一九番にかけられへんぐらい弱ってたんかな？」

救急車を呼べば助かる可能性は充分にあった筈だ。

「あるいはかけられない事情があったか、ですね」

「ほう？」

「例えば、追い出した犯人がまだ外にいたというのはどうですか？」

常芳はドアのガラスの方を指して笑う。

「ああ、犯人が『開けろ開けろ！』ってガラスをガンガン殴ってたら、まあ救急車どころやないかもしれへんな」

追い出された犯人も外から中の様子が確認できたのだから、恭介が既に虫の息だったのならそのまま立ち去れば良いだけの話だ。しかし犯人がガラスを執拗《しつよう》に殴りつけた形跡が恭介にまだ充分な息があったことを示している。

「あるいは犯人に搬送先の病院を知られることを恐れたのかもしれません」

「何をどうやっても入られへんのやったら、息を潜めて出てくるのを待つしかないもんな。いや、でもだったら一一〇番にもかけたらええやんか」

「確かに。どちらか一方にしかかけられないという理由はないですよね」

信はパッと仮説を立ててみる。

「もしかすると被害者にとって警察に保護を求めるのが一番良い手段とは思えなかったのかもしれません。例えば何か後ろ暗い過去があって、警察に逮捕されることを恐れたとか……」

古巣で何かトラブルを起こしたのか、それともまた別の……その点もまた洗った方が良さそうだ。

「でもなあ……命あっての物種とも言いますやん？　一一〇番や一一九番がホンマに非常時の最終手段やとしても、死んだら何にもならへんやんか」

それは常芳の言う通りだ。状況から考えて恭介はみすみす自分の命を捨てたことになる。いや、待てよ。室内に命より大事なものがあったとしたらどうだ？

そう思った信は装置のようなものにかかっていたカバーを外す。すると中から出てきたのは大きなカプセルだった。人一人入れる空間はあるが、何の用途に使うものか皆目見当もつかない。

「これは？」

「中のことは全然知りませんな。契約してからは全然立ち入ってなかったし」

恭介が一一〇番と一一九番にかけなかったのは、自分がこの部屋を留守にした瞬間にあの装置を奪われると考えたせいだろうか。だとすればこれこそがタイムマシンなのかもしれない。

そこまで考えて信は頭を振る。

いや、これはあくまで仮説だ。まだ何も証拠がない内から逸《はや》っても仕方がない。この装置のことは一度忘れて弁護に集中すべきだ。

ひとまず状況的には被害者が自己防衛のために鍵をかけ、密室を作ったという主張をしても良さそうだ。ただ単体ではあまりに消極的な主張だし、より強力な証拠で合わせ技一本を狙わないと勝てないかもしれない。

「おや？」

信は部屋の隅の方に写真立てのようなもの落ちていることに気がつき、そっと近づいて拾い上げる。

写真に写っていたのは恭介とエリカだった。ただ二人並んでいるだけのショットだったが、恭介もエリカも楽しそうに笑っている。気になって、写真の裏面も確認してみると、そこには『浜辺にて。愛しのエリカと』という走り書きがあった。

「おや、北三田はんにもこんなええ人がおったんですなあ」

常芳は無邪気にそう言うが、信の心中は複雑だった。

おそらく恭介はエリカに好意を抱いていたのだろう。もしかすると研究を完成させ、エリカと結ばれることを夢見ていたのかもしれない。しかしそれは叶わなかった。恭介はまるで自分の研究と愛する者を奪われたように感じたのかもしれない。だから何か大それたことをしてかして逃げた……そう考えられないだろうか？

　まあ、ひとまずはこんなところだろうか。

「常芳さん、助かりました」

「いやいや、かまへんかまへん。それよりあの検事を凹《へこ》ましてくれたらそれでええねん。あのお嬢さんがやったとも思いたくないしな……あ、他の部屋も見とくか？」

「お願いします」

　最初に入ったのは優子用の控え室だが、こちらでは大したものは見つけられなかった。簡素なデスクと椅子だけでただの休憩所という趣《おもむき》だ。まあ、ラジオや音楽プレイヤーの類いもないので、隣で争いがあったら確実に聞こえそうな気がする。

「特に手がかりはなさそうですね。では最後に被害者の部屋を見せていただけますか？」

「ええよ。まあ、男やもめの部屋なんて見て楽しいもんと違うやろけどな……」

　そんな前置きをして見せられたその部屋は生活空間と呼ぶにはあまりに殺風景な場所だった。パイプベッドと僅《わず》かばかりの収納、それと山のようなノート。まるで刑務所の独房のようだ。

「どうせ寝るだけやからこんなんでええって言ってたけど……流石にここで寝る気にはならんなあ」

「ここまで簡素な生活を送る必要があったのでしょうか」

「いや、起きたらすぐ研究したいし、研究終わったらすぐに寝たいからって。そう言われて、こらホンマの研究バカやなと思ったわ」

それが本当なら恭介の本質は詐欺師とはかけ離れているのだが……。

信は何気なく室内を見回していて、ベッド脇の壁にノートの切れ端のようなものがテープで留められていることに気がついた。

「これは……」

『自分史』と題された年表には恭介の個人史が事細かに書かれていた。それも二〇〇一年以降のことまで。中でも「二〇一六年　タイムマシン完成」という一行に、信は薄ら寒い思いを覚えた。

二〇〇一年　十月二十三日　午前八時五十五分
御剣法律事務所

朝、信が事務所に出勤すると玄関の前に思ってもいなかった人物が立っていた。

「あなたは……」

北三田エリカだった。そして信は彼女にも名刺を渡したことを思い出した。

「約束もなくやって来て申し訳ありません。ちょっとお時間よろしいでしょうか？」

「それは構いませんが……もしかして仕事の依頼ですか？」

「いいえ。青柳さんについて私の口からお話ししておきたくて。その、耕太さんの発言はあまりに一方的過ぎると思ったので」

恭介の人物像をより明確にしておきたい信にとっても、それはありがたい申し出だった。

「わざわざどうも……ではあちらへどうぞ」

信はエリカに来客用のソファを勧め、ついでに上等の紅茶を淹《い》れることにした。なるべく腰を据えて話をしたかったからだ。

「青柳さんは本当に良い人でした。特にタイムマシンの話をしている時は子供みたいで、理論なんて全然解らないのに聞いてるこっちまで楽しくなって……」

紅茶を一口飲むと、エリカは恭介のことを話し始めた。

「研究に対しての取り組みは真剣としか言いようがありませんでした。起きたら動けなくなるまで働いて、必要な睡眠をとったらまた再開するという徹底ぶりでしたから。まあ、食事を手早く済ませるためにファストフードばかり食べていたのはいただけないと思いましたね。六年前はまだスマートだったのにお腹もあんなに出てしまって……」

「小森さんとは対照的ですね」

「あの人は一日の研究時間を決めて、調子が良かろうと悪かろうとその時間だけキッチリ働きました。勿論、運動やプライベートの時間は別に確保しながら。本人は『リズムを決めて、それをキープし続ける方が長い目で見れば一番成果が上がるんだ』と言ってましたが、今になって思うとその通りでしたね。ただ、耕太さんにとって研究は成功の手段でしかないんです。自分に関わることをこう言うのもなんですが耕太さんは研究に打ち込んだ結果、出資者と配偶者を得たことになりますから」

「お二人の仲はどのような感じでしたか？」

「研究が始まった頃は互いに興味がない様子でした。青柳さんは自分の研究で手一杯、耕太さんはいずれ脱落する相手だと思っていたみたいで。しかし脱落者が増えるにつれて無視できない存在になっていったようです」

恭介にとって研究は人生の目的だが、耕太にとっては快適な人生を送るための一手段に過ぎなかったようだ。違った形で出会っていれば親友になれたのかもしれないが、生憎二人は椅子取りゲームを戦うライバル同士であった。

「私も研究については素人ですから耕太さんと同じ目線で物を言えないのですが、少なくとも研究者としては青柳さんの方が純粋だったと思います」

不器用だがひたむきな天才研究者……エリカの話からはそんな印象を受けた。

「こういうことをお訊ねするのは大変失礼かもしれませんが、小森さんとの婚約はあなたの意思ですか？」

「……はい」

とても答えづらそうにしているエリカを見て、信は素直に謝罪した。

「立ち入ったことを……申し訳ありません」

「仰りたいことは解ります。そこまで褒めるならどうして青柳さんを選ばなかったのか、と」

「そういうことですね」

「確かに耕太さんは決して善人だとは言えません。ですけど傍にいると安心できるんです」

「しかしテニスコートでの一幕は、部外者の私の目にはあまり愉快なものではありませんでしたが？」

「ああいうのは父で慣れてますから。なんと言いますか……私自身が決して強い人間ではないので、耕太さんのように力強い人に惹かれてしまうんだと思います。その点、青柳さんは優し過ぎたというか……」

「……なんとなく解りましたよ」

良い人だが配偶者にするには頼りないというわけか。

「ただ今年の冬に研究の打ち切りを告げられた時から、青柳さんは変わってしまいました」

「具体的にどんなことがあったんですか？」

「タイムマシン自体は試作機ができていたようです。ただ実際に動かすために必要な数式の演算が終わらなかったので、それが打ち切りの理由になりました。同時期に耕太さんがコールドスリープ装置の試作機を完成させたというのもありますが……」

最後のマッチレースを耕太が制したのは解ったが、そもそも対等な勝負とは言えない気もする。研究の難易度で言えばタイムマシンの方が遙かに高いだろう。

「逆に言うと、計算さえ終わらせられればタイムマシンは完成したということですか？」

「はい。勿論、青柳さんの申告ですからどこまで信用していいか解りませんが、本人は成功を確信していたと思います。もっとも膨大な量の数式を計算し尽くしてようやく完成するとかで、普通に人の手で計算したのでは一生かかっても終わらないそうです」

「それは勿体ない話ですね……しかし青柳さんは諦めてしまったんですか？」

　エリカは首を横に振った。

「いえ、実はそれを解消する方法はあります。コンピューターに処理して貰うんです。勿論、普通の家庭用のものでは話にならないので、計算機の専門家を呼んで特別に組んでいただきました。私たちはそれをＤＫＫと呼んでます」

「ＤＫＫ……なかなか格好いい響きですね。ちなみに何の略ですか？」

「……大計算機《DaiKeisanKi》です」

　信は内心で苦笑した。そんなストレートなネーミングとは思わなかったからだ。

「それは文字通り、大きなものなのですか？」

「はい。ウチの第二実験室を一部屋使うほどの大きさです。実はそこで予算を使いすぎて、研究所の建物を改築する予定も消えてしまいました。だから未だに実験室の扉は木製のままです……」

　ＤＫＫの製作にいくら注ぎ込まれたのかは解らないが、なんともチグハグな話だ。だがライバルの耕太としては面白くなかっただろう。

「それだけ大掛かりなコンピューターでも計算の完了まではあと十五年はかかる見込みだぞ

うです。今も研究所ではＤＫＫがずっと計算を続けています」

「十五年……ああ、そういえば由吉さんもそんなことを仰ってましたね」

少しずつピースが嵌まってきた。優子の弁護を引き受けた時の絶望感が嘘のようだ。

「しかしやはり十五年は長いのでは？」

「ええ。なので耕太さんが分散コンピューティングを提案しました」

信は自分の脳内を必死に探したが、該当する概念は見つからなかった。信は気まずい思いで訊ねる。

「……それは私にも理解できる内容でしょうか？」

「大丈夫です。私でもなんとなく解ったぐらいですから。簡単に言いますと、ある計算処理を行うのに何台もパソコンを繋いで処理速度を上げればそれだけ早く終わらせることができるということです。例えば仮にＤＫＫがもう一台あれば処理速度は倍……あと七年半で終わります」

「ああ、もう二台あれば処理速度は三倍、五年で終わる計算ですね」

「そういうことです」

なるほど。確かによく解った。

「しかしＤＫＫを何台も用意するのは流石に厳しいのでは？」

「仰る通りです。しかし耕太さんはまた別の分散コンピューティングを提案しました」

「と言いますと？」

「ＤＫＫでなく、普通の家庭用パソコンでも分散処理は可能なんです。一台二台では知れてますが何百何千……何万台ものパソコンが計算に協力すればその分早く終わります」

「質ではなく量、というわけですね。ただ、それだけのパソコンを揃えるのもまた大変なのでは？」

「なのでインターネットの回線を利用するんです。世間には電源が入っているのに使われていないパソコンが沢山ありますから。そんな待機状態のパソコンに式を渡して、計算結果を受け取ればいいんです」

「なるほど……私もまだまだ知らないことが多いようです」

研究への情熱に関しては恭介に劣るのかもしれないが、耕太も決して悪い研究者ではなさそうだ。

「ですが、青柳さんは強硬に反対しました。計算に関わる端末が増えればそれだけ中身を盗まれる可能性も高くなる、と」

「その主張にも一理ありますね。何せ、タイムマシンですから」

「勿論、式の内容は暗号化されてますし、仮に解析したとしても断片的な計算結果だけ見ても一般の人には解らない筈なんです。それでも青柳さんは、この研究を悪用されては人類が困るからそれだけはできないと……」

恭介が分散コンピューティングに強く反対した理由について信の中で二つの仮説が生まれた。

一つはタイムマシン研究の一切が嘘で、計算がすぐに完了しては困ったことになるという仮説。恭介が詐欺師で、なるべく長く研究資金を搾り取りたいと思っていたのならあり得る話だ。耕太が分散コンピューティングを提案したのも、その化けの皮を早く剝いでやりたいと思ったせいかもしれない。

もう一つの仮説は恭介が本当にタイムマシンの完成を確信していた場合だ。世界を揺るがす研究成果が、インターネット経由の分散コンピューティングで情報が漏れることを警戒したというのならそれも理解できる。

「その辺りの意見の衝突が最後の一押しになったようです。父は研究の打ち切りを決め、残った研究成果は買い取りということで青柳さんにお金を渡しました」

「それは……決して少なくない額でしょうか？」

「はい。第二の研究者人生を送るには充分な額だったと思います」

信は優子の話を思い出す。優子の前に現れた時、恭介は多額の現金を所持していた。おそらくそれが由吉から支払われた買い取り金だろう。

それにしても恭介は最後の最後で下手を打ったようだ。反対の真意はともかく、由吉や耕太を納得させるだけの代案を用意するべきだった。いや、分散コンピューティングを持ち出した耕太が切れ者だったのか……。

「では青柳さんの退場は円満だったのですか？」

信がそう訊ねるとエリカは表情を曇らせた。

「みんな円満だと思ってました。青柳さんが研究所を去るまでは」

「青柳さんが何か？」

「今年の二月下旬、青柳さんは二つほど大変なことをしでかしました。まず青柳さんはＤＫＫにロックを設定し、後から性能を上げたり、他のコンピューターと計算したりすると、計算データが消えるようにしてしまったんです」

「つまり何があっても計算が終わるまであと十五年はかかってしまうということですか？」

エリカは肯く。

「おまけに耕太さんのコールドスリープ装置のデータが消されていて……青柳さんがデータを全て持ち出した可能性が高いと」

信は思わず絶句してしまった。しでかしたどころの話ではない。これはもう立派な犯罪だ。

「……セキュリティに問題があったということですか？」

「むしろ誰も青柳さんがそんなことをする筈がないと思ってましたから……」

これも見方を変えれば、五年以上かけて北三田家の懐《ふところ》に潜り込んだと言える。決して短くない期間だが、数億のリターンのためならそれぐらいのことを平気でやる詐欺師はいくらでもいる。

「警察に被害届は出したのですか？」

「いいえ。ＤＫＫに関してはロックをかけただけで盗んだわけではないということで、警察の担当者から却下されてしまいました。コールドスリープ装置のデータについては……まだウチの父も知りません」

「何故ですか？」

「耕太さんが絶対に教えるなと。もしも父が真実を知ったら私たちの婚約は破談になり、耕太さんは全てを失いますから」

「なんとまあ……」

「救いがあるとしたら研究のノウハウはまだ耕太さんの頭の中にあることでしょうか。研究の何割かはやり直しですが、今すぐ必要になることもないでしょうから誤魔化しきれると。なので、耕太さんは睡眠時間を削ってこっそり研究を続けています」

今や信は、耕太の気持ちが手に取るように解った。耕太は自身の数年がかりの研究成果を盗まれたばかりか、自分のものになる筈のタイムマシンの研究まで台無しにされたわけだ。耕太が恭介を口を極めて罵《ののし》っていたのにも、まんざら理由がなかったわけではないということか。

これは恭介を殺害する立派な動機になるかもしれない。信はそんなことを思いながらエリカに質問をした。

「小森さんは何か手を打ったのですか？」

「人を雇って行方を探させてました。勿論、父にバレない範囲でこっそりと。ただ時間こそかかりましたが、結局は見つけることができました」

「一体どうやって？」

「コールドスリープ装置の組み立てに必要な部品の中に、とても特殊なものがあったんです。データを盗んでいったからには必ず装置を作る筈だと確信した耕太さんが、そうした部品を扱う馴染みの業者さんと頻繁《ひんぱん》に連絡を取り合って……ようやく糸口を摑めたんです。先月、一人の女性がある部品を買おうとしているという情報が入りまして……業者さんになんとか取引を引き延ばして貰いました」

その言葉で信は現場で見かけた例のカプセル型の装置を思い出した。もしかするとあれがそうなのかもしれない。

「なるほど。それで彼女を尾行したと」

「はい……。ただ、その時はお願いしていた探偵さんがすぐにお店まで行くことができなくて、偶然近くにいた私が尾行することになりました」

部品を買ったのは間違いなく優子だろう。信はエリカの前に優子の写真を差し出した。

「では、これがその彼女でしょうか？」

「はい。この方は？」

「尾根紡優子さん。私の依頼人です」

きっと優子が相手なら尾行もそう難しくなかった筈だ。そもそも彼女は恭介がやらかしたことを何も知らないのだから警戒しようもあるまい。

だがエリカの口から出たのは思わぬ言葉だった。

「尾根紡さんの尾行は大変でした。何かの拍子で彼女が振り向いた時、私は顔を突然隠すのも不自然だと思って、敢えて何もしませんでした。尾根紡さんとは面識もありませんしね。ところが私と目が合った瞬間に早足になって……どうにか談壇寺に入っていくところを確認するのが精一杯でした」

「そうですか……」

信は必死で情報を整理していた。

優子がエリカの顔を知っていることは別におかしくはない。作業場に写真立てがあったし、恭介と一緒に写っているエリカを亡き妻と解釈していたのかもしれない。だが、慌てて逃げる必要なんてどこにもない筈だ。

これが優子の隠し事かもしれないが、彼女が何故それを黙っているのか現時点ではまだ解らない。

ひとまず信はエリカに先を促した。

「それであなた方は何か行動を起こしましたか?」

信がそう訊ねると、エリカは身構えた。

「どういう意味ですか……」

「実は少し前まで現場にいたんですが、中に人間一人入れそうなカプセルを見つけました。おそらくはあれはコールドスリープ装置だと思われますが、データを盗まれたあなた方にとっても大変なことではないのですか?」

「私は、ただラボに青柳さんの様子を見に行っただけです……」

問い詰めると、エリカはあっさりと白状した。

「それはいつの話ですか？」

「事件のあった夜、です」

信は思わず身を乗り出しそうになった。まさかここでエリカが罪の告白をしてくれるなんて都合のいいことは考えていないが、それでも新しい情報が手に入るのは間違いない。

「私があのラボを訪ねた時、青柳さんはお腹から血を流してはいましたが……まだ生きてたんです」

「それは何時頃の話ですか？」

「午後の……十時過ぎだったと思います。ガラスは少し汚れてましたが、青柳さんの様子を窺うのに不都合はありませんでした。その際、倒れている尾根紡さんの姿も見ました」

襲撃から約二時間後、やはり恭介はそれなりに長く息があったようだ。

「青柳さんに何か呼びかけましたか？」

「勿論です。私は助けたくてドアの外から何度も声をかけました。でも……」

「何があったんですか？」

「青柳さんは鍵を開けてくれなかったんです」

「既に青柳さんの視力が失われていて、あなたのことが見えてなかっただけでは？」

少なくとも本人が諦めて去ったと思った犯人が戻ってきたと感じたのなら、絶対に開けることはないだろう。

「いえ、見えていました」

「失礼ですが、その根拠は？」

「私はすぐに外に出て、近くの公衆電話からラボに電話をかけました。すると青柳さんは電話に出てくれたんです」

現場を思い出す。言われてみると受話器は外れていた。乱闘中に外れたのかと思っていたが違ったようだ。

「それで青柳さんはなんと？」

「私のことを北三田エリカだとはっきり解った上で、『ワタシは助けを待っていた。でも残念ながらあなたではないんだ。ワタシは大丈夫だからこのまま帰って欲しい』とだけ……」

不可解な話だ。あの時の恭介に優子以外の協力者がいたとは考えづらい。

「もしかしてあなたを事件に巻き込まないように、かばったのではありませんか？」

「解りません。けどお腹から血を流してたんですよ？　助かる助からないの瀬戸際で助かる可能性を自分から放棄するってなんて……あり得ますか？」

利己的な詐欺師なら尚更あり得ないだろう。

「そうですね。何かよほどの理由がない限り、あり得ないと思います」

恭介が一一〇番や一一九番にかけなかった謎が更に深まってしまった。ただ、何者かの助けを待っていたという言質が取れたのは新しい事実だ。どうにかその人物とコンタクトを取りたいものだが、現時点では雲を摑むような話だ。

信がそう思っていると、エリカがとても言いづらそうな顔でこう切り出した。

「あの、そろそろお暇《いとま》しようと思うのですが……」

「ああ、わざわざご足労いただいてありがとうございました」

気がつけば結構話し込んでしまったようだ。エリカにしてみればただ恭介の話をしに来たのに、余計なことまで話す羽目になった気持ちで一杯だろう。これ以上はガードが上がって引き出せないと思って良さそうだ。

「あ、エリカさん。最後に一つだけよろしいですか？」

「なんでしょうか？」

「あなたが事件のあった夜、現場に行ったのは何かが起きると知っていたからではないのですか？」

エリカは一瞬目を泳がせたが、すぐに信の目を見てこう告げた。

「……いいえ」

その瞬間、信はエリカが誰かをかばっていることを推測した。だからこそ彼女も、一一〇番に通報することができなかったのではなかろうか……。


エリカが出て行った後、信は恭介の人物像を再度修正していた。

目的のためなら手段を選ばないという表現があるが、研究の打ち切りが決まってからの恭介の行動はまさにそれだ。手切れ金と引き換えに取り上げられたタイムマシン研究を耕太の手の届かないところに追いやって逐電したのは、何が何でも自分の手で完成させるという意志の表れだろう。無論、実態のない研究をしていたことを隠蔽《いんぺい》するための行為と見ることも可能だが、おたずね者同然の立場にある人間がわざわざラボを借りてまで研究を再開するとは思えない。恭介の本質が詐欺師なら、手切れ金を手にした時点でひとまずよしとする筈だ。

しかし恭介を純粋な研究者と断ずるわけにもいかない。耕太のコールドスリープ装置の研究成果まで持ち出しているからだ。ライバルへの意趣返しだと見るにしても、それはDKKにロックをかけた時点で充分に達成されているわけで、どう考えてもやり過ぎだ。エリカの口ぶりではコールドスリープ装置は実用化の目処も立っていたようだからその気になれば一財産を築くことも可能だろう。本性を現した詐欺師が行きがけの駄賃を持って行ったようではないか。

まるで一人の人間の中に異なる二つの人格が入っているみたいだ。逐電してからの恭介の足取りはほぼトレースできているとはいえ、一連の行動の裏にあるものを説明できないのは気持ちが悪い。

やはり確認する必要がある。半年間以上、彼と同じ時間を過ごした人間に……。

二〇〇一年　十月二十三日　午前十時
留置所

「事件の際、あなたが見た不審人物というのはこの人ではありませんか?」

信が耕太の顔写真を差し出すと優子は顔色を変えた。

「そ、そうです。この人だと思います。多分……この人は誰なんですか?」

信の見立て通り、恭介を襲ったのは耕太だったようだ。エリカの別れ際の態度でほぼ確信していたが、ようやく客観的な証言が得られた。

「小森耕太さんといって、恭介さんとはライバル関係にあった人です。そしてそう遠くない将来、北三田家に婿として入り、北三田耕太という名前になる予定でした」

「ですけど、博士はどうしてそんな名前を名乗ったんでしょう?」

「現時点ではハッキリしたことは解ってませんが……今からあなたに最悪の推理を披露したいと思います」

信がそう告げると、優子は身構えるように首を引いた。

「何がどう最悪なんですか?」

「例えば恭介さんが最初からあなたをスケープゴートにするつもりで助手にしたという話です」

優子は明らかに絶句していた。それをいいことに信は推理を語る。

「敢えて北三田耕太を名乗っていた以上、いつかは本物の耕太さんにバレると解っていたのではないでしょうか。しかしその耕太さんを返り討ちにし、あなたに罪をなすりつけることができれば、あとは悠々と過ごせる……どうですか？」

「やめて下さい！　博士はそんな人じゃありません！」

声を荒らげる。これ以上続けると担当を外されそうな勢いだ。信はここらで手を緩めるべきと判断して、話題を転換させる。

「ですから最悪の推理と前置きをしたんです。誤解しないでいただきたいのですが、私は無理にあなたの中の博士像を壊すつもりはありません。ただ、あなたがそれに引っ張られて彼に関する証言を無意識の内にねじ曲げてしまうことを危惧していました」

優子は黙っている。そうした自覚があって黙っているのか、反論を考えているのか解らない。だがこれを好機と見て信は本題に入る。

「あなたのお気持ちも解ります。実際のところ、恭介さんは単純な悪人ではなさそうですから」

「どういうことですか？」

食いついてきた！

「耕太さんの婚約者で北三田エリカさんという方がいます。彼女は恭介さんとも面識があるわけですが、実は犯人が立ち去った後、エリカさんは現場を訪れたそうです。その際、気を失っているあなたとまだ息のある恭介さんを見たと言ってました」

「そんな」

「そればかりかエリカさんは恭介さんを助けようと、必死に鍵を開けるよう外から呼びかけたそうです。一度目は直接、二度目は電話で。ですが信じられないことに、恭介さんはエリカさんの助けをハッキリと拒絶しました」

「あり得ない……それが助かる最後のチャンスだったのに」

優子なら何か知っているかと思ったのだが、アテが外れてしまったようだ。ただ、それならあの推理を聞かせることができる。

「説明できなくもありませんが……これは一つの解釈として聞いて下さい」

優子が肯くのを見て、信は語り始めた。

「エリカさんは恭介さんを襲った耕太さんの婚約者です。エリカさんが純粋に恭介さんの命を案じていたとしても、恭介さんにしてみれば二人が通じている可能性を否定しきれない以上、エリカさんに心を許すわけにはいかなかった。開けてしまったが最後、どこかに潜んでいた耕太さんがトドメを刺しにくる可能性を警戒したのかもしれません」

「それでも……助かる可能性を見送るなんて馬鹿げてます」

「私も同感です。ただ、恭介さんが最悪の事態を避けたかったとしたら納得できる面もあるんです。尾根紡さん、恭介さんにとっての最悪の事態が何だったか解ります？」

「それは……あの場で命を落とすことでしょう。そして現にそうなってしまいました」

「はたして本当にそうでしょうか？　私は恭介さんにとっての最悪の事態というのは犯人と死ぬだけでなく、あなたも殺されることではないかと思うのです。何せ、あなたは犯人と顔顔を合わせていましたから。もしエリカさんが耕太さんと通じていたら、あの場で口封じに殺される可能性があった」

「あ、ああ……」

「だからこそ彼はドアを決して開けなかったのではないかと」

これはあくまで信の想像だ。しかし現時点ではこれ以上に納得のいく説明を他に思いつかない。

「……博士は私を守ってくれたんですか？」

「かもしれません。もっとも、それが結果的にあなたを窮地に追い込むことになってしまいましたが……」

優子は泣いていいのか笑っていいのか迷った表情で信の顔を見つめていた。

「混乱させるようなことを言って申し訳ありません。私が今口にしたことは全て何の根拠もありませんし、あくまで推測です。それどころか恭介さんは世間では決して評判の良い人間とは言えませんし、実際に犯罪行為にも手を染めています。ですけど、もしも恭介さんがあなたの命を守るつもりで鍵を開けなかったのなら……これは『自分はどうなってもいいから、君は助かれ』というメッセージと取れませんか？　あの行動は彼の最後の良心だったのかもしれません」

死人に口なし……恭介の死を自分の立場に都合の良いように解釈しているのは充分に承知している。それでも信は、彼女に嘘偽りのない気持ちで裁判に臨んで欲しかった。

「ですから尾根紡さん、嘘をついてまで恭介さんの名誉を守ろうとすることは彼の遺志に反します。それだけは解って下さい」

「解りました。これからはありのままの事実だけを口にします」

弁護を引き受けて約半月、ついに優子からこの言葉を引き出せたことに信は手応えを感じていた。しかし豪が手応えだけで勝てる相手ではないのも解っている。無敗の男の戦歴に最初の一敗を刻めるかどうかは自信がなかった。

だからこそ……信は彼女の嘘を暴く必要があった。

「では尾根紡さん、あなたが私についていた嘘を話して下さい」

優子の表情が強張った。だが今度は怒りではなく、恐怖だった。嘘を暴かれる予感に恐怖している優子を、信は悲しい気持ちで見つめていた。

二〇〇一年　十月二十三日　午前十時十二分
留置所

「嘘……というのは？」

困惑している様子の優子に信は黙ってエリカの写真を突きつけた。

「あなたはこの女性をご存じですね？」

そう訊ねると、優子はぎこちない表情を浮かべる。

「な、亡くなった博士の奥様ですね」

　この人は嘘が性格的に下手なのだろう。

　信は優子の言い訳をシミュレートしながら、話を進める。

「実は私は彼女からも話を聞いてましてね。街であなたは目が合った途端に逃げ出したと。何故逃げたのですか？」

「それは……博士の関係者と接触するべきではないと思いまして。未来に影響が出てしまいますし……」

「しかし向こうはあなたを知らないのでしょう？　つまりたまたま目が合っただけで、別に急いで逃げる必要はないのでは？」

「それは……」

「あなたは彼女が北三田エリカさんだと知っていた。そしてラボの場所を知られてはいけない相手であることも。だから逃げた……違いますか？　いや、それどころかあなたは恭介さんが北三田耕太ではないことを知っていましたね？」

　信には詰みまで持って行けた実感があった。その感触に間違いはなく、やがて優子は諦めのような深いため息を吐いた。

「はい。御剣さんのご指摘通りです」

　思い詰めた様子の優子に信は優しい言葉をかけた。

「私はあなたの嘘を責めているわけではありません。ただ、事件の裏にどういう事情があったのか、全て明かして欲しいだけなんです。今回の裁判の相手はそうしないと勝てない相手ですから」

「……最初は本当に信じていたんですよ」

優子はゆっくりと自分の秘密を打ち明け始めた。

「ですけど博士の話の小さな矛盾が気になってきて……仕事の合間に少しずつ調べました」

「では素性を知ったのは？」

「つい二ヶ月前です。勿論、博士には黙ってましたけど」

決して短くない期間だ。真実を知った上での身の振り方を真剣に考えるには充分だろう。

「事情はどうあれ、恭介さんはあなたを騙していたことになります。何故、恭介さんを責めることもなく助手を続けたのですか？」

「御剣さんは博士のノートを見たことがありますか？」

「ええ……」

信には書かれている内容の一割も理解できなかったが、タイムマシンの開発に並々ならぬ情熱を注いでいることだけは解った。

「あんなの……ただ人を騙すことを考えている人間には書けませんよ。自分に向けて書いているんです。自分がタイムマシンを開発するって心から信じていないとできません」

優子の言う通り、どうやら恭介は本気で自分がタイムマシンの開発者になると思っていたようだ。故に全てを注ぎ込める、何でもやる……恭介の行動原理はだいたいそれで説明できたが、完全に因果が逆転していた。

「勿論、本当にタイムマシンが完成すればいいなとは思いながら手伝ってました。ただ私は操作方法を教えて貰っていないので、あのマシンが本当に完成したのかどうかは確認しようがないんですが……」

優子は恭介を自分の夢を託すに足る人間と見込んで手伝っていたというわけだ。

「気に障ったら申し訳ないですが、恭介さんの本性を知って怖くならなかったんですか？」

「正直なところ、怖かったです」

意外な返事だった。てっきり優子は恭介に心酔しているのだと思っていた。

「ですけどそれ以上に可哀想に思ったんです。自分の夢を追求するあまり、世間と折り合いがつかなくて居場所を失う。そして孤独を埋めるために自分を騙し始めて引き返せなくなる。多分、博士と出会ってなかったら私もああなってました」

恭介に自分の影を見たのだ。だから優子は関係を清算することもなく、付き合い続けた。

「そんな人、私以外に誰が信じてあげられるんですか……」

優子の頬を涙がつたった。胸の奥に堅く押し込めた真実を口にしたせいで、感情の制御が利かなくなったようだった。

「尾根紡さん、正直な話をすれば私には恭介さんがどこまで信頼に足る人物かは解りません。ですが、あなたの信じる恭介さんを私も信じます。この裁判、勝ちましょう」

するとようやく優子は笑顔を覗かせた。

「はい！」

そう答えて涙を手で拭ったが、突然小さな悲鳴をあげる。

「痛っ！」

「どうしました？」

訊ねると気まずそうに両手の甲を見せてくる。すると、とても荒れているのが解った。

「恥ずかしいんですけど、空気が乾燥しているせいで手にひび割れができてるんです」

自分の身体から出た涙とはいえ塩水、容赦なくしみる筈だ。その痛みを想像して少しゾワッとした。

信は席を立つと優子にこう告げる。

「面会時間、まだ残ってますね。ちょっと待っていてくれませんか？」

「御剣さん？」

面会室を出ると売店に急いだ。幸いなことに警察署内の売店は昼時でも空いており、レジの前には年配の女性店員が暇そうに座っていた。

信は何気ない調子で彼女に訊ねる。

「あの、ハンドクリームって売ってますか？」

「それなら先週出たばっかりのいいのがあるよ。このボロナイトカンパニーの新商品、ボロナインS軟膏がオ・ス・ス・メ。何せ新開発のスベスベールって成分が入っててね。アタシも自分で買って試したらひび割れもあかぎれもキレイに治ったよ。おかげで今は毎晩、顔に塗りたくって寝てるぐらいさ。この分だとスベスベ肌の美人になっちまうねえ。まあ、アタシは何もしなくてもキレイだけど」

「は、はあ。では一つ下さい」

買わなかったら永遠に女性のお喋りが終わらない気がして、つい買ってしまったが大丈夫だろうか。まあ売店に置いてあるぐらいだから毒ではなかろうが……。

信は面会室に戻る道すがらすれ違った署員に差し入れしたい旨を伝えたところ、「封も切ってないですし、売店で買ったものということでしたら大丈夫ですよ」という返事を貰えた。お陰で意気揚々と優子のところに戻ることができた。

「尾根紡さん、大したものではありませんが良かったらこれを使って下さい」

「あ……ありがとうございます御剣さん！　大事に使います」

優子の感激は度を越していた。たかだかハンドクリームでここまで喜ばれるとこちらが困ってしまう。

こんなもので距離が縮まるとは思わないけれども、不本意な状況に置かれている彼女に少しぐらい救いがあってもいいではないか。

二〇〇一年　十一月十六日　午前九時
地方裁判所

「これより尾根紡優子の法廷を開廷します」

禿頭に立派な髭の裁判長は、その貫禄に相応《ふさわ》しい厳《おごそ》かな口調で開廷を告げた。

「では狩魔検事、冒頭弁論をお願いします」

「被告人、尾根紡優子は十月一日の晩、ラボキタミタの作業場で自称北三田耕太こと、青柳恭介を殺害した。現場は密室で、この犯行は被告人以外には不可能だった……ワガハイはそれを最速で立証してみせよう」

「では最初の証人をお願いします」

何気ない口調でそう言った裁判長を、豪はもの凄い形相で睨んだ。

「最初だと？　最後の証人の間違いだ！」

「し、失礼しました」

信は少々呆れた。裁判長の方が豪よりも歳上と思っていたが、この力関係はどういうことなのだろう。もっとも信とて裁判長の歳を知っているわけではないが。

いや、そんなことはどうでもいい。今は裁判に集中しなければ。

「検察側は本件の捜査にあたった溜田《ためだ》刑事を召喚する。入れ！」

豪の合図で入廷してきた角刈りの厳《いか》つい男は、証言台に立つなり胴間《どうま》声を張り上げた。

「刑事の溜田巡《めぐる》と申します！」

歳の頃は三十代後半だろうか。耳が潰れているのは柔道をかなりやっているせいか。まあ、ベテランの刑事と見て良さそうだ。

「溜田刑事、もう少しボリュームを落としていただけると助かります」

「はい、承知致しました！」

巡は裁判長のリクエストが伝わっていない様子で語り始めた。

「十月二日の朝六時三十分、我々は現場を訪れました。そこには左脇腹にナイフが刺さったまま死亡している被害者と、その隣で倒れている被告人がいました。現場は間違いなく密室で、被告人以外に犯行は不可能でした。故にその場で現行犯逮捕……大金星です」

巡の証言はひどく簡潔なものだった。まるで余計な情報を削ぎ落としたかのように。

間違いない。狩魔検事が何か指示をしている。

「いかがかな裁判長。この上なく無駄のない証言だった。最早《もはや》審理の必要さえない」

「確かに。溜田刑事の証言には尋問の余地がないような気がしますね」

「日本記録が見える。いや、ギネスブックすら夢ではない。さあ、裁判長。判決を！」

「狩魔検事、逸る気持ちは解りますが流石に弁護側の尋問を飛ばすわけにはいきません。手続きは手続きですから」

「フン。まあ、いいだろう。この証言に隙がない以上、検察側の勝ちは動かないがな」

隙がない……わけでは決してない。

信は軽い確認で次の布石を打つことにした。

「つまり今の証言を踏まえて、検察側はこう主張しているのですね？　密室内には被害者と加害者が一緒にいた。故に逮捕は妥当であった、と」

「上手く要約ができたからといってワガハイは褒めたりせんぞ。みえみえの時間稼ぎをしおって」

「それでは弁護側は、尾根紡さんが加害者でないことを示そうと思います」

筋道はできた。あとはこじ開けていくだけだ。

「では溜田刑事にお訊ねしますが、あなたが現場に到着した際、尾根紡さんは返り血を浴びていましたか？」

「いえ、それは……」

「異議あり！」

豪の声が廷内に雷鳴のように轟《とどろ》いた。

「被害者の死亡推定時刻は一日の二十三時から二日の一時の間という所見が出ている。そして現場は内側から鍵とチェーンロックがかかっていただけ。つまり被告人には偽装工作をする時間がいくらでもあったというわけだ。なんなら一度密室を出て、自宅で着替えてくることすら可能だ。故に返り血など浴びてなくて当然、些末《さまつ》なことで進行を妨げるな！」

「進行妨害などとんでもない。弁護側は逮捕の根拠を訊ねているだけです」

信は今回の裁判にあたって、これまでの豪の裁判記録を可能な限り読み漁った。なかなか骨の折れる作業ではあったが、豪の勝ち筋のようなものを見つけることができたのは大きな収穫だった。

一般的な裁判の場合、事件の情報が弁護側と検察側である程度共有されると争点は自ずと定まってくる。しかし豪の場合は検察の権限をフルに活用して徹底的に情報を秘匿《ひとく》し、裁判当日に弁護側が困惑するような新事実をぶちかましてくるのだ。結果、争点すら定められないまま敗北する……これが豪の必勝パターンだ。

だからこそ、まずは豪のいつものペースを崩す。気持ち良く戦わせないことが大事だ。ただ、自分に少しでも不都合な指摘があると法廷侮辱罪を適用するように裁判長に求める傾向がある。適用されれば弁護士と言えど退廷させられてしまう……つまり普段の裁判なら許されるミスも、今回は致命傷になる。

天使のように繊細に、悪魔のように大胆に……か。言うのは簡単だが、なかなか骨の折れる芸当だ。

「ふむ……狩魔検事の指摘も一理あるように思えます。返り血を浴びていないイコール加害者ではないとするのはいささか根拠が弱いかと。いかがですかな、御剣弁護士?」

「ああ、今のは無罪を主張する材料ではありません。いわば正解までの補助線です」

捜査情報の隠匿が豪の常套《じょうとう》手段だが、今回信は逮捕の模様を談壇寺の常芳から聞いて知っている。故に巡の話から抜け落ちた情報こそが検察側にとって不都合な内容だということがはっきりと解った。

「ところで溜田刑事、先ほどの証言の中にあった大金星という表現が引っかかったのですが、強調したくなるぐらい特別な功績なのでしょうか?」

「え、いや、それは……」

「刑事！　事実だけを話すように」

豪の一喝に巡は縮み上がる。

検事として戒《いまし》めの声をかけたように聞こえたが、本音は「絶対に余計なことを言うな」というところだろう。即《すなわ》ち、ここが突破口だ。

「朝の六時半といえば普通は出勤していない時間帯ですよね？　どうしてそんな時刻に現場へ向かったのですか？」

「それは……」

豪はいわばサバンナのライオン、自分以外は全て食料という楽園で暮らしている王だ。

「もしかして……通報があったのではありませんか？」

だからこそここらで一つ、狩られる恐ろしさを思い知らせてやらねば。

「…………」

信の言葉を浴びた巡は声を失って、パクパクと口を動かすばかりだった。流石に裁判長も少し苛立った様子で返事を促す。

「あの溜田刑事、御剣弁護士の質問に答えて下さい」

「あ、え、ええ……」

巡は豪の方を気にしながら答える。

「実は二日の未明に匿名の通報があったんです。『ラボキタミタで人が殺された』と。それで我々は布団から飛び起きて、現場へ急行したというわけです」

「つまりあなた方は綿密な捜査をしたわけでもなく、ただ現場へ駆けつけて状況証拠だけで被告人を逮捕したということですか？」

「そんな言い方は……ないんじゃないでしょうか」

証言台の上で巡は身をよじっている。

「いいですか。現場は密室、中には生者と死者が二人きり。この場合、状況の解釈は二通りあります。生者が死者を殺したのか、あるいは第三者に傷つけられて一方が命を落としたのか……あなた方は後者の可能性を一瞬たりとも思い浮かべなかったのですか？」

「そ、それは……まあ、そうなんですが」

「それは何故ですか？」

「通報者が『女が男を刺し殺すところを見た』とも言っていたものですから……その、つい」

巡がそう言った瞬間、廷内がどよめいた。にもかかわらず、信は豪の舌打ちがはっきりと聞こえたような気がした。

一つ崩した！

逮捕が歪んだ先入観によるものだったと認めさせることができた。勿論、収穫はそれだけではないのだが……。

豪は懐中時計を見つめて深いため息を吐く。

「ギネス記録は諦めるとしよう」

信に主張を崩されたことより、記録を作れなかったことに対して落胆しているようだった。

要は裁判の展開など、まだどうにでもなると思っているのだろう。

「裁判長、たった今溜田刑事の口から出た匿名の通報者ですが、弁護側はその人物こそ本件の真犯人だと考えています」

信にはこの間からずっと疑っている人物がいる。彼には差し迫った動機があり、犯行も決して不可能ではなかった。だからこそ、法廷に引きずり出せる機会を逃したくない。

――真犯人……小森耕太の罪を暴くためにも。

「それは何故ですか?」

「『ラボキタミタで人が殺された』『女が男を刺し殺すところを見た』……これは犯人しか知り得ない情報、即ち秘密の暴露に当たります」

これは嘘だ。厳密に言えば事件のあった日の午後十時過ぎに現場を訪れたエリカも、同じことを知り得た立場にある。だが、信はエリカのことは自分の胸に秘めることにした。何故なら彼女は証人になることを拒否したからだ。

「耕太さんがいくら悪人でも……私には婚約者を突き飛ばすような真似はできません」

そう言われては本人の意思を尊重するしかあるまい。それにもしも不利になる情報を漏らしたと耕太が知ったら、いつか恭介と同じようにエリカを始末する……そんな気がしたからだ。

「何をエラそうにペラペラと……裁判長、こんな男の話を聞く価値はないぞ。どうせ証拠がないのだからな」

「ええ、証拠は持ち合わせていません。しかし警察には間違いなく残っているかと」

二つの異なるものが接触した際、必ずお互いにその痕跡が残る……これをロカールの法則と呼ぶ。だからこそ鑑識は現場を保全し、侵入者の痕跡を丁寧に探すわけだ。

さて、耕太が真犯人なら恭介と優子と接触していることになる。耕太の方で二人に触れた痕跡は隠滅できたとしても、現場が正しく保全されていれば、必ず彼がラボキタミタを訪れた証拠が残っている筈だ。

「例えば靴跡。現場は土足OKでしたから、訪問者があればその靴と床は必ず接触している筈です。何らかの痕跡が残っているでしょう。ところで尾根紡さん、事件以前に現場を誰か外部の人間が訪れたことはありますか？」

「いいえ。この半年間、私と博士しか現場には入っていません」

「それでしたら被害者と尾根紡さんの所有していた靴と一つ一つ照合していけば、犯人の靴跡が判明するかもしれ……」

「チッチッチッ」

突然、豪が舌を鳴らす。それがあまりに唐突なタイミングだったため、信は思わず話の途中で黙り込んでしまった。

「つまり現時点での弁護側の主張はこうだな？　そもそも逮捕の経緯に問題があったから被告人は無罪だ、そして通報者が真犯人だから侵入者の痕跡について開示しろ、と」

「……その通りです」

「クク……甘い、甘いわ。どうして弁護側の怠慢《たいまん》をこちらが面倒見てやらねばならんのだ？　そんなものは裁判の前に予《あらかじ》め準備しておくものだ。宿題を忘れた小学生だってもう少しマシな言い訳をするぞ」

呆れた。強権を発動させて、現場を封鎖しておいてなんて白々しいんだ。

「しかし警察の捜査結果に検察側だけがアクセスできるというのは不公平ですよ」

「御剣弁護士の要求ももっともなような気がしますが……いかがですか、狩魔検事？」

「裁判長まで甘い。弁護士など裁判を引き延ばすためなら何でもする人種だ。一つ一つまともに取り合っていたら、それだけワガハイの時間が奪われる……それだけは我慢ならん！　それに現時点では開示に応じる理由がない」

「どういうことですか？」

「簡単な話だ裁判長。弁護側が主張する通り、溜田刑事の判断には問題があったかもしれない。しかし検察側は結果的にそれが正しかったことを証明しよう。弁護側がそれを否定できなければ、開示するまでもなく裁判は終わる……お解りかな？」

「確かに……無駄な手順を踏まなくて済みます」

信は思わず拳を卓に叩きつける。

どうせすんなり行くとは期待していなかったが、それにしてもやり口が汚い。豪は決して不利になる証拠品を自分から提出しないし、それどころか平然と握り潰すだろう。こちらから証拠品の提出を求めたところで一蹴《いっしゅう》されるのがオチだ。

だからこそ狩魔検事の見落としを狙う。たとえそれが毛ほどのチャンスしかなかったとしても、やるしかない。

「して狩魔検事、被告人の犯行を裏付けるような証拠があるのですか？」

「勿論。凶器のナイフから被告人の指紋が出た。刑事、名誉挽回の機会をやろう。ワガハイに代わって説明しろ」

「は、はい」

巡が気をつけのポーズで返事をする。

「裁判長、証拠品です」

「受理します」

巡が提出したのは血がこびり付いたナイフと、指紋採取の作業中に撮ったのであろうと思しき写真だった。アルミニウムの粉末をかけられたナイフの柄《え》には沢山の指紋が付着している様子が写っており、更に数ある指紋の内の五つが赤丸で囲まれていた。

「写真の赤丸の箇所を見て下さい。柄の端から刃渡りにかけて、親指、人差し指、中指……と被告人の右手五指の全ての指紋が付着していることが確認できました。被告人は自分の意思で凶器を握り、被害者の腹に深々と突き刺したのです」

「ほう……」

信は感心したフリをして考え込む。

豪の不敗伝説を支えるもう一本の柱が強力な証拠品だ。弁護側に故意に伏せられていた情報の開示ラッシュを凌《しの》いで胸を撫で下ろした弁護士が、これで沢山葬られている。つまりは捜査情報の隠蔽で弁護側を押しきれればそれで良し、そうならずとも切り札の証拠品でゆっくりとトドメを刺す……二段構えの戦術というわけだ。信も事前に豪の戦術を調べていなければ、ここで終わっていたかもしれない。

豪が被告人質問を開始する。

「被告人、被害者との関係は？」

「博士の助手をしていました」

「もっと具体的に」

「ラボで研究に没頭していた博士に代わって部品の調達や事務手続きなどを……研究の方はあまりお手伝いできなかったのが心残りです」

「そうか。では現場に残されていた装置は完成していたのか？」

「はい」

その返事に、信は思わず顔を伏せそうになる。優子は完全に豪の狙い通りに受け答えをしている。

「ですが、まだ試運転すらしていなかったので、完成と言っていいかどうかは解りませんが」

「そんなことはどうでもいい。肝心なのは、装置の完成で契約関係に一区切りついたということだ。キサマは被害者からお役御免を言い渡されて頭に血が昇った。だから隠し持っていたナイフで殺したのだ」

「そのナイフは私のじゃありません」

——こういうケースに備えて合図を決めておいて良かった。

「裁判長、このナイフの指紋について検察側に確認したいことがあるのですが」

信はそう口にしながらさりげなく優子に視線を送る。すると瞬《まばた》きが二回だけ返ってきた。

肯定なら一度、否定なら二度、解らないなら三度瞬きをするという合図だった。今回は否定、つまりナイフの指紋について優子は心当たりがないということだ。おそらくは何らかの手段でつけられたものと推測できる。

「構いません。どうぞ」

「ありがとうございます。溜田刑事、ナイフに残されていた指紋は被告人のもの以外にもあるようですが、それらは全て照合できているのですか？」

「きゅ、九割九分九厘照合できております！　残りの指紋の殆《ほとん》どが被害者のものでした！」

「おや、それでは一致していない指紋があるということですね？」

「そ、それは……」

信は犯行の起きた状況をイメージする。

いくら被害者が真犯人との面会の約束をしていたとしても、例えばフルフェイスに手袋をはめた人間を中に招き入れたりはしないだろう。訪問に際して顔は晒《さら》し、手袋も外すのが礼儀というものだ。事実、優子の話では真犯人が優子に摑みかかってきた時は素手だったそうではないか。

切り札として持って来たナイフを抜いたはいいが、アクシデントによって回収し損ねた……そんなところだろう。ならば柄に指紋が残っている可能性は充分にある。

「タワケが。そんなことは本件に一切関係がない」

法廷中に豪の恫喝が轟いた。

「被告人、何故キサマの指紋がナイフに付いているのだ？　説明してみろ」

「そんな……私には解りません」

戸惑う優子を豪はせせら笑った。

「ほうら、見たことか。説明できるわけがない。自分の手で刺し殺したのだからな」

「違います！　私、博士を殺したりしていません」

どうやらまずは、優子の指紋が今回の殺人と無関係であることを示さなければ先に進ませて貰えないようだ。

「異議あり！　親指の指紋が柄の端にあるのはおかしいんですよ」

信は内ポケットから万年筆を取り出すと、キャップを外した。そしてペン先を上に向けて握る。

「これをナイフに見立てます。ペン先が刃先だと思って下さい。これで刺そうと思ったらこんな風に親指はペン先側、小指は端の方に来ます」

裁判長が肯いたのを確認して、今度は万年筆を逆手に握り直す。

「しかし写真の指紋の位置の通りに握ろうとするとこうなります……検察側が提出した証拠によれば、尾根紡さんはナイフを逆手に握っていたことになるのですよ」

実のところ、こうした裁判においてナイフの握り方はしばしば争点になる。例えば、被告人が敢えて殺傷力の高い握り方を選択したと見做されれば罪は重くなる。その逆もまたしかりだ。

「ふん、下らん。逆手持ちのナイフで相手を殺傷したケースなどゴマンとあるわ」

「それは斬りつけることを目的とした場合の話です。しかし今回、被害者は刺殺されています。逆手で握ったのならこのような刺し方は不可能です！」

「回り込めばいいだけの話だろう。被害者の背後に忍び寄り、ナイフを握ったまま腹に手を回してグサリ……スマートな暗殺術だ」

「それでは現場に残された乱闘の跡はどう説明するつもりですか？　後ろから忍び寄って刺し殺したとしたら、乱闘は発生しない。一方、それに失敗して乱闘になったのなら、尾根紡さんの体格では被害者にはかなわないでしょう」

「いちいちうるさい男だ。ワガハイはそういうケースもあると説明しただけだ」

「お言葉ですが、逆手でナイフを握るのは抜くためということも考えられるであります！」

突然、巡が口を挟んで来た。

「解剖記録によると、『被害者が比較的長い時間生きていられたのは、ナイフが栓の役割を果たしたため』とありました。従って、抜こうとすればそれがトドメになります。もっとも実際は筋肉の収縮か、血の凝固によって女性の力では抜けないほどナイフが固まっていたようですが」

巡なりにポイントを稼ごうとしたのだろう。豪は険しい表情で巡を見つめている。

「溜田刑事。それはつまり尾根紡さんが殺意をもって抜こうとした、ということですか？」

「そうですが……本官、何か変なことを言いましたか？」

質問の相手が豪でないだけでこんなに楽だとは……。

「一体誰が被害者を刺したんですか？」

「勿論、被告人です」

「尾根紡さんが刺したのなら、何故わざわざ抜く必要があるんですか？　深く刺さった時点で、ほぼ被害者の死は運命付けられていたというのに？」

「それは……」

「殺意の有無はともかく尾根紡さんがナイフを抜こうとした以上、他の誰かが刺したことになります……あなたが主張しているのはそういうことなんですよ！」

「あが、あがががが……」

巡はすっかりグロッキーになっていた。あまり論理展開が得意な方ではないようだ。

「尾根紡さんは犯人によって気絶させられました。証言では以降朝まで目覚めていないとのことでしたが、もしかすると無意識の内に覚醒して恭介さんの惨状に気がつき、ナイフを抜こうとしたのかもしれません」

口から出任せにも程があるが今はこれが精一杯だ。ただ、それでも巡の失言のお陰で裁判長の心証はかなりマシになっている筈だ。

可哀想だがこれも仕事、今回は諦めてくれ。

「刑事、もう下がれ。次回の査定を楽しみにしておくことだな」

「ひいい、それだけは勘弁して下せえ。ウチは女房もガキも食べ盛りでさあ」

巡は悲痛な声をあげながら退場していく。信は豪が押し黙っているのを見て、裁判長に訴えかける。

「裁判長、凶器のナイフに付着した指紋の中に被告人と被害者以外のものが混ざっている筈です。警察に指紋の照合を命じて下さい」

突然の申し出に裁判長は目を白黒させる。

「御剣弁護士、あなたはその人間に心当たりがあるというのですか？」

「はい」

「発言は慎重にお願いしますよ。あなたは依頼人のために誰かを告発しようとしているわけですから」

「責任の重さは理解しています」

「異議あり！」

豪が割り込んできた。

「裁判長、耳を貸す必要はないぞ。どうせ苦し紛《まぎ》れの当てずっぽうだ。そんな言葉に基づいての再捜査など、税金の無駄使いにしかならん！」

「税金の無駄使いはちょっと困りますね。弁護側の事情も汲みますが、私としても砂漠に水を撒くような再捜査を認めるわけにはいきません」

「そんな……」

「どこの誰が怪しいだけでなく、せめて私が納得できる根拠を示していただきたいところですが、いかがですか？」

方向が間違っているとは思わない。それどころかこれ以外ないという手応えさえある。なのにこんなところで終わってしまうのか。今更新しい根拠なんて……。

いや、ある。既にある証拠を上手く利用すればいい。そう、発想を逆転させるんだ。

「それでは審理は尽くされたということで……」

「待った！」

信は裁判長の言葉を力強く遮った。

「なんですか御剣弁護士？　まさか今から新しい証人を呼ぶ気ではありませんよね？」

「いえ、ただ尾根紡さんの調書を確認したら終わりますよ」

「なに？」

豪は不機嫌そうな声をあげたが、それ以上追及してこなかった。おそらく信が何をしようとしているかまだ見えていないのだ。

ようやく狩魔検事の半歩先を行けたのかもしれない。

「それで御剣弁護士、調書を確認するとはどういうことですか？」

「尾根紡さんは逮捕直後の取り調べで、事件に巻き込まれた経緯について『耕太ァ！』という叫び声を聴いて現場に向かったためと答えてますが、これはよく考えると妙なんですよ」

「ううむ？　どの辺がでしょうか……」

「尾根紡さんは、先ほど自身の仕事が主に外部との交渉や取引だったと証言しました。それは、裏を返せば被害者は殆どあのラボから出なかったということです。つまり北三田耕太としての被害者を知る者は、尾根紡さんや大家の嬉野さんを除くと殆どいなかった……さて、誰がそんな被害者を『耕太』と呼び捨てにするのでしょうか？　仮に何者かが呼び捨てにしたとしても『北三田』と叫ぶのが自然だと思いますが……」

「ですが被告人は『耕太』と叫ぶ声を聞いたと証言していますが……もしや偽証したということですか？」

優子は狼狽《ろうばい》した様子で首を横に振り続けた。

「あ、あの……」

「弁護士が依頼人の偽証を掘り起こしてれば世話がないわ！　これ以上、審議を続けるに値せん」

そんな優子に信は優しく声をかける。

「尾根紡さん、大丈夫ですよ。あの当時のあなたはある思い込みに支配されていただけですから。事実誤認は偽証ではありません。発想をほんの少し逆転すればいいんです」

「でも……一体、私が何を勘違いしているのか解らないんです」

「あなたが聴いた声、あれは本当に訪問者のものでしたか？」

信がそう訊ねると、優子は雷に打たれたような表情で固まっていた。

「あの、尾根紡さん？」

「そう言われてみれば……そうです。あれは博士の声でした！」

「異議あり！　そんな都合のいい証言の翻《ひるがえ》し方があるか。偽証だ」

「異議あり！　裁判長、逮捕された直後、尾根紡さんは被害者の本名を知りませんでした……だから『耕太』と叫ぶ男性の声を聴いて、それが訪問者のものだと勘違いしたわけです。何もおかしくはありません」

「弁護側の主張には確かに納得できるところがありますが……しかし被害者が耕太と呼びかけるのは、話があべこべではありませんか？」

「いや、被害者が耕太と呼びかける人物は一人だけいるのですよ」

「それは誰ですか？」

「小森耕太という人物です。彼は被害者とは研究者としてライバル関係にありました。そして小森さんは出資者である北三田由吉さんの家に婿入りして、北三田耕太という名前になる予定ですが……被害者が名乗っていた北三田耕太という偽名こそ、両者の間に何らかの遺恨があったことを証明しています」

そう力強く言い切りながら、信は内心安堵《あんど》する。

どうにか全て繋がった。これで裁判長が納得してくれなければ終わりだ。

裁判長はしばらく何事かを考えていたが、やがて信の顔を見て肯いた。

「なるほど……弁護側の提示した推理は筋が通ってますね。それでは弁護側の主張を認め、現場に残された痕跡を再度洗い直してから後日争うということにしましょう」

裁判長の言葉を聞いた豪は懐中時計を砕けるかと思えるほど握りしめた後、急に冷静な表情になって懐中時計をしまい込む。

「もういい。国内記録を狙っていたというのに……弁護士が下らない茶々を入れるせいで失敗したわ」

「ええ、狩魔検事が記録に拘《こだわ》っていなければ、私はとっくに負けていたでしょうね」

らしくもなく挑発めいた言葉が口から飛び出したのは、難所を乗り切って高揚しているせいかもしれない。だが反対に豪の声色は怖くなるほど冷たかった。

「……流石のワガハイもいささか反省した。故に次はじっくりと腰を据えて付き合ってやろう。よもや恐れをなして弁護を降りるつもりはないな？」

「当然です。最後まで戦い抜きます」

「それを聴いて安心した。キサマに盛大に恥を掻かせてやることができそうだ。二度と弁護ができなくなるほどの無様な敗北を贈ってやる」

信の背中を冷たい汗が流れた。

できれば豪が慢心している内に勝ちたかったのだが、どうも本気にさせてしまったようだ。状況は改善されたとはいえ、きっと次の裁判はより厳しい戦いになる。

それでも信は強がってニヤリと笑う。

「……楽しみですよ、狩魔検事」

二〇〇一年　十一月二十一日　午前十一時二十分
留置所

その日、信は次の公判の打ち合わせをするために面会室で優子と会っていた。

「御剣さん、次の公判って来月の七日ですよね？　随分と間が空くんですね」

「その分、念入りに準備をしてこいということですよ。まあ、これでも昔に比べたら、間隔は狭まっている方なんですけどね」

信が弁護士になった頃に比べると、かなり忙しくなった気がする。それだけ物騒な世の中になったということなのだが、このまま犯罪件数が増加し続けたら、逮捕から数日で裁判を終わらせなければいけなくなるだろう。

まあ、本当にそんな日が来るとはあまり思わないが。

「ところで……本当に小森さんが犯人なんですか？」

「限りなくクロに近い印象です。まだ告発できるだけの証拠は集まってませんが」

何よりエリカが彼をかばっているのがその証左だ。

「だけどラボのタイムマシンは手つかずだったんですよね？　私はてっきり、小森さんがあれを奪いに来たのだと思っていたのですが」

タイムマシン……ああ、あの大きなカプセル状の機械か。まさか本当にタイムトラベルができるとは思わないが、どういう機能を持っているのだろうか……いや、今そんなことはどうでもいい。重要なのは、耕太があれに価値を見いだしていることだ。

「いや、持ち帰る必要なんてなかったんですよ。つい昨日、小森さんはあの装置の所有権を主張して、返還の申請をしていることが解りました。この裁判で我々が負け、事実関係の確認が済めば返還はおそらく認められるでしょう」

「小森さんが犯人だとしたら、私が有罪になってくれた方が都合がいいんですね……」

信はふと、耕太にはもう一つ動機があることに気がついた。

DKK……タイムトラベルに必要な数式を計算し続けている大計算機だ。ただ恭介が出奔《しゅっぽん》前にロックをかけたせいで計算速度を上げることができず、計算完了まで十五年かかることが確定してしまっている。タイムマシン研究を引き継いだ耕太としてはロックを解き、なるべく早く計算を終わらせたいところだろう。

今回の犯行で耕太はＤＫＫのロックを解くことができたのか。否……もしもロック解除に成功していたのなら、エリカの話はまた違った内容になっていただろう。仮にロックの解除にパスワードが必要だとして、耕太はそれを恭介から訊き出すことなく殺害してしまったとしか思えない。

うーん。どうもチグハグだ。何か見落としているのかもしれない。

信としてはエリカにまた話を訊いてみたいところだったが、証言を拒否した彼女は、これ以上耕太が不利になることを信の前で口にすることはないだろう。

「私、御剣さんに感謝してるんです。御剣さんがいなかったら私、とっくに有罪になってましたね」

優子にそう言われてしまうと複雑な気持ちだ。前回は上手く凌げたが、次回もそうとは限らない。相手は狩魔検事、強引な判決が導かれなかっただけでも奇跡に近い。

「感謝は無罪判決が出てからで結構ですよ」

「そうですか……でも他にも感謝したいことがあるんですよ。ほら、見て下さい」

優子は両手を何度も裏返して見せる。あの痛々しいひび割れはすっかり消え、指も手の甲もつやつやと輝いていた。

「手荒れ、治ったんですよ」

「ハンドクリームがなくなったらまた言って下さい。差し入れますよ。いや……」

「どうしました？」

「なくなる前にこの裁判を終わらせましょう。勿論、勝って」

そこまで話して、ある不安が信の脳裏をよぎった。

「そういえばあのナイフの指紋、いつ付いたものか心当たりありますか？」

優子はかぶりを振る。

「それが……あの夜、ナイフに触れた記憶がないんです。勿論、私は朝まで気絶してましたから、その間に犯人が触れさせたという可能性はありますが」

「だけどそれではおかしいんですよ。犯人は恭介さんの腹部にナイフを刺したものの、現場からは追い出されています。あなたの手を取って指紋を付けるのはとても無理です」

「本当ですね。あとは私が実は夢遊病で、無意識にナイフに触れたぐらいしか……」

それに加えて敢えて口にしなかったが、瀕死の恭介が倒れている優子の手を取って指紋を付けたという可能性が残っている。しかし冷静に考えればこれもありえないということが解る。恭介の両手は傷口を押さえたせいで血まみれだった。どんな形であれ、優子に触れたのなら痕跡が残っている筈だ。しかし彼女は返り血一滴浴びていない。

「現場で触れられなかった凶器から指紋が出てくるなんて、まるで逮捕の後に触れたとしか思えませんね。留置所でリンゴでも剝いたりしましたか？」

自分でも下手な冗談だと思う。凶器のナイフは大振りでリンゴ剝きには使えないし、第一、被告人にナイフを使わせる筈がない。自殺や逃走の可能性があるからだ。

それでも優子はニコリと微笑んでくれた。出会った頃にはここまで心を開いてくれるとは思わなかったのに。まだ勝訴したわけではないが、少しは報われた気持ちになる。

「あ……あああっ！」

「どうしました？」

「思い出しました。いや、私の勘違いかもしれませんけど……」

「構いません。話して下さい」

優子は自信なげに肯くと話し始めた。

「あのナイフには記憶がなかったんですけど、柄の方には見覚えがある気がするんです。私がよく部品の買い付けに行っていたお店に置いてあった千枚通しに似てるような……」

千枚通し……先が尖った書類の穴開けに使う道具だ。一応、殺傷能力はあるが刃は付いていないため今回は関係なさそうだが。

「もしや実際に使ったことが？」

「はい。書類に穴を空けたかったのでお借りしましたが……」

瞬間、信の中で閃くものがあった。

「おそらくそれですよ！　真犯人はその千枚通しの柄だけを取り外し、刃と合わせてナイフにした。あなたに罪を着せるために……」

恭介と一緒にいたのが優子だと解っていれば、彼女に罪を着せるのが一番早いと考えてもおかしくない。

「そして部品の買い付けに行っていたお店というのはおそらく小森さんもお得意様だった筈

です。あなたが来て千枚通しを使ったことを聞いて、理由をつけて譲って貰ったか……いや、足が付く可能性があるので、同じ千枚通しを持ち込んだ上ですり替えたとか」

しかし優子は信の推理を聞いても浮かない表情だった。

「でも本当にあの千枚通しだったかどうか自信がなくて……」

「では尾根紡さんは千枚通しをどう使いますか」

「それはこう……あっ」

優子は千枚通しを逆手に持って書類に穴を空けるジェスチャーをして声をあげる。

「そう。逆手に持ちますよね。だからナイフの柄にも逆手に指紋がついていたんですよ。これは犯人のミスですよ」

耕太自身は、試薬をかけて指紋の向きを確認するわけにもいかないから見落としたのだろう。ここまで周到にやっておいてお粗末だが、上手の手から水が漏れたのだ。

「指紋の付き方が逆じゃなかったら、有罪判決が出ていたかもしれませんね」

おそらく豪は後で指紋の向きがおかしいことに気がついたが、信が相手ならこれでも充分と踏んだのだろう。と言うより、出す前に終わらせる予定だったのではないか。

随分と舐められたものだ。いや、舐められたままの方がやりやすかったのだが。

「ナイフの柄が千枚通しだったと、みなさん納得してくれるでしょうか……」

「いや、現時点では難しいでしょう。何より小森さんがそう簡単に認めるとも思えませんしね」

豪が手強い敵なのは当然として、耕太もまた一筋縄ではいかなさそうな相手だ。

「ひとまず私は小森さんのアリバイを探ってみます。尾根紡さんの指紋付きナイフまで持参していた彼が、犯行現場に無策で姿を現す筈がありませんからね」

二〇〇一年　十二月七日　午後三時
地方裁判所

「先に結論だけ言おう」

第二回の公判が始まるなり、豪はぶっきらぼうにこう言い放った。

「先日、弁護側が指名した小森耕太だが、確かに現場を訪問した痕跡が見つかった。詳細は……刑事！　ワガハイに代わって説明しろ」

「喜んで！」

巡は凄い勢いで証言台に立つと、すぐに説明を始めた。

「はい。まず先日、本官が照合できなかったと言ったナイフの指紋ですが、これは小森氏のものと一致しました。そして現場に落ちていた毛髪も小森氏のものと確認できました。それと先日は提出しなかった証拠品ですが……裁判長、これを」

巡が証拠品袋を掲げると、中で青くて平べったい何かがぐにゃっと動いた。一見したところ何かは解らないが、提出されなかったということは検察側にとって都合の悪い証拠と見て間違いない。

「なんですかそれは？」

「踏まれた粘土であります。ホームセンターなんかでよく売ってるホビー用の樹脂粘土らしいです。これで二百グラム、千円ぐらいするとかなんとか」

「ははあ、粘土にしてはちょっとお高いですね」

「でもウチの娘なんかはこれで花瓶とか作ってます。今の季節だと空気が乾燥しているんで、部屋に丸一日も放置しておけば完成ですよ」

なるほど、好きに成形してよく乾かせばそのまま立体物になるわけか。

「粘土に残された靴の跡が押収した小森氏の靴と一致したばかりか、更にはこの粘土からも小森氏の指紋が出ました」

信は高揚感と脱力感を同時に味わっていた。真犯人を追い詰めるような証拠が出てきたのは喜ばしいが、一方でこれほどあからさまな証拠を発見しておきながら平然と優子を起訴した検察に失望していた。

だが豪は意外な申し出を口にした。

「裁判長、検察側は小森耕太を呼ぼうと思っているのだが良いかな？」

被告人を有罪にするためなら何でもすると言われている豪が新たな容疑者候補を呼ぶなんて、どういう風の吹き回しだろう。

「召喚の根拠は充分ですね。認めましょう」

「フフ、実はもう声をかけておいた。入れ！」

すぐに耕太が入廷してきた。しかし証言台に立った彼はとても不満そうだった。

「タイムイズマネー……こうして突っ立っている間にもボクは利益を逸失し続ける。さっさと終わらせて帰りたいですね」

「小森耕太、ラボキタミタに残された遺留品からキサマの訪問の痕跡が出てきた。何か弁明することはあるか？」

一般人が法廷で豪と対峙《たいじ》すると縮み上がって借りてきた猫になるのが相場らしいが、耕太は馬《ば》耳《じ》東《とう》風《ふう》といった様子で涼しい顔をしている。

「弁明……というかこれは単純に言いそびれたことなんですが、実はボク、事件の前日にラボキタミタを訪ねていたんですよ。夜の遅い時間だったので、そこの助手さんは帰った後だったようですけど」

優子の表情が険しくなった。

「そんなこと博士は一言も……それに来客の気配も痕跡も見当たりませんでした」

「早速二人の意見が矛盾してしまいましたな……一体、どっちが正しいのか」

しかし耕太は嘯く。

「殺人犯とボク、どちらを信用するんですか？　まあ、証拠がないのでこれ以上は水掛論になってしまいますが」

「ひとまず話を最後まで聞きましょう」

裁判長に促されて、耕太は話を再開する。

「昔のことを水に流して、またウチに復帰して欲しいと打診したんです。正直、掛け値なしの変人だとは思いますが、研究の才能には一目も二目も置いてましたから。勿論、返事は今すぐでなくていいと伝えて別れたのですが……こんなことになって残念です」

——嘘だ。

「小森さん、何故最初にテニスコートでお会いした時にそのように話をしてくれなかったんですか？」

信が斬り込むと、耕太は大袈裟なジェスチャーで肩をすくめた。

「当然でしょう。ボクだって余計な疑いをかけられたくはありませんから。実際、青柳との間には確執もありましたし……ですが、外野が言うほど仲が悪かったわけでもありませんよ」

「しかしナイフからはあなたの指紋が検出されましたが？」

「ああ、あれはボクの私物だったんですが青柳がウチから去る際、行きがけの駄賃に持って行ったんですよ。まあ、ボクは餞別《せんべつ》だと思って忘れてましたが……まさかこんな悲しい再会を果たすなんて」

自らの言葉通りに悲しそうな表情を作りながらペラペラと説明を重ねる耕太を見て、信は深く呆れた。よくもまあ後から後から辻褄《つじつま》合わせの作り話が湧いてくるものだ。

「うむ。それならば指紋が出ても仕方がないな」

豪は耕太の話を真実としてまとめようとしているが、おかしい。優子は侵入者がナイフを抜こうとしているのを見て、慌てて飛び込んだと話していた。ならばナイフがずっとラボにあった筈がないし、それが解らない豪でもないだろう。

間違いない。二人は入念に打ち合わせをしている。

そう思った途端、信は苛立ちを覚えた。

狩魔検事は明らかに彼に後ろ暗いところがあると解って打ち合わせをした。もしかしたら真犯人であることすら承知しているのかもしれない。ならばそもそも尾根紡さんの起訴を取り消して、改めて彼を起訴し直せばよいだけではないか。そんなことすらプライドが許さないのか？　不敗の称号がそんなに大事なのか？

「粘土は作業場に置いてあったものです。何のためにあるのか解らなくて、つい触れてしまいました。そこで青柳に声をかけられたんですが、驚いて落とした上に踏んづけてしまったんです。その場で青柳には謝ったんですが、まさか片付けられずにそのままにしておくとは」

すかさず信が優子に視線を送ると、優子は二回の瞬きで応じた。否定……即ち、作業場には粘土など無かったということだ。恭介の持ち物でない限り、耕太が持ち込んだと見ていい。

しかし粘土なんて何のために持ち込むんだ？　確かに粘土の塊でも二百グラムもあれば簡単な鈍器にはなるが、だったらもっと適当なものがあるし……現場で凶器を作るために持ち込んだとしたら、それはそれで悠長過ぎる。

複製……例えばラボの鍵の複製なんかどうだろう。鍵を粘土で挟み込めば型が取れる。あとは型に溶けた金属や樹脂などを流し込めば鍵が完成する。

だが即座に信はその可能性を否定した。今回、耕太は恭介と約束を取り付けて会っているが、かつての遺恨を考えれば一対一で会っている間、恭介が耕太に対する警戒を解くことはない筈だ。つまり隙を見て鍵を探して複製するのは不可能だ。

だったら殺してからゆっくりと鍵を複製するつもりだった？　いや、それもあり得ない。いずれは現場近くに住む常芳が異変に気がついて通報するだろう。そうなれば、複製した鍵があったところで自由な出入りは叶わなくなる。

鍵ではない。だとしたらいったい何が目的だ。

そんな信の考えを遮るように、耕太は話を被《かぶ》せてきた。

「弁護士さんはボクが殺したと疑っているようですが、アイツを殺していいことなんかありませんよ。それどころか、アイツがコンピューターにかけたロックが解けなくて迷惑しているんですから。せめて死ぬ前に解除してくれれば良かったのに」

『コンピューター』という曖昧な表現を使っていたが、それは例のＤＫＫのことだろう。先日も引っかかったが、確かにロックを解除したいのに殺すというのは解せない。

待てよ。そういえば今、『パスワードを言い残してくれれば良かったのに』とは言わなかったな。もしかしてロックは、恭介が直接解除しなければいけないのかもしれない。

そうだ、指紋認証システムがあった！

おそらく耕太が欲しかったのは恭介の指紋だ。樹脂粘土で指紋を採取すればそこから再現できる。おまけに恭介自身が物言わぬ死体になっても問題ない。だから耕太は現場に樹脂粘土を持ち込んだのだ。

信は脳内でシミュレートしてみる。

まず事件当夜、優子を気絶させた耕太はナイフを抜き、恭介の腹部を刺す。それで動けなくなった恭介を見て安心して、指紋を採るために粘土の準備をする。しかしまだ息があった恭介に逆に襲いかかられ、現場から締め出しを食らった。内部にナイフと粘土を残して……。

まだ仮説に過ぎないがこれなら充分に戦える。

信は息を吸い込むと高らかに宣言した。

「異議あり！」


まず巡に話しかける。

「先ほど溜田刑事が提出した証拠品の樹脂粘土ですが、ぐにゃっと曲がりましたよね？」

「はあ、そりゃ証拠品袋に入れておけば乾かないからですよ。表面はカチカチでも、中の水分はまだ結構残ってます」

そう言って巡は証拠品袋を再度掲げてみせ、粘土が固まりきっていないことを示した。

「つまり現場で回収した時点ではまだ固まっていなかったと？」

「そうですよ。それがどうかしましたか？」

巡は信の意図にまだ気がついていないようだ。だから一思いに介錯《かいしゃく》してやることにした。

「明らかに矛盾しているんですよ。だってその粘土は丸一日も放置したら乾燥する……そう教えてくれたのは溜田刑事《の》ではありませんか？」

この指摘に巡は大きく仰け反った。信は耕太の方へ向き直り、追及の言葉を投げかける。

「小森さん、もしもこの粘土が本当に事件前日に触って放置されていたのなら、とっくに固まっていたことでしょう。もしやこの粘土を触ったのは、本当は事件当夜だったのではありませんか？」

「あなたが持ち込んだのではありませんか？」とはまだ訊かない。だが着実に、刻むように攻めていく。

「それは……その……」

耕太の顔は見る見る真っ赤になっていったが、数瞬後にまた元の顔色に戻っていった。

そして耕太は、落ち着き払った態度でとんでもないことを口にした。

「はあ、仕方ないですね。実はボクには事件当夜のアリバイがあるんですよ。だから粘土なんて触れた筈がないんです」

「どういうことですか？」

信は耕太の自信の根拠が解らなくて、少しばかり不安になった。

「そちらの助手さんによれば青柳が何者かに襲われたのは二十時過ぎ、残念ながらその時刻にボクはアリバイがあるんですよねえ。実は事件の夜、コナカルチャーという会社の記念パーティーに出席していたんですよ。義父の代理でして」

——なんだ。そんなことか。

実のところ、それは信の方でも調べがついていた。コナカルチャーは情報処理会社ということだったが、設立から歴史が浅いためか企業の実績ははっきりとしなかった。しかしコナカルチャーがいかに怪しい会社だろうが、パーティーが行われていたことだけは事実だ。

「その辺り、もう少し詳しくお聞かせ願いますか？」

「パーティーは夜の六時四十五分開始でしたね。九時半にはもうお開きだった筈ですから……二時間半は会場にいましたかね。ボクに犯行は無理ですよ」

「しかし現場とパーティー会場は直線距離にして四十キロ強、車かバイクなら片道四十分で着くでしょう。失礼ですが、それでは決してアリバイが成立したとは言えないのでは？」

信は会場さえ抜け出せれば、耕太に犯行は可能と判断した。その辺りは知り合いに協力して貰って調べてある。

まず会場から現場までバイクを使って法定速度である時速六十キロを超えないように走ると、四十分前後かかることが解った。勿論、もっと速度を出せば更に時間を短縮することは可能だが、法定速度を超えればスピード違反で警察に止められるリスクは高まる。行きに捕まれば決行を延期するだけで済むが、帰りに捕まればアリバイが壊れてしまう。頭のいい耕太ならそこまで無茶はしないだろう。

大雑把に往復で八十分、犯行を二十分と考えれば百分。少々無茶をして九十分といったところだろう。パーティーの序盤と終盤にだけ顔を出して出席していたフリをするのには充分なタイムだ。

「うーん、そう言われると確かに弱いですかねえ……」

言葉とは裏腹に耕太は弱った様子を見せない。何かまだ隠し玉を持っていると見ていいだろう。

「どなたかあなたのアリバイを証言してくれる方はいますか？」

「証言ですか……さっきも言いましたがあのパーティーは義父の代わりに出たものでして、知り合いが誰一人いないんですよ。参ったな、こんなことならエリカを連れて行けば良かった」

白々しい。エリカが犯行現場に行ったことを知らないのだろうか。

「ただ、これは偶然なんですが……ボクのアリバイを示す証拠品ならありますよ」

――やはり来たか。

耕太が真犯人ならば、どういう形であれ必ずアリバイを作っていると思っていた。それがどのようなものかまで予想することは難しかったが、揺さぶっていけばいずれボロを出す。信はそう踏んでこの裁判に挑んだ。

たとえどんな堅牢なアリバイを示されようが、その嘘を暴いてみせる。

「提出を認めます」

「解りました。これです……」

耕太が提出したのは三枚の写真だった。三枚とも、耕太と幼稚園にも入園していないような女児が一緒に写っている。女児はドレスでおめかししており、首から文字盤のない大きなアナログ時計をぶら下げている。

「この子の胸の時計、見えますか？　文字盤がないからちょっと解りづらいですけど」

三枚の写真で時計の針はだいたい七時、八時、九時十分を示していた。にわかには信じがたいが、耕太のアリバイは成立してしまっている。

「ほう、これは……なんとも変わったツーショットですなあ」

「パーティーで初めて出会った子なんですが、どうも他の子供とは違うというか……目が離せなくて。それで一緒にいたお母さんにお願いして、写真を撮らせていただきました」

確かに利発そうな子供ではあるが、そんなことを理由に写真を撮るわけがない。必ず何か裏がある筈だ。

そう思いながら裁判長と豪の様子を窺うと、二人とも何かに気がついた表情をしていた。しかし裁判長はともかく、豪がこんな顔を覗かせるとは意外だ。

「おや、しかしこの子はもしかして……」

「そうだ。ワガハイの娘だ」

信は思わず豪の顔を穴が空くほど見つめてしまった。一体何をどうやったら、豪の遺伝子からこんな可愛い娘が生まれるのだろうか。

「ああ、言われてみれば冥《めい》ちゃんですね。裁判所で何度か挨拶したことがあります」

裁判長の言葉で思い出した。二年ほど前に豪に娘が生まれたこと、そしてその娘が天才少女として評判になっていること……裁判に関係無さそうだから今の今まで忘れていたのだ。

「しかし、どうして狩魔検事の娘さんがコナカルチャーのパーティーに？」

「偶然だ。義理があって家族で顔を出すことになっていたのだが、別件でワガハイは出られなくなってな。急遽ワガハイ抜きで行って貰うことにした。無名の会社のパーティーの割に食事は良かったようで、妻も冥も満足げだった」

「なんとも奇妙な縁ですな……しかしこれで小森さんのアリバイは無事成立、いやあ人間万事塞翁《さいおう》が馬。そうは思いませんか、御剣弁護士？」

信の推理がたった三枚の写真によって崩されようとしている。だがこんな都合のいい証拠、はいそうですかと見過ごすわけにはいかない。

「いいえ、裁判長。写真は合成することが可能です。小森さん、写真のネガはないのですか？」

カメラのシャッターを押すと、レンズを通した映像がネガフィルムに焼き付けられる。これを現像したものが写真なわけだが、写真の加工はできてもネガフィルムの加工は不可能だ。故に通常、証拠写真はネガフィルムとセットになる。

「生憎、ネガはなくしてしまったんですよ。家中探せば出てくるかもしれませんが、今すぐ提出というわけにはいきませんんね」

耕太はしれっとそう言ってのけたが、信は嘘の匂いを嗅ぎ取っていた。

何らかの不手際でネガを紛失したか、あるいは不都合があって提出することができないか。いずれにせよ、何か後ろ暗い事情がある気がする。

「まあ、ネガの紛失自体はよくあることですし、最初から証拠品にするつもりでなかった写真にそこまで厳しいことを言うのも……」

裁判長は検察側に同調的だ。こちらから異議を挟んでもよいが、相応のリスクを負う必要がある。

攻め時なのか？　しかし念入りに仕込まれたアリバイ写真なら、この場で暴くことは難しいかもしれない。一体どうすれば……。

信はふと耕太の表情を盗み見た。すると何故か落ち着き無く豪の様子を窺っていた。焦っているようにも見える。優勢なのに何故だ？

改めて考えると、豪が裁判を早く打ち切りたがっているのも引っかかる。それにあの反応、耕太は写真の女児が豪の娘とは知らなかったと見ていい。

もしやこれは彼らにとって歓迎していない状況なのでは？

豪は優子を有罪にできるなら、耕太の証言に嘘があろうが構わないというスタンスでやっているのは明らかだ。一方、後ろ暗いところのある耕太は手の内の全てを豪に明かさない筈だ。だから豪の娘と一緒に写っている写真を提出してしまった……。

強力なアリバイであることに変わりはないが、検察側の足並みがズレた今が好機だ。

信は力強く裁判長に訴えかけた。

「いえ、写真単体では充分なアリバイとは言えません。ネガがないのなら、別の方法でアリバイを確認する必要があります。故に弁護側は狩魔冥さんの尋問を求めます」

「冥は二歳だぞ？　バカなことを言うな！」

検察側としては、弁護側に少しでも有利になる可能性がある尋問を認める筈がない。まして冥は自分の娘なのだから、何があっても立たせないだろう。

しかしそれはあくまで豪が普通の検事の場合だ。狩魔はカンペキをもってヨシとする……裏を返せば、狩魔はカンペキでなくなることが許せない。

「年齢は関係ありません。狩魔検事のご息女が天才少女という評判は弁護士である私の耳にまで届いてますし……それに体験した事実を認識・記憶・表現する力があれば、動物にだって証言が認められます」

豪はプライドが異常に高い。だから自分のプライドを傷つけられるような発言は決して無視できない。それが愛娘のこととなれば尚更だ。

「うぬぬぬ……キサマ。ワガハイの冥を愚弄するか！」

そんな豪のリアクションに、信は微かな手応えを感じていた。

豪が本当に裁判に勝ちたいのであれば『買い被り過ぎだ。冥はただの二歳児だ』と言えば終わっていたのだ。それが言えないところに、狩魔豪という人間の本質があるのだろう。

「そう仰るのであれば、証言台に冥さんを立たせて下さい」

「良かろう。だが後悔しても知らんぞ！」

「それでは証人、自己紹介を」

証言台に立った幼女は裁判長の言葉に肯くと、いささか緊張した面持ちながらはっきりとこう告げた。

「かるまめい。にさいです」

傍聴人たちは一斉に拍手をしていた。二歳児にしては発声も明瞭で、天才少女と騒がれるのも肯ける。

冥はモノトーンの服装で、例の長針と短針だけの時計を首から提げていた。

「いやあ、可愛いですねえ。しかし狩魔検事の娘さんとはいえ、甘い対応は許されません。証言に入る前に確認させていただきます。冥ちゃん、あそこに立っているのは誰ですか？」

裁判長は豪を指さして冥にそう訊ねた。

「ぱぱ」

冥がそう答えると傍聴人たちからまた拍手が起きた。豪は腕を組んだまま身じろぎもしなかったが、二の腕が折れるのではないかと思うほど手に力が入っていた。おそらくは冥のことを目に入れても痛くないほど可愛がっているのだろう。鬼検事にも人間らしい一面があると知り、信は意外な思いだった。

であるならば……人の心があるならどうしてその一部でも被告人に分けてやれないんだ…

…。

「では冥ちゃん、あそこにいる人は？」

裁判長は今度は耕太を指さす。

「こうた」

「あ、良かった。ちゃんと憶えててくれたんだ」

耕太は相好を崩す。しかし、信にはそれがどうにも嘘臭い演技にしか見えなかった。

「知っている人物の識別に問題はないようです。あとは……そうですね。初対面の人間の名前を、間違えずに憶えられるかどうかの確認が必要でしょうか。御剣弁護士、ちょっと冥ちゃんに自己紹介をお願いできますか？」

信は肯くと、冥に向き直る。

「私は御剣信だよ」

「しん？」

「そう。賢いね」

「しんはなに？」

「弁護士だよ」

しかし信がそう言った途端、冥は警戒の表情を浮かべる。

「べんごしはてき……」

どうやら狩魔家では、二歳児が相手でも教育に手は抜かないらしい。末はおそらく検事だろう。もしかして将来怜侍が弁護士になったりしたら、いい勝負相手になるのかもしれない。

しかしこれで冥が証言台に立つ資格があることが示された。

「流石は狩魔検事の娘さん、賢いですなあ……ああ、忘れてました。私は裁判長ですぞ」

「さいばんちょ？」

「裁判長ですよ」

「さいばんちょ」

「……可愛いから表現力に問題なしとします」

「ふん。そんなところでいいだろう。さっさと尋問を始めんか」

冥を褒められて満更でもないのか、豪のオーラが少しだけ弱まっているような気がした。

尋問に入るまでの短い時間に、基本方針をまとめる。

優子を信じれば、耕太は事件当夜の八時には現場にいたわけだ。つまり耕太の八時のアリバイを保証するこの二枚目の写真には、何らかのトリックが仕掛けられているということになる。

二枚目の写真をよく眺めていると、白いドレスの裾が緑色に変色していることに気がついた。一方、一枚目と三枚目の写真ではドレスの裾に変色はない。

これは加工の痕跡か、特殊な撮影法を試したせいだろうか……いずれにせよ、確認する価値はある。

信は冥にまずこう訊ねた。

「冥さん、この二枚目の写真ですが、あなたがこの写真を撮ったのは本当に夜の八時だったのですか？」

「ふえ……」

冥は明らかに怯《ひる》んでいた。そのリアクションで信はようやく二歳児相手に尋問していることを思い出した。

「キサマ、いくら冥が賢くても限度がある。加減をせんか！」

「弁護側は当然の権利を行使したまでですが……」

そう答えつつも、今ばかりは豪の指摘ももっともだと思った。

「そもそもキサマに冥と口をきく権利などない！」

ヒートアップする豪を裁判長がなだめにかかった。

「まあまあ二人とも……私が見たところ、冥ちゃんの知性に問題はありません。ただ訊き方が少しばかり良くなかっただけです。ここは一つ、『はい』か『いいえ』で答えられる質問に限定するというのはいかがでしょうか？　勿論、言葉もなるべく簡単なものを使うようにして」

「それなら万が一にも間違いはなかろう。尋問を許可する」

「あの、狩魔検事、そういうのは私の役目なのですが……まあいいです。御剣弁護士、続きをどうぞ」

信は気を取り直して尋問を再開する。

　ドレスの変色や耕太がネガを提出しなかったことに引っかかっていたが、よくよく考えれば写真を加工するよりも冥の時計の時間を弄《いじ》る方が手っ取り早いではないか。まずはその点を確認しよう。

「パーティーの時、その時計を耕太さんに渡しましたか？」

「うん」

　今、一番聞きたかった言葉をすんなり引き出すことができた。

「小森さん、あなたはどうして冥さんから時計を借りたのですか？」

「いや、ノッペラ・ボゥって珍しい海外ブランドの時計なんですよ。それもこんな風に持ち歩いているのを見たのは初めてだったので、つい……」

　信は知らないブランドだったが、それが本当なら一応理屈は立つ。しかし準備した言い訳のようにも聞こえた。

「もしやと思いますが……撮影の前に、時刻を調節するために預かったのではありませんか？」

　耕太の眉が少し痙攣《けいれん》した。

　図星だったのかもしれない。ここは一気呵成《かせい》に……。

「異議あり！」

　豪が割り込んできた。

「冥に代わって解説しよう。ノッペラ・ボゥの時計はデザインこそシンプルだが、何があっても時間が狂わないというシロモノでな。ビルの屋上から落としても変わらずに時を刻み続ける。長らく我が家の壁掛け時計だったが、冥が所望したためワガハイの部下の手により冥の懐中時計になった。フフ、子供はワガハイの真似をしたがって困る」

いや、幼児の懐中時計にしては大きすぎるのだが。

「何よりこのサイズなら誤飲の心配がない！」

こちらの心を見透かしたような補足に、信は狼狽する。

「その時計のことは解りましたが、小森さんが時刻を弄らなかったということの証明にはなりませんよ」

「ワガハイの話を聴いていなかったのか御剣弁護士？　時間が狂わないということは、時間を調整する必要もない。したがってその時計に時間を調整する機構は存在しない！」

「そんな……」

信が思わず冥の時計に視線を向けると、冥は時計を裏返して突きつけてきた。裏面はチェーンを通すリングしかなく、あとは何もない。

「ちなみに電池を入れる箇所もない。必要な時はメーカーに送りつけて分解して貰うしかない」

なんでそんな時計を買ったのだ。いや、売る方も売る方か。需要が全く解らない。

「そういえばノッペラ・ボゥの時計がアリバイの決め手になった裁判もありましたね。あれ以来、一家に一台ノッペラ・ボゥという風潮が生まれました」

初耳だ！

信はこの変わった時計を裁判長ですら知っていたことに、少なからぬ衝撃を受けた。

「さあ、どうだ。さっさと負けを認めてお開きにしよう。何より寝る子は育つ……冥にも昼寝が必要だ」

「確かに冥ちゃんをいつまでも証言台に立たせておくのは酷ですね。御剣弁護士、これ以上の尋問は不要と見ますがいかがですか？」

裁判長にそう水を向けられても、信は良い反論が思いつかなかった。

ここまでか。折角、食い下がったのに……。

だが信は、極めてシンプルな矛盾が存在することに気がついた。

「それでは証人、ありがとうございまし……」

「待った！」

信は喉も潰れよとばかりに叫んだ。自身でも、どこからこんな声が出てきたのか解らないぐらい。冥は目を丸くしてこちらを見つめていた。

「なんですか御剣弁護士、いきなり大声を出して」

「まだ大事なことを訊ねていないので」

「下らないハッタリを。裁判長、これ以上は法廷侮辱罪で構わんぞ」

「ハッタリなんかじゃありません。ただ三枚の写真に明らかな矛盾を発見したんです。どうしてもその点について証人に確かめたいんですよ」

「私が納得すれば尋問の再開を認めますが……具体的にはどういう点が矛盾しているのですか？」

「まず八時に撮られた写真ですが、冥さんのドレスの裾が緑に変色しています」

「言われてみれば……大きな緑色のシミがついてますね。狩魔検事、これは一体？」

「……妻の話によれば、冥が目を離した隙にメロンソーダをこぼしたそうだ。シミが取れなくて随分難儀したらしい」

まさかメロンソーダとは思わなかった。だが加工の跡ではないことは確定した。

「なるほど。まあ、幼い子供のすることですから仕方ありません。しかし御剣弁護士、この緑のシミがどうかしたのですか？」

「九時に撮られた写真と比べると明らかなのですが……なんとシミが消えてます」

「……本当ですな。何かシミ抜きの魔法でもあったのでしょうか」

信は大きくかぶりを振ってみせた。

「いえ、一時間かそこらでシミ抜きができなかったことは狩魔検事の証言からも明らかです。弁護側としてはこの矛盾を追及せずにはいられません」

「な……今のはワガハイのプライベートだ。勝手に証言に加えるな」

思わぬ怪しい雲行きに豪が慌てる。

「いや、狩魔検事。今の発言は立派に裁判の流れで生じたものです。そこはきちんと責任をもっていただかないと」

「うぬぬぬ……」

裁判長に正論でたしなめられて、豪はただ唸るばかりだった。

やはり狩魔検事は本調子ではない。今の内に押し切る。

「裁判長、難しく考える必要はないかもしれませんよ」

信は冥に向き直って、ゆっくりとこう訊ねる。

「冥さん、耕太さんが写真を撮ったのは何回ですか？」

「さんかい」

冥は指を三本立てて答えた。

「それでは……冥さんに声をかけたのは何回ですか？」

「にかい」

今度は勢い良くVサインを作る。

「間違いないかな？」

「にかい！」

念を押されたのが不満だったのか、冥は唇を尖らせながら再度答える。

信が耕太の様子をこっそり窺うと真っ青になっていた。

「これはどういうことでしょうか？　微妙に食い違っていますね」

「しかし私は証人が嘘をついているとは思いません」

「当たり前だ！　冥が間違えたりするものか」

「私もそう思います。珍しく意見が合いましたね、狩魔検事」

「ふん……」

豪が口を噤《つぐ》んだのを確認して、信は説明を始める。

「冥さんの時計は文字盤すらないシンプルなもので、時刻を判断する材料は長針と短針の角度しかありません。なので……もしも撮影時に時計が傾いていたら、時刻を誤認する可能性がありますよね。こんな風に」

信は写真を傾けてみせた。

「異議あり！　写真をよく見ろ。いずれの写真でも時計には誰も触れていない。時計が傾くなぞ、ナンセンスにも程がある。弁護側の主張は検討するに値しない」

「おや、それでは時計に触れずに傾かせる方法があることを証明すれば文句はないのですね？」

これで言質が取れた。

「御剣弁護士、本当にそんな方法があるのですか？」

「ええ。その時計さえ貸していただければ、即座に再現してみせますよ」

信の意図を察したのか、冥は時計を抱えてぷいとそっぽを向いてしまった。

そんな冥に裁判長は優しく声をかける。

「冥ちゃん、申し訳ありませんが御剣弁護士に貸していただけませんか？」

「……わかった、さいばんちょ」

信は冥から時計を受け取ると裏面を確かめる。チェーンを通すための接着されたリング以外、ツルンとしていて何もない。試しにチェーンを持ってぶら下げてみたが、重心に偏りはないようで、二本の時計の針は信の腕時計と全く同じ位置にあった。

「この時計は今、チェーン一本で吊された状態ですが、正確に時を刻んでますね」

「部下には何度もリングの接着をやり直させたからな。その甲斐あって一度の傾きもない。冥に半端なものを身につけさせたくはない」

「ありがとうございます、狩魔検事。だからこそこのトリックが使えます」

信は近くにいた法廷係官に頼んで両面テープを借り受けると、時計の裏面に五百円玉を張り付けた。すると……。

「時計が傾いてるじゃないですか！　一体これはどうしたことですか？」

裁判長も興奮気味だ。

「裏面の五時の位置に重り代わりの五百円玉をくっつけただけですよ。もっともこの時計に文字盤はありませんがね」

重心に偏りがないからこそ、ちょっとの重りで真円の時計は容易《たやす》く傾く。

「重りをつけた場所が下に来るんです。例えば五時の位置に重りをつければ一時間遅く誤魔化すことができます。逆に八時の位置に重りをつければ、二時間早い時刻に見せかけることも可能です。まあ、重心の都合で誤魔化すのは前後の二時間が限界でしょう。しかしそれで充分でした。

まず七時に写真を一枚撮り、その場で冥さんから時計を借り、四時の位置に重りを貼り付ける。すると時計はきっちり60度傾き……一見、九時十分を指しているようになるんですよ。その状態で写真を撮ればアリバイ工作は完了します」

「言われてみれば……七時と九時十分では長針と短針が為す角度が同じ150度ですね！」

そう、気がついてみれば実に簡単な話だった。

「あとは重りをさりげなく外せば証拠も残りません。これこそが小森さんが用いたトリックです」

耕太は、破れるのではないかと思うほど唇を強く噛んでいた。

これは信の想像だが、耕太はパーティー会場に足を運ぶに際してアリバイ工作を準備していたのだろう。しかしノッペラ・ボゥの時計を首から提げている冥を見て、その場でできる別のアリバイ工作を思いついた……。

耕太の不運は冥がたまたま担当検事である豪の娘だったこと、そして彼女の証言能力が法廷で認められてしまったことだ。証言能力を認められる筈のない幼児がノッペラ・ボゥの時計を所持していたというのが、今回のアリバイトリックの要《かなめ》だったのだから。

「おや、御剣弁護士。しかし今の話では一枚目と三枚目を撮った方法だけしか説明できてませんね。二枚目はいつどのように撮ったのですか？」

「単純なことです。おそらく小森さんは当初は七時と九時十分の写真だけでアリバイを主張するつもりだったんです。ご存じのように、死亡推定時刻にはどうしても幅がありますからね。ところが小森さんは八時に現場で尾根紡さんに出会ってしまった。かろうじて気絶はさせたものの、現場が密室になったせいでその口を封じることもできなかった……仮に尾根紡さんが無辜《むこ》の被害者として警察に保護された場合、彼女の証言は警察にとって重要視されます。被害者の身元が割れたりすれば、小森さんが捜査線上に浮かぶのは時間の問題です。まあ、匿名の通報のせいでそうなることはなかったわけですが」

最後の一言は耕太に向けた言葉だ。

「小森さんは犯行時刻のアリバイを用意しておく必要が出てきました。それでどうにかパーティー会場に戻った後、冥さんに再度声をかけて八時に会場にいたというアリバイを急遽作ることにした。長針と短針の角度から考えて、おそらく九時五分頃に写真を撮影したのでしょう。ドレスのシミに気がつかなかったのはお粗末と言わざるを得ませんが、それだけ切羽詰まっていたということでしょう」

「二枚目だと思われた写真は実は三枚目だったと……ああ、だから冥ちゃんは二回声をかけられたと答えたのですね」

裁判長の言葉に冥は得意気に肯く。

「ネガを提出できないのも当然です。ネガにはきちんとした撮影順が残っていますから」

「う、ぐぐぐ……」

耕太が他のアリバイを主張する気配はない。アリバイ工作の種は色々と仕込んでいただろうが、きっと冥と撮った写真と矛盾が生じてしまうのだろう。流石に同じ口で矛盾する別のアリバイを主張するわけにはいかない。

「しかし……両面テープで重りを固定しようとしたら、冥ちゃんに怪しまれたのではありませんか？」

裁判長はまだ納得がいっていないようだったが、信は既にその答えを手にしていた。

「両面テープなんて使わなくても、もっといいものがあるじゃないですか」

「はて？」

「樹脂粘土ですよ。時計の裏面にぐっと押しつけるだけでくっつきます。重りにするなら消しゴム大の塊をポケットに突っ込んでおけば充分です。もし時計の裏側に粘土の痕跡が残っているなら、事件現場で発見されたものと成分が一致する筈です。その場合、樹脂粘土を持ち込んだのは小森さんということも証明されますね」

成分云々《うんぬん》に関しては残っているかどうかも解らないので半ばハッタリのつもりだったのだが、耕太には効果的だったようだ。顔を青くしたり赤くしたり、明らかに落ち着きを失っていた。

「違う……違う違う違う……ボクはこんなところで終わったりしない」

髪を掻きむしる耕太に、信は冷たく言い放った。

「後ろ暗いところがないのなら堂々としていればいいんですよ。それとも何か問題でも……」

「異議あり！」

信の言葉を遮ったのは豪だった。

「弁護側がやっているのはあくまでそこの証人のアリバイ崩しだ。そこの証人の偽証は問題だが、それは本法廷で争うべき内容ではない」

「何故ですか？　今や小森さんは真犯人の筆頭候補ですよ」

だが信の言葉に豪は余裕の笑いを浮かべた。

なんだ。まさかまだ何かあるというのか？

「裁判長、証拠品を提出する前に冥を下がらせても良いか？」

冥は小さく欠伸《あくび》をしていた。もうおねむのようだ。

「え、ええ……もう尋問も必要なさそうですし。では冥ちゃん、ご機嫌よう」

「ばいばい、さいばんちょ。ばいばい、ぱぱ」

証言台を降りた冥は裁判長と豪に手を振った。だが最後に信の方を向いて、一言こう言い残した。

「しん、きらい」

素直な冥に罪はないとはいえ、これには信も少し傷ついた。どうにも狩魔一族とは相性が悪いようだ。

「さて……これは現場から出てきたものだ。出すタイミングを計っていた」

冥が出て行ったことを確認して、豪が錠剤の入った瓶を取り出した。

「被告人、これに見覚えはあるな？」

「はい、それは博士の睡眠薬です。たまに眠れない時に服用していた筈ですが……」

「ではこの瓶に触れたことは？」

「いいえ……博士の私物ですし、触る理由なんてありませんが……」

「ほう？　皆の者、今の言葉を刻んだな？」

豪は法廷中をジロジロとねめ回した後に、厳かにこう告げた。

「しかしこの瓶から被告人の指紋が検出された。おまけに瓶の外側だけでなく、内側からもだ。これでもシラを切るか」

「そんな……」

「キサマが否定しても証拠は雄弁だ。まずキサマは、被害者に睡眠薬による心中を提案した。二人ともはみ出し者、所詮タイムマシンの開発など夢物語、世間に爪弾《つまはじ》きにされた者同士の現実逃避と気がついて死にたくなったのだろう。邪魔が入らないようにと部屋の内側から鍵をかけて、二人は睡眠薬を服用した。しかし被告人は土壇場で自分だけが死んで被害者が生き残ったらどうしようと不安になり、隠し持っていたナイフで眠りかけていた被害者の腹部を刺した……抵抗されなければ、返り血を浴びないようにするのは難しくなかっただろう」

「私、そんなことしていません！」

優子の抗議を無視して豪は説明を続ける。

「被告人はその後、眠りに落ちたが睡眠薬が足りずに心中に失敗……しかしこのままでは殺人の罪に問われると気がついて、シラを切ることにした」

こんな主張、認めるわけにはいかない――！

「異議あり！　それでは誰が通報したというのですか」

「匿名ということはどうせ空き巣か何かだろう。もっとも誰が通報しようとこの裁判には関係ないがな」

「検死記録では、被害者の体内から睡眠薬が検出されたとは記載されていませんが？」

「それは担当者が調べなかったせいだろう。だが、調べようにも被害者の遺体はもうない……これこそ水掛論だな」

「しかし今になってそんな主張、唐突過ぎます」

「だからタイミングを計っていたのだ。心中だの、痴情のもつれだの、冥の前で口にできるか！　教育に悪いだろうが」

「まあ、それは仕方ありませんね。私だって冥ちゃんにはキレイなものばかり見て育って欲しいです」

裁判長はすっかり祖父の気持ちになって冥を見ているようだ。

それにしても、また絶妙なタイミングである筈のない証拠品が出てきた。今度こそ間違いなく捏造《ねつぞう》した証拠品だ。だが今の信には捏造を証明する手段がない。

「それに現場の状況もワガハイの推理を裏付けている。検死によれば被害者は腹部にナイフが刺さった後、しばらく生きていた。にもかかわらず被害者は助けを呼ばなかった。何故だ？　現場には電話もあったというのに」

それはエリカと話した際にも湧き出た疑問だ。だが、信は未だにそれを綺麗に説明できるだけの答えを持っていなかった。

「だがこれも、睡眠薬を服用していたせいと考えれば納得できる。腹部に包丁が刺さった状態で昏倒すれば、生きてはいるのに助けを呼べない状態になるからな」

信はなんとも言えない歯がゆさを堪えながら、必死に豪の言葉を聴いていた。

そんな推理は、エリカに事件当夜のことを証言して貰えれば簡単に覆る。だがそれは、エリカの勇気ある告発を耕太に伝えてしまうことを意味する。それで耕太を確実に有罪にできなければ今度はエリカの命が危なくなる……そう思うと軽率に彼女を召喚するわけにはいかない。

「ふむ……睡眠薬が出てくるのはいささか唐突でしたが、被害者が助けを呼ばなかった理由の説明にはなりますね」

裁判長も豪の推理にやや懐疑的ではありつつも、一定の説得力があることは認めているようだ。

「弁護側から有効な反論がなければ審理は尽くされたと見て判決に移りますが、いかがですかな?」

そう水を向けられて信は必死に考える。

何かないか。狩魔検事の推理を上書きして、裁判長を納得させられるような可能性は……。

実際、証拠品こそ強力だが今回の豪の推理は決してスマートとは言えない。おそらくは豪もかなり追い詰められている。ここを凌げば何とかなるかもしれない。

「それは……」

いや、あるではないか。どうしてこれを早く思いつかなかったのだろうか。

信は静かに申し出る。

「裁判長、弁護側には反論の準備があります」

二〇〇一年　十二月七日　午後四時十分
地方裁判所

何だと……馬鹿な、そんな反論があるか！

「……弁護側からは以上です」

反論を言い終えた信を裁判長は肯定的な表情で見守っていた。

「ふむ……検察側が提示したストーリーは睡眠薬の瓶もあって一定の説得力が認められましたが、個人的にはもう一つか二つ裏付けが欲しいところです。一方、弁護側は物証こそありませんでしたが、今の反論には肯けるところがありました」

豪は裁判長の言葉を信じられない思いで聞いていた。あんな口先だけの反論に何の意味があるというのだ。法廷では証拠が全てだというのに……。

「そうですね。本日はこれでお開きとして、また後日この続きをするとしましょう。他の裁判との都合で次は三週間先になってしまいますが、それだけあれば双方充分な捜査ができる筈です。それでは閉廷」

裁判長がそう宣言すると、法廷から人が退室し始めた。だが豪は、腕を組んだまま動けなかった。

ワガハイが苦戦するなどあり得ん！

豪がそう思いながら弁護側の席を見やると、信と目が合ってしまった。しかし信は、軽蔑とも嘲笑《ちょうしょう》ともとれる表情で豪を一瞥《いちべつ》した後、そのまま出て行ってしまった。

あんな弁護士に負けるとは到底思えない。しかし万が一ということがある。現に切り札を一度凌がれた。もう一度同じことがあれば、豪とて優位を保つのは難しいだろう。

狩魔はカンペキをもってヨシとする……絶対に敗北は許されない。確実に勝てる方法を見つけなければ。

豪は次の策を練るべく、法廷を後にした。

二〇〇一年　十二月二十八日　午前九時十分
地方裁判所

それは奇妙な光景だった。

裁判長も弁護士も検事も揃っているのに、開廷の時間になっても誰も口を開かなかったのだ。

理由は明白だった。その法廷には被告人がいなかった。

「……もういいでしょう」

裁判長は時刻を確認してかぶりを振った。

「そんな……もう少しだけでも」

「御剣弁護士、諦めましょう」

「しかし……」

「まさか被告人が姿を現さないとはな」

豪の厭味に信は黙り込む。

今日の未明、留置所で突然発砲音が響き渡った。当直の職員たちが各独房を点検したところ、優子のいた独房だけがもぬけの殻となっていた。

独房に鍵はかかったまま、おまけに室内には発砲されたばかりの拳銃が一挺、落ちていたそうだ。端から見ればまるで優子が発砲してそのまま消えてしまったとしか思えない状況だった。

いずれにせよ、優子が留置所から姿を消したのは事実だ。

「もう充分だろう。解散だ。検察側の勝訴で終われなかったのは残念だが……」

「では本件は被告人が現れるまで凍結ということで……」

「異議あり！」

信は耐えかねて叫んでしまった。

「被告人は何らかの事件に巻き込まれた可能性があります。この逃亡が彼女自身の意思ではないものと解るまではせめて、どうか猶予をいただきたい」

「異議あり！　無駄なことをするな。帰ってくるかどうかも怪しい人間のためにそこまでする必要はない。何せ発砲までしているのだぞ？　越えてはいけない一線を軽く越えている」

豪がまた新たな証拠品……拳銃を提出した。

「その拳銃、こちらで少し見せて貰っても構いませんか？」

「構わん。満足するまで眺めるがいい」

これまでの公判と比べてこの余裕、まるで自分の勝利を確信しているようではないか。

「ただし現場からそのまま持って来たのでまだ弾が数発残ったままだ。形勢不利だからといって、間違ってもワガハイを撃ってくれるなよ？」

信は拳銃を慎重に受け取ると、引き金に余計な力を与えないように注意しながら調べ始めた。

どうやら本物の拳銃だ。こんなもので撃たれたらひとたまりもないだろう。

だが優子が一体どうやって調達したというのか。

駄目だ。おかしな証拠品という確信はあっても、それを裏付ける証拠が見つからない。

信は不意にボロナインＳ軟膏の甘い香りを思い出す。

何故だろう……尾根紡さんとは二度と会えない気がする。

「もしかすると被告人は、タイムマシンで未来に行ってしまったのかもしれんな」

豪のその口ぶりに、信はピンと来るものがあった。

「狩魔検事……あなたは一体何をしたんですか？」

だが豪は肩を揺すって静かに笑い始める。

「ククク、憶測で物を言うなど……恥を知るがいい。キサマも法律家の端くれなら証拠で語れ」

「御剣弁護士、残念ながら今回はどうしようもありません。状況から考えて、尾根紡さんは自らの意思で逃亡したと見て良いでしょう。本件は彼女が戻ってくるまで凍結扱いになります」

ここまでどうにか善戦してきて、まさかこんな幕切れが待っているなんて。やはり不敗の検事に楯突いたのが間違いだったのだろうか。

正義を愛しているからこの仕事を選んだ。不正を糾弾しないで何が弁護士だ。

……狩魔検事にひと泡吹かせてやらねば気が済まない。

「まあ、ワガハイにここまで食い下がったことは誇ってもいいぞ。もっとも被告人が出廷していても、結果は変わらなかっただろうがな」

何かないのか。狩魔検事のミスは……いや、一つだけあった。ボロナインＳ……。

「それではこれにて閉廷……」

「待った！」

そう叫ばずにはいられなかった。

「御剣弁護士、気持ちは解りますが、これ以上は法廷侮辱罪を適用されても仕方ありませんぞ」

「凍結という判断、納得はいきませんが受け入れます。しかし、検察側の明らかな不正を見過ごすわけにはいきません」

信がそう言い切った途端、豪の眉間に深いシワが生じた。

これでもう後戻りはできない。

「検察側の不正というのは？」

「前回の裁判で、検察側が提出した睡眠薬の瓶の再鑑定をお願いしたいのです。そうすれば、不当な捜査手順があったことがはっきりと解ると思います」

「往生際の悪い男だな。再度鑑定したところで指紋が消えるわけではないのだぞ？」

豪は勝ち誇った顔で睡眠薬の瓶を取り出す。

「構いません。それよりその瓶を叩き割ったりしないで下さいね。あなたの不正を告発する証拠ですから」

豪の人差し指は、自分の二の腕を落ち着きなくトントン叩いていた。明らかに苛立っているのが解る。

「見え透いた魂胆だ。妙な証拠品のせいで負けたとなれば言い訳が立つからな。だが、ワガハイも顔に泥を塗られて黙っているほどお人好しではないぞ。何も出なかったらどうするつもりだ？」

「では弁護士バッジを賭けましょう」

「面白い！」

豪は愉快そうに笑うと、法廷係官に睡眠薬の瓶を渡した。だが裁判長は、浮かない表情でその様子を眺めていた。

「御剣弁護士、いくら何でもそれは……」

「いえ、こうでもしないと私は自分が許せないんです」

「そこまで言うのなら……解りました。再鑑定を認めましょう」

「ありがとうございます」

そして信は、近くにいた法廷係官越しに自分の希望を伝えた。


一時間後、裁判長の許に鑑定結果が届けられた。

「鑑定は終わったようです。ええと御剣弁護士が希望したのは指紋の鑑定ではなく、採取された指紋に含まれている成分の分析でした」

「ん？　そんなもの、皮脂と汗以外なかろう」

豪は信の意図をまだ読めていないようだ。もっとも、豪に考えさせる時間を与えたくなくて法廷係官を利用したのだが。

「それが皮脂と汗以外にも尿素、ヒアルロン酸、ビタミンC、グリセリン、スベスベール等が検出されたとあるのですよ……御剣弁護士、これは一体？」

「尿素とヒアルロン酸、ビタミンCにグリセリン、そしてスベスベール……これらはボロナインS軟膏というハンドクリームの成分ですよ。公判が始まる前、尾根紡さんの手荒れがヒドかったので私は売店でボロナインSを買い、尾根紡さんに贈ったのです。そしてこのボロナインSこそ検察側の不正の動かぬ証拠……狩魔検事は何らかの手段を用いて、尾根紡さんに証拠品を触れさせたのでしょう」

「はっ、そんなものが決め手になるか。ハンドクリームが世間にどれだけ流通していると思っているのだ。検出された成分はどれもありふれたものばかりではないか。それとも被告人が事件発生以前、一度もハンドクリームを塗っていないことの証明ができるとでも言うのか？」

豪はできるわけがないと言いたげな表情をしていた。実際、それは正しい。何かをしたことの証明に比べて、していないことの証明は極めて難しいからだ。

「それはできません」

信の言葉に豪が歯を剝き出しにして笑う。

「アホウが。無駄な時間をとらせおって。まあ、これでもうキサマの弁護士人生は終わりだ」

だが信はそうは思わなかった。何故なら今回に限れば、そんな証明は不要だからだ。

「そうでしょうか？　実は先ほど名前が出たスベスベールという成分は開発されたばかりで、まだボロナインSにしか配合されていないんですよ」

「それがどうした？　留置所の売店で買えるようなものならその辺でも買えるわ」

「残念ながら、ボロナインSは十月半ばに発売されたばかりの新製品です。裏を返せば、事件が起きた十月一日の時点ではまだ流通していない……事件が起きた時に発売していないものが、現場の証拠品から出てくる筈がないのですよ！」

「何だと？」

豪は狼狽の色を浮かべた。

「この瓶さえなければ、あの日無罪判決が出ていたでしょう。それが本来ある筈のない証拠品のせいで裁判が引き延ばされ、一人の女性が自由になる機会を奪われた……本件はこのまま凍結されるかもしれませんが、そのことを忘れないでいただきたい」

「う、うぐおおおおおを……」

豪は悲鳴とも咆哮《ほうこう》ともつかない声をあげた。もしかすると法廷で二十五年無敗の検事の醜態を見たのは、信が初めてかもしれない。それでも心が晴れることはなかった。

「これは、検察側がどこまで故意で行ったことなのか、調査が必要ですね。狩魔検事、出所について説明していただけませんか？」

「……どうやら現場レベルで捜査に不備があったようだ。どこに問題があったのか、原因を究明し、追って報告させてもらう」

　ここまできても、あくまで不正を認めないというのか？　きっと、あらゆる手を使って、故意ではなく捜査の不備だったことにするつもりなのだろう。しかし、信もおいそれと引き下がるつもりはない。どんな調査結果が出てきたとしても、必ず覆して不正を証明してみせる。

　目を丸くして成り行きを見守っていた裁判長に、法廷係官が何事かを耳打ちした。

「おや、狩魔検事。別の裁判の件で、検事局長から急ぎの呼び出しがあるそうですぞ」

「……そうか。では長居は無用だな」

　何かを堪えながら豪は裁判長を促す。

「ひとまず本件はいささか気持ちの悪い終わり方を迎えましたが、いつかまた真実が明らかになる日を信じましょう。それでは閉廷」

　豪は裁判長の言葉を黙って聴いていたが、一方でずっと憎しみに満ちた表情で信を睨み続けていた。

二〇〇一年　十二月二十八日　午前十一時五十五分
地方裁判所

睡眠薬の瓶からボロナインSが検出されたのは幸運だった。しかし、それなら信さえしっかりしていれば前回の法廷でも指摘できた筈だ。そうしていればもっと早くに無罪判決が出て、優子も姿を消すことはなかった。そして何より、小森耕太という男を野放しにすることになってしまった。

全て私の責任だ。私が狩魔検事の奸計《かんけい》を見抜くのが遅かったばかりに、尾根紡さんを助けることができなかった。

信が自分を責めていると、下の方から心配そうな声が聞こえた。

「父さん、どうしたの？」

怜侍だ。冬休みということもあって、今日は裁判所へ遊びに来ていたのだ。

「いや、別に何でもない」

「だって、いつもより深刻そうに見えたから……さっきの裁判で何かあったの？」

今思えば怜侍に裁判を傍聴させなくて良かった。まだ怜侍には、この国の司法制度を嫌いになって欲しくない。

「詳しいことは昼ご飯の時にでも話すさ。今日は好きなものを食べていいぞ」

「本当？　何にしようかな」

そわそわし始めた怜侍を横目に、信は再び物思いにふける。

尾根紡さんとの再会はいつになるだろうか。仮に時効まで彼女が発見されなかったと考えて、あと十五年……その頃には怜侍も弁護士になっているだろうか。せめてまだその頃までは、弁護士として現役でいたいが……。

突然、怜侍が向こうを指さした。

「父さん、早く行こう。あの人、待っててくれてるよ」

見れば先ほどの法廷で一緒だった法廷係官がエレベーターを開けてくれていた。階段でもいいと思っていたが、小さな厚意を無下にするのも忍びない。

「ああ……行こう」

そう答えると信は、怜侍と共にエレベーターに乗り込んだ。

2016年

二〇一六年　十月三日　午前十時五分
成歩堂《なるほどう》法律事務所

　仕事来ないかなあ……。

　その日も成歩堂龍一《りゅういち》は鳴らない電話を見つめていた。

　成歩堂はまだ弁護士一年目で、法廷には片手で数えるほどしか立っていない。そんな彼がどうして個人事務所を構えているのか……それには色々と複雑な事情があるのだ。

　そこに一人の少女がやって来る。

「おはよう、なるほどくん」

　彼女は綾里真宵《あやさとまよい》。成歩堂の恩人である綾里千尋《ちひろ》の妹で、今はこの事務所に顔を出している。

「おはよう、真宵ちゃん」

「なるほどくん、ニボシ持ってない？　すぐそこですっごい可愛い猫とすれ違ったんだ」

「うーん、ニボシは流石にないなあ。これで足りる？」

ポケットを探って、なんとか出てきた小銭を真宵に差し出す。

「ありがとう。行ってくるよ」

真宵は元気よく外に飛び出して行った。仕事はともかく、彼女がいるとそれだけで場が明るくなる。それも立派な才能だ。

はあ、依頼さえ来ればなあ。

急増する犯罪に対応するため、この国では数年前から序審法廷という制度が採用された。要は逮捕即裁判というシステムで判決が出るまでたったの数日、昔の常識では考えられなかったことだが、この制度のお陰で社会の秩序がギリギリ保たれている。裁判が多ければ弁護士の出番も必然的に増える理屈だが、どういうわけかまだ成歩堂法律事務所には依頼の電話がない。

駅に広告出そうかな。けどいくらかかるんだろう……。

成歩堂がそんなことを悩んでいると、外に出て行った筈の真宵が目の前に立っていた。

「ん、忘れ物？」

「忘れ物というか拾い物というか……」

真宵はまるで捨て猫でも拾って来たような表情で成歩堂の顔を見てくるので、内心頭を抱える。

この事務所もスタートしたばかりでまだ先行きが不安なんだけど……せめてインコぐらいにして欲しいな。

「どうしたの？」

「ええと、あのね……」

成歩堂がそう訊ねると、真宵は適切な言葉を探すように床と天井の間で視線を往復させた。

「困ってる人を助けるのがなるほどくんの仕事だよね？」

「うん。それはそうだよ。ぼくは弁護士、当然じゃないか」

成歩堂が弁護士になったのは、まさしく困っている人を助けるためだ。

「だったら大丈夫だね！」

真宵は元気よく踵《きびす》を返すと事務所の入り口を開け、「大丈夫です。どうぞ」と外に声をかける。するといささか野暮ったい雰囲気の若い女性が、困惑した表情で事務所に入ってきた。

それを見て成歩堂は一瞬、天を仰いだ。

はあ……まさか人間を拾ってくるなんて。


数分後、成歩堂は来客用の席でその女性と向き合っていた。

真宵の話によると彼女は近所の自販機の前で千円札を手にして立ち尽くしていたらしい。買い方が解らなくて困っているのかと思った真宵が声をかけて、代わりに買ってあげようとしたら……。

「なんか見たことのない古いお札で、使えなかったんだよね」

その言葉を聞いて成歩堂は首を傾げた。新札に切り替わったのは十年以上前の話だ。旧札はもう刷られてもいないし、対応している機械なんて殆ど残っていないだろう。しかし彼女の年齢ならそれぐらい解っていそうなものだが……。

彼女は真宵の淹れたお茶を黙って見つめていた。心ここにあらずといった感じで、成歩堂のことも見えていないようだ。

これは何か複雑な事情を抱えていそうだな。

成歩堂はさりげなく声をかけてみる。

「……落ち着かれましたか？」

すると彼女は電気ショックでも受けたみたいに立ち上がり、頭を下げた。

「本当にすみません」

こう言っては失礼かもしれないが地味というか、どことなく薄幸そうな雰囲気のある女性だ。身につけている灰色っぽい制服もなんだかサイズが合ってないような気がして、余計に野暮ったく見せている。

見たところ三十歳にはなってないと思うが、もしかすると年齢は成歩堂とあまり変わらないのかもしれない。

「あ、ご挨拶が遅くなりました。成歩堂法律事務所の成歩堂龍一です。よろしくお願いします」

そう言って成歩堂が名刺を差し出すと、彼女はしばらくまじまじと受け取った名刺を見つめていたが、すぐに恐縮し始めた。

「す、すみません！　私、今名刺を持ってなくて……」

「いや、大丈夫です」

よくあることだ。世間には名刺を持たない人はいくらでもいる。

「私、尾根紡優子と申します。ラボキタミタで助手をしています……していました」

成歩堂は頭の中を必死で掻き回すが、ラボキタミタという文字列には心当たりがなかった。もしかすると業界では有名なのかもしれないが、生憎そちらのことには疎いのだ。まあ、何に詳しいのかと言われると困るのだが。

大した会話のとっかかりを見つけられなかった成歩堂は、仕方なくいきなり核心に斬り込むことにした。

「もしかして……何かトラブルに巻き込まれてませんか？」

優子は一瞬狼狽の色を浮かべたが、それだけで充分だった。困っているのは伝わったからだ。

「失礼ですが、『していました』と言い直されたことが引っかかりまして。過去形ということは何かあったのかなと」

依頼人に優しく探りを入れて話を引き出す……このテクニックは真宵の姉で成歩堂の先輩だった千尋が上手かった。そしてそういうことができたからこそ、千尋は若くして独立できたのだ。それが今の成歩堂にできなくていいわけがない。

「……そうなんです。そうなんですけど」

「何があったのか話していただければ、お力になれると思います」

優子はたっぷり一分は躊躇った末、こう言った。

「自分でも上手く説明できる気がしないのですが……それでもよろしければ……」

成歩堂は肯くと、優子に先を促した。


話を聞くと彼女は十月一日に殺人事件に巻き込まれて逮捕されたらしい。殺されたのは優子の雇い主で、彼女自身は密室で雇い主の遺体と一緒にいるところを発見されたとか。ディテールはともかく、仮に言葉通りの状況ならその嫌疑を晴らすのは結構な難事件と言える。

自分ならどう弁護するべきかと思いを巡らせていると、優子は思わぬ言葉を口にした。

「だから私は逮捕されて……裁判にかけられることになったんです」

成歩堂はこれも何かの縁だと思った。それに百%勝てそうな裁判だけを担当するというのも自分の流儀ではない。

「それならお力になれます。いや、ぼくでよろしければですけど」

力強くそう申し出たものの、成歩堂はすぐに違和感を覚えた。

優子の話が本当なら、起訴された被告人が裁判前に自由に外を出歩いているということになる。もしや留置所から抜け出したのではなかろうか。そう疑ってみると、サイズの合ってない服を着ているのも納得できなくもない。

そこまで考えて反省する。予断と偏見で決めつけるような真似をしては弁護士失格だ。

「ありがとうございます。けど、大丈夫です。優しい弁護士さんも見つかりましたし、裁判だってもう始まってて……なのに私ったら途中で逃げて……あれ、私はどうしてこんなところに？」

優子はポロポロ涙を流し始めた。どうやら相当混乱しているらしい。何より言っていることが支離滅裂だ。

成歩堂はハンカチを差し出した。

「大丈夫ですよ」

「はい、ありがとうございます……」

涙を拭く優子の姿を眺めながら、彼女を正常な状態に戻す方法を考えていた。

これまでの彼女の話……どこかに矛盾はないだろうか。自分がおかしなことを言っていることを自覚させれば、正気を取り戻すかもしれないのだけれど。

席から立ち上がって、ふと事務所内を見回す。そして打ってつけの材料を発見する。

いやあ、古紙回収に出さなくて良かった。

「安心して下さい。今のところ、尾根紡さんが心配するような大事にはなってませんよ」

そう言って成歩堂は今日の新聞に加え、数日分の新聞をテーブルに置く。そして次々と三面記事を捲《めく》ってみせた。

「ほら、見て下さい。ここにも、ここにも、ここにも……ラボキタミタの殺人事件なんてどこにも載ってませんよ。勿論、尾根紡さんが逃げたという記事もね」

序審法廷が導入された今では、逮捕からほんの数日で裁判が終わる。だから数日前までの新聞に逮捕の件が載ってないのなら、優子の話は間違っていると見ていい。さて、優しく矛盾を指摘してみせたが彼女は落ち着いただろうか。

成歩堂が様子を窺うと、彼女は目を大きく見開いたまま硬直していた。

「あの、どうしました？」

「……私のことからかってませんよね？」

そう問われて、思わず成歩堂はこれまでの彼女とのやり取りを振り返る。しかしからかいと取られるようなことはしていなかった筈だ。

「ぼくの言葉で気分を害されたのなら謝りますが……」

「すみません。そうですよね」

二言目には謝罪の言葉が出てくるのは、謝ることが癖になっているからなのかもしれない。一体どんな人生を歩んできたのだろうか。

「あのあの……まさか今日は二〇一六年なんですか？」

「ええ、確かにそうですけど」

成歩堂がそう答えると、優子は目を大きく見開き驚愕の表情を浮かべる。たとえ幽霊に会ってもこんなには驚けないだろう。

「何やら複雑な事情があるようですが、仕事柄ややこしい話は慣れてます。それに法律の複雑さに比べれば、現実に起きる話なんて単純明快ですよ。さあ、どうぞ」

成歩堂がそう促すと優子はようやく決意の色を浮かべ、そして話を切り出した。

「……私、どうやらタイムトラベルに成功してしまったようなんです」

——駄目だ。全然解らない。

しかし成歩堂はそんな思いをおくびにも出さず、更なる質問をした。

「ええと、まずタイムトラベルというのはどういうことでしょうか？」

「私は二〇〇一年からやって来ました。この時間軸に辿り着いたのはおそらく今から一時間ぐらい前……だと思います。目を覚ましたら、私は薄暗い倉庫のような場所にいました。この服はその時点で既に身につけていました。ただサイズは合ってないですし、そもそも私のものでもありません」

「誰かがあなたに服を着せたということですか？」

「解りません。けど、そう思って気味悪く感じたのは確かです。それで周囲を見回すとお財布と携帯電話があったので、それだけ持って外に出ました。幸い鍵はかかっておらず、見張りの人もいなかったので、すんなり外に出ることができました」

ということは、監禁されていたのとは少し違うわけだ。

「しかし外を歩いている内になんだか気分が悪くなりました。今思うと十五年も経っているわけですから色々と変化しているわけで、その違和感に酔ってしまったんだと思います。それでお水でも買おうと自販機の前に行ったんですが、お財布には小銭がなくて……なのに何度お札を入れても戻ってきてしまって、私はすっかり参ってしまいました」

とぼけているのでないなら、優子は紙幣の切り替わりを知らないことになる。これを彼女がタイムトラベラーだという根拠にするのは早計だが、真宵が優子に声をかけたのは全くの偶然だ。最初から成歩堂をからかうためにやっていたわけではないだろう。

「ところで、これからどうされるおつもりですか？」

彼女の説明を全て信じるとすれば、件の殺人事件は二〇〇一年十月一日の出来事らしかったが、生憎もう時効が成立しているため、成歩堂の弁護は不要だ。

残念ながら仕事にはならなさそうだな。というか、これからどうしようか。

そんな風に悩んでいる成歩堂を現実に引き戻したのは着信音だった。思わず自分の携帯電話を確認したが、どうも違うようだ。

「この音、もしかして尾根紡さんのですか？」

「あ、本当ですね」

優子は慌ててポケットから携帯電話を取り出すと、とても迷った末に通話キーを押した。

「もしもし？」

困惑しながら電話に出ていたが、やがて信じられないほど明るい笑顔でこう口にした。

「博士？　生きていたんですね！」

二〇一六年　十月三日　午前十時四十八分
成歩堂法律事務所

「……そうですよね。二〇〇一年に向かわれる前の博士は、この時代のこの時間に生きていて当然ですよね。はい、すぐに向かいます」

　通話を終えると、優子は勢い良く立ち上がる。このまま出て行こうとしているのは明らかだ。

　成歩堂は慌てて制止した。

「ちょ、ちょっと待って下さい！」

「ありがとうございました。私ならもう大丈夫ですから」

　先ほどまで少しも大丈夫そうでなかった人間に、もう大丈夫と言われても全く信用できない。

「尾根紡さんにとって良い連絡があったのは伝わりましたけど、せめて事情を説明してくれないと心配で送り出せませんよ」

「そう言われると、確かにこのまま出て行ったら義理を欠きますね……解りました」

　優子は腰を下ろす。ゆっくりと説明してくれる気になったらしい。

「実は北三田博士は今から四年前、奥様を亡くされてるんです。けどそれは事故でなく、何者かの陰謀によるものでした。そしてその者の魔の手は今夜、博士自身に及ぶ予定なんです。きっとこのまま指を咥《くわ》えて見ていれば博士は命を落とします！」

優子の顔は上気していた。メガネも少し曇っていた。この大人しそうな女性にこんなに激しい面があるとは思わなかった。

「そんな見てきたような話……」

「命からがらタイムトラベルで逃げてきた博士が十五年前の私に伝えたんです！」

そこまで強く言われてしまうと、成歩堂としては反論の言葉が見つからない。だから説明の続きを待つことにした。

「博士の電話によれば、私が今この時代にいるのはあってはいけない間違いが起きた結果なんだそうです」

まあ、そう言われてみれば優子の頼りない雰囲気は時間旅行者というより時間漂流者だ。本当に時間旅行していたとしても、イレギュラーなものだったに違いない。

「しかし、それと今から出て行くことに何の関連があるんです？」

「だから今夜の悲劇を止めるんですよ。そうすれば博士は過去へ飛ぶこともなくなり、私も元の正しい歴史に戻れる筈です」

何かが引っかかる。いや、元々タイムマシンがあるということ自体引っかかるのだが、何か大事なことが矛盾している気がする。

「それはおかしくないですか？　もし今夜起きる悲劇を阻止したら、二〇〇一年のあなたと博士の出会いがなくなります。ぼくにはよく解りませんけど、博士は恩人なのでしょう？　それでいいんですか？」

「でも二〇〇一年に来て博士が殺されるぐらいなら、なかったことにした方がいいに決まってます！　だから止めないで下さい！」

そう叫ぶと、優子は事務所を飛び出して行った。呼び止めようとして伸ばした腕を下ろし、成歩堂はため息を吐く。

「うう、なんか傷つくなあ……」

依頼人候補に逃げられた以前に、何がいけなかったのかすら解らないというのが大きい。やはり早い段階で時間旅行の件も含めて「信じます」と告げるべきだったのだろうか……。

「ねえ、なるほどくん。お茶菓子どこにしまってあるの？」

真宵が給湯室から戻って来た。ちなみにお茶菓子は隠されているのではなくて、自分が昨日全部食べてしまっただけだ。

「あれ？　あの人は？」

そう言って室内を見回す彼女に成歩堂は事情を説明した。真宵は優子が手を付けずに残していったお茶を啜《すす》ると、先ほどの成歩堂と同じようにため息を吐く。

「……つまり、なるほどくんのせいで出て行っちゃったんだねえ。駄目だよー」

「でもいきなりタイムマシンがどうこう言われても抵抗があるじゃないか」

「面白そうなのに？」

「いや、面白半分で信じちゃいけない雰囲気があってさ……」

ふと気になることがあって電話帳に手を伸ばした。

もしも優子の話が本当なら今夜、その北三田博士とやらが襲われる筈だ。成歩堂は大して期待もせずにページをめくっていたのだが、とうとう『北三田研究所』という文字列を見つけてしまった。

ラボとは実験室という意味……そして十五年は実験室が研究所に発展するには充分な時間かもしれない。

「どうしたの、なるほどくん？」

「いや、ちょっとね……」

義を見てせざるは勇無きなり。やはり苦境の依頼人とその事件を見過ごすわけにはいかない。

成歩堂は電話帳の北三田研究所のページを再度開くと受話器を取ったが、ギリギリで思いとどまる。

いきなり縁もゆかりもない弁護士から「今夜そちらの所長が襲われますよ」と電話で伝えられても信じてもらえる筈がない。それどころか通報される可能性の方が遙かに高い。

そもそもさっき優子と話していた相手が当の北三田本人だというのなら、成歩堂から言うべきことなんて何もないではないか。

受話器を戻すと、逃げられてしまった依頼人のことを頭から消すべく成歩堂は両目を閉じた。

二〇一六年　十月四日　午前十一時二十分
成歩堂法律事務所

うーん、参った。

成歩堂は今日も鳴らない電話をひたすら眺めていた。

独立するきっかけとなったあの裁判で鮮やかな逆転勝利を収めたことは、結構な自信に繋がった。だからすぐに依頼が殺到するだろうと期待していたのだが、世の中はそんなに甘くはなかったようだ。

世間からまぐれ勝ちの弁護士と思われてたら……傷つくなあ。いや、運が良かったのは否定しないけど。

そんなことを思っていると、真宵が顔を覗き込んできた。

「なるほどくん、眉間にシワ寄ってるよ」

「え、そうかい？」

シワを伸ばすように成歩堂は指で眉間を撫でた。こんな早くから、依頼人が近寄らないような顔になるわけにはいかない。

「ところでお腹空いたね」

「そうかな？　真宵ちゃんは朝ご飯抜いたの？」

「ううん。バッチリ食べてるけど成長期だから出前が来ても大丈夫だよ」

何が大丈夫なのだろうか。

参ったな。真宵ちゃんには事務所を手伝って貰ってる分ご飯を奢《おご》ってるけど、こうも仕事が来ないとそれどころじゃない。というか、仕事もないのに事務所のお金がジリジリ削られていくのはとてもマズいな。このままだと家賃だって払えなくなるかもしれない……。

しかし真宵は既に受話器に手を伸ばしかけていた。

「なるほどくん、お腹空いてるなら我慢しない方がいいよ」

「いや、そういうわけじゃ……」

次の瞬間、電話が鳴り始めた。成歩堂はすかさず真宵にお願いする。

「真宵ちゃん、電話取って！　依頼かもしれない」

「あ、うん……はい、こちら成歩堂法律事務所です！」

真宵はまんまと、いや元気よく電話に出た。

「ええ……はい……そうですけど……」

しかし受け答えからは快活さがどんどん失われていった。どうやら困っているようだ。

「どうしたの？」

成歩堂がそう訊ねると、真宵は受話器を肩にかけて保留中にした。

「留置所からなんだけど……かけてきたの職員の人なんだ」

警察に逮捕された人が弁護士を探すために電話をかけてくる……それ自体は珍しいことではない。だが職員を経由するというのは何やら複雑な事情がありそうだ。

「妙だな……もしかして声が出せないとか？」

「そうじゃなくて……その逮捕された人、身元が解らないんだって」

身元が解らないのに逮捕ということは現行犯だったのだろうか。引き受けるとなると相当に厄介な弁護になりそうだ。

「けど、それがどうしてウチの事務所に？」

「どうもなるほどくんの名刺を持ってたみたいなんだけど」

「それはおかしいな」

成歩堂が成歩堂法律事務所を開いてからまだ一月も経っていない。その間に配った名刺なんてほんの数えるほどしかない筈だが……。

「まさか、尾根紡さん？」

これは実際に行って確かめるしかなさそうだ。

二〇一六年　十月四日　某時刻
留置所

謎の依頼人候補に会うために、成歩堂たちは昼ご飯も食べずに留置所までやって来た。

「うわー……外から来るとこんな感じなんだね」

成歩堂が手続きをしている間、真宵はキョロキョロ周囲を観察していた。まあ、結果的に容疑が晴れたとは言え、少し前までは檻の中に入れられる立場だったのだから無理もない。

職員から簡単に話を聞いた限りでは、弁護以前にまずその人の身元を保証して欲しくて成歩堂の事務所に電話をかけたそうだ。迷惑な話だが、向こうとしてもイレギュラーな事態に戸惑っているのだろう。

「よし、行こう。真宵ちゃん」

面会室に通されると、ガラスの向こうに待っていたのはやはり優子だった。

「わ、わ、大丈夫ですか？」

優子は真宵の呼びかけに曖昧に肯くばかりだった。出て行った時はあれほどまでに興奮していたが、今はすっかり消沈しきっていた。おまけにかけているメガネも端に少しヒビが入っていて、二重三重に幸が薄そうに見えた。

待っていても一向に口を開く気配がなさそうだ。

「……尾根紡さん、何があったんですか？」

仕方なく自分から声をかける。

「私、博士を助けようとしたんです。なのに……」

その声は今にも消え入りそうだった。

「安心して下さい。ぼくで良ければ弁護を引き受けますから」

「ありがとうございます。お気持ちは嬉しいんですけど……」

成歩堂は拍子抜けした。まさかこの展開で拒否されるなんて……。

「あの、もう他に弁護士が見つかったとか？」

「いいえ……明日の裁判、弁護士さんにはお願いしないつもりです」

弁護士なしで裁判って無茶にも程がある。確かに法律上、自分自身の弁護をすることは認められている。しかし優子は法律の素人だし、何より唐突にタイムマシンの話なんかすれば一発で裁判長の心証が悪くなるに決まっている。それだけは阻止しなければ。

「あの、尾根紡さん。それは流石に……」

「……どうせ同じなんですよ。どんな弁護士さんも」

説得しようとしたところに、ゾッとするほど冷たい言葉が被せられて、成歩堂は黙ってしまった。

「友達も親兄弟も、タイムマシンの話をする私のことをただ信じるフリをしていただけなんです。だって自分でもおかしなことを言っている自覚がありますから！　信じてくれたのは博士だけです……今更誰が私のことを心から信じてくれるっていうんですか！」

優子の孤独に成歩堂は少し触れた気がした。彼女にとって博士——北三田耕太はようやく出会えた唯一の理解者だったのかもしれない。

「もういいんです。私の言うことなんてどうせ信じてもらえませんから……帰って下さい」


面会室を出て、成歩堂と真宵は顔を見合わせる。

「なるほどくん、なんとかしてあげられないの？」

「そりゃ、助けてあげたいんだけど、依頼して貰えないと弁護士は動けないからなあ」

「でもこのままだと尾根紡さんはどうなるの？」

「どうなるって……どうにもならないよ。多分、有罪だ」

そもそも事件の詳細さえ教えて貰えなかった。裁判の準備をしようにもこれではどうしようもない。

「だったらさ、あたしたちで調べようよ」

「調べるって……具体的に何をするの？」

「昨日、なるほどくんが電話帳で見つけた北三田研究所に行ってみようよ。尾根紡さんと無関係とは思えないし、もしかしたら何か解るかもしれない。諦めるのはできることをやってからでもいいんじゃないかな？」

成歩堂は肯いた。真宵の言う通りだ。ひとまずできることをやってから考えるべきだ。

「そうだね。行ってみようか」

職員にはまた明日改めて優子の面会に来る旨を告げ、二人は留置所を後にした。

二〇一六年　十月四日　午後二時五分
北三田研究所

「わー、ピカピカだねー」

真宵は北三田研究所の外観を一目見るなりそんな感想を口にした。

「それに結構大きいよ」

北三田研究所は小学校の校舎ほどの規模の三階建ての建物だった。この大きさなら中で働いている人間は数十人、いや百人以上はいるかもしれない。

「確かに綺麗だけど、ちょっとぼくのイメージとは違ったかな」

「そうなの？」

「ほら、タイムマシンの研究って世間からは理解されにくい分野だからさ……もっとひっそりやってるものとばかり」

「例の北三田さんって結構凄い人なのかもね」

ふと駐車場に目を向けるとパトカーが停まっていた。真宵も気がついたようで成歩堂の袖を引っ張って注意を促す。

「なるほどくん、警察の人が来てるよ」

「やっぱり、ここで何かあったようだね。研究所の人に話を聞きに行こう」

そう言って成歩堂が入り口の方へ歩を進めた瞬間、女性の鋭い声が成歩堂の足を地面に縫い止めた。

「勝手に入るんじゃないよ！」

見ればパトカーの窓が開いており、運転席からエラく気の強そうな女性刑事が二人を睨んでいる。

彼女はパトカーを降りると「駄目だ駄目だ」と口にしながらズンズンと進んできた。逆らったら拳銃を撃ちかねない剣幕に成歩堂は両手を挙げて抵抗の意思がないことを示した。

「いや、ぼくは弁護士の成歩堂といいまして……」

「ためだかんな」

「そこをなんとか……」

「あ？　だからアタシの名前は溜田《ためだ》カンナだよ」

「ああ、『駄目だかんな』っていわれたのかと……」

正直にそう答えると、カンナという刑事は成歩堂のネクタイを摑んで凄む。

「しょっ引かれたいのかい！　アタシはそうやってからかわれるのがこの世で一番嫌いなんだ！」

　どうやら個人的な地雷を踏んでしまったようだ。成歩堂は慌てて謝罪する。

「いや、あの、悪意はなかったんです。本当にごめんなさい」

「そうです。なるほどくんは誰かをからかったりする人じゃありません！」

　カンナはしばらく成歩堂と真宵の顔を交互に見ていたが、やがて納得したのかネクタイから手を放した。

「……悪いね。下町育ちなんで喧嘩っ早いんだ」

「いや、解って貰えたのなら……」

　成歩堂はネクタイを直しながら簡単に自己紹介をした。

「弁護士ってことはあれかい？　あの、おね……何と言ったかな、あの容疑者」

「尾根紡優子さんのことですか？」

「そう、それだよ。ってことはアンタ、例の容疑者の弁護士かい？」

「実はまだ……」

「ええ、そうなんです！」

　成歩堂の言葉を遮って真宵が断言した。成歩堂は思わずカンナに聞こえないように小声で注意する。

「……真宵ちゃん、なんてことを言うんだ」

「だってあたしたち、どうせ尾根紡さんの弁護をするんだから嘘じゃないでしょ？」

「バレたらただでは済まないのに。大胆なことを言うなあ……」

しかし口にしてしまったものは仕方がない。この嘘を押し通そう。

「何をコソコソ相談してやがんだか。アタシも暇じゃないんだ。話が聞きたいならさっさと本題に入りな」

「え、いいんですか？」

思わず訊き返してしまった。警察官というのは基本的に検察側の味方だとばかり思っていたからだ。

「別に良いよ。アタシは気風《きっぷ》が良いことで通ってるんだ。というか、担当検事が気に食わなくて……」

刑事と検事は二人三脚で事件に挑むもの、両者の関係がギクシャクしているのはあまり望ましい状態ではない。目の前のカンナがそう悪い人間とは思えないから、検事の方に何か性格的な問題があるのだろうか。

まあ、向こうが完璧に仕事をこなしてたらぼくは勝てないんだけどね……。

「では事件のことを教えていただけますか？　できれば全部……」

「全部ぅ？」

カンナは再度疑わしげな目を成歩堂に向ける。

「アンタ、本当に担当弁護士かい？」

「いや、尾根紡さんの口が重たくてですね……こうやって自分で情報を集めないと間に合わない状況です」

するとカンナは天の一角を睨んで思案する。

「……確かにあの容疑者、自分からは殆ど喋らなかったしな。まあ、いいだろ。ついてきな」

さっさと研究所に入って行こうとするカンナを成歩堂たちは慌てて追う。

研究所の入り口には警備員の詰め所のようなものがあり、カンナは成歩堂たちの入館について警備員に断りを入れていた。世間的にはデリケートと呼べるものを扱っている都合上、人の出入りには敏感なのかもしれない。

「鑑識はもう帰っちまったけど、まあ説明するのはアタシで充分だと思う」

三人は一階の長い廊下を進んでいた。真宵は物珍しそうな様子で館内を眺めている。

「中もピカピカだあ」

そんな真宵の呟きにカンナが反応する。

「そりゃ、儲かってたらしいからな。ここの所長があるお金持ちの出資を受けて研究所を始めたのが十数年前、最初はボロい建物からスタートした研究所も今ではこんなに立派になった。まあ、ここまでやれたってことは少なくともインチキ発明家じゃなかったってことだな」

「ちなみに何の研究をしてるんですか？」

「詳しくはよく解らないけど、確か若返りとかそういうアレだったたな。金が余るとみんな若さを手に入れたくなるらしい。どのみちアタシたち庶民には関係ないからここのことを知らなくても無理はないよ」

成歩堂は少し引っかかりを覚えた。若返りとタイムマシン……どちらも人生をやり直すためという点では共通している。尾根紡さんの言葉通り、本当にここでタイムマシンが開発されているのだろうか。

やがて三人は廊下の終点に到達した。カンナが突き当たりの扉を開くと突然古臭い区画が現れた。

「あれ、ここは雰囲気が違いますね。こう趣があるというか……」

「ここはボロい建物からスタートしたって言ったろ？　建て増しの際、どうしても動かせないものがあるってんでこの辺は土台として残しておいたらしい」

カンナは突然立ち止まると、並ぶ実験室の扉の一つをノックした。

「で、現場がここ」

カンナは『第一実験室』というプレートが貼ってある木製の扉を押し開ける。観音開きの扉は抵抗なく開かれ、三人は実験室の中に入る。

「今朝の午前五時頃、ウチの署に夜勤シフトの警備員から『第一実験室の中がおかしい』と通報が入った。それで駆けつけてみるとここに死体があったんだ。で、この部屋で倒れていた尾根紡優子を緊急逮捕した」

大雑把な状況は把握できたが詳細はまだ殆ど解らない。一つ一つ訊いていくしかなさそうだ。

「尾根紡さんは誰を殺した容疑で逮捕されたんですか？」

「被害者は雲野蔵人《うんのくろうど》という名前だそうだ。ここの所長が個人的に取引をしていた業者の一人と思われるけど詳細は目下調査中。裁判までに何か解ればいいけどねぇ……」

成歩堂の頭はキリキリ痛んだ。正体のはっきりしない被害者を巡って裁判をするなんて検察は何を考えているのだろうか。

「あの、だったら所長さんに訊けばすぐに解りますよね？」

「そんなこと言っても仕方ない。所長とは今、連絡が取れないんだ」

真宵の素朴な疑問をカンナが一蹴した。

「それって……所長の行方を探さなくていいんですか？」

あんまりな返答に成歩堂はつい突っ込んでしまった。だがカンナは平然とこう言い放つ。

「勿論、警察でも足取りを追ってる最中だよ。ただ所員たちの話によると、所長は時々気まぐれを起こしてプチ旅行をするそうだ。今回もそうかもしれない。写真見たけど、いかにも伊達男って感じでサーフィンしに出かけたって言われても信じるよ」

まあ、今は十月なのだが……南の島にでも逃げたのだろうか。

「ご家族の方とかはどうです？　本当は居場所を把握してるかもしれませんよ」

思いつきで口にした言葉だったが、カンナは至って真面目な表情で否定した。

「所長に家族はいないよ。いや、三年前まではいたんだけどね」

「離婚された……とかですか？」

真宵が気まずそうに訊ねたが、カンナは首を横に振った。

「事故死だよ。旅先でクルーザーが遭難して、奥さんとそのお父さんが亡くなった。奥さんとの間には子供もいなかったから、それ以来天涯孤独の身だったらしい」

「そんな……可哀想ですね」

真宵の顔が曇る。天涯孤独の身というのが心にしみたのだろうか。そういえば真宵は千尋以外の家族の話をあまりしない。何か家の事情があるということは察せられるが、成歩堂にはとても立ち入る気が起きなかった。

ふと成歩堂は優子の話を思い出した。北三田博士の妻はある男の奸計により殺されたという……そのクルーザー遭難が仕組まれたものだとすれば辻褄は合う。

いや、尾根紡さんは四年前と口にしていたな。一方、この刑事さんは三年前と言った。この微妙なズレが気持ち悪いな……。

まあ、今はこんなことを深く考えていても仕方がないか。

「北三田さんに身寄りがないことは解りました。しかしこのタイミングですよ？　例えば所長さんが尾根紡さんに罪をかぶせて逃げたという可能性はありませんか？」

「担当検事は状況的にそれはあり得ないと結論づけた。これはあくまで雲野蔵人と尾根紡優子の間だけで完結する事件だとも。検事様がそう言うならアタシらはそれに従うだけさ」

つまりその担当検事には優子を有罪にできるという確信があるわけだ。成歩堂が勝つにはその判断材料を掴んで、充分な反論を用意しておく必要がある。

「一体どんな根拠でそんな無茶が通ったんですか」

「通報してきた警備員によるとこの現場は最初、内側から鍵がかかった密室だったんだと」

「つまり……密室で被害者と二人きりだったところを発見されたと？」

それではまるで優子が語った十五年前の事件の再現ではないか。

「きっと密室のどこかに抜け穴があったに違いないよ」

「そ、そうです。その警備員さんと話をさせて下さい」

「ん？　それは駄目かもな。検察側の証人になるらしいから。流石に勝手に引き合わせたりしたら減給処分だよ。減給はとってもツラいんだ……晩ご飯のおかずが悲しいことになる」

カンナは遠い目をして言う。減給に何かトラウマがあるのかもしれない。

「まあ、警備員に話があるなら法廷で直接訊きな」

検察側が何を根拠にして現場が密室だったと主張してくるのか知っておきたかったのだが、そういう事情では仕方がない。成歩堂は気を取り直して別の角度から斬り込むことにした。

「あの、現場を見せてもらっても良いでしょうか？」

「それぐらいいなら構わないよ。入りな」

カンナに通された実験室の中は大きなカプセルのようなもの以外目立った機材は特になく、全体的にガランとしていた。

「実験室には見えないね……」

「どっちかというと物置かな」

そんな二人の疑問にカンナが答える。

「実験室という名前ではあるけど、実質的には物置同然だったらしいよ。まあ、所員だって新しい綺麗な部屋で実験したいというのが人情だろうしね」

「でも物置にしてはあんまり物がないですね……」

「だってこんなボロい木の扉の物置に高価なもの置けないだろ？　仕方ないって」

カンナにそう言われて成歩堂がよく見ると、扉にはかんぬき受けがついていることに気がついた。

「……かんぬき受けがあるのに、かんぬきらしい棒が見当たりませんね？」

「証拠品として押収したよ。ゴミと間違えられて捨てられない内にね」

そんなにボロいかんぬきだったのか。本当にこの実験室はセキュリティとは無縁なんだな……。

「あの、刑事さん。ちょっといいですか？」

「何か解らないことでもあったかい？」

「だったらこの機械は何なんですか？　結構、高そうですけど」

真宵が指さしたのは例の大きなカプセルだ。成歩堂でも余裕で入れそうな大きさで、何らかの装置であることは想像できるが用途までは解らない。

確かにこれは立派な矛盾だ。真宵の言う通り、この第一実験室が実験室としても物置としても不適当ならこんな代物があるのはおかしいではないか。

しかし成歩堂が矛盾を指摘する前に、カンナは事も無げに答えてしまった。

「ああ、これ？　元々研究所のものではなくて、事件の直前に被害者が運び込んで来たらしい。例の警備員が証言しているから間違いないよ。本来の用途は不明だけど、超強力な冷凍庫みたいなものっぽい」

「ものっぽい……ということは試したんですか？」

成歩堂が訊ねるとカンナは微妙な表情を浮かべてこう答えた。

「試したっていうか……被害者の雲野蔵人とされる男はこの機械の中でカチコチになっているところを発見されたんだ」

つい真宵と顔を見合わせる。そんな死に方、想像しただけでも厭だ。

「だからまだ身元の確認が終わってないんだよ。せめて明日中に終わればいいけどねえ……」

下手をすれば裁判中に判明する可能性もあるということか。いや、このままだと為す術もなく検察側に負ける可能性の方が高いが……。

「カンナさん、ちょっといいですか？」

挙手した真宵の顔をカンナは瞬きをして覗き込む。

「なんだい、お嬢ちゃん？」

「第一実験室以外の場所で、何か失くなったり、盗られたりしたものってないんですか？　この研究所、大事なものが置いてありそうですし」

「そりゃまあ……あったみたいだよ。事情聴取した時、所員がＤＫＫからなんかの記録メディアがなくなってるって言ってた。実際、行方不明の所長が持ち出した可能性もあるからってことでまだ盗難届は出されていないけど」

「でぃーけーけー？」

真宵が首を傾げる。

「アタシにも何の略か解らないけど、そんな名前をした大きなタイムマシンみたいなのが隣の部屋にあるんだよ。さっき動かせないものがあるって言ったろ？　それだよ。まあ、流石に扉は最新式に替えてあるからこのボロ実験室みたいに出入り自由とはいかないけどさ」

もしかすると今回の件にはＤＫＫが関わっているのかもしれない。

「そのＤＫＫというのは何をするものなんですか？」

「何かを計算してるって言ってたような気がするけど、難しくてアタシにはサッパリだ。まあ、それなりに価値のあるものらしくて所員たちは泡食ってたよ」

「あ、解った。ＤＫＫってきっと大計算機だよ！」

いや、流石にそんなわけないだろう……。

だが成歩堂は一つのロジックを閃いた。上手くすれば優子の無罪が証明できるかもしれない。

「あの、カンナさん。ぼくからも質問があるんですが、尾根紡さんが逮捕された際に所持品からその記録メディアというやつは見つかりましたか？」

「いいや。念入りに調べたけど、出て来なかった」

「だったら、こういう論理が成り立ちませんか？　今回の殺人事件がその記録メディアを手に入れるためだったとして、尾根紡さんがそれを所持していなかった以上、彼女は潔白ではありませんか？」

　成歩堂の言葉に、カンナは肩をすくめる。

「なんだ、そんなこと……それはアタシも検事に言ったよ。けどあのクソ検事の野郎、状況的に考えて犯人は尾根紡優子以外にあり得ないのだから、記録メディアがないことなんて些末な問題だって」

「些末ではないでしょう。価値のあるものなわけですし」

「検事の言い分はこう。所長の持ってたキーならＤＫＫのある部屋に入れる。だから所長は記録メディアを盗まれないように自ら確保し、行方をくらませたってね」

　それは辻褄は合うが……ただ合ってるだけで、肝心なことを説明していない。

「アンタの顔を見れば、こっちのやり方に文句があるのは解るよ。だけど彼女が密室で死体と一緒に見つかったことは確かだ。その点を崩せなかったアタシにはどうしようもなかったんだよ」

　カンナの言葉を聞きながら成歩堂は内心おののいた。

はたしてぼくに、この密室が破れるだろうか……。

二〇一六年　十月四日　午後三時十五分
某所

現時点で北三田研究所で調べられることはここまでだと判断した成歩堂はカンナに礼を言って、研究所を辞した。

「尾根紡さん、やってないよね？」

「ぼくはそう思う。だけど状況がね……」

カンナの話によると、優子はカプセルから少し離れた床に倒れているところを発見されたそうだ。

「尾根紡さんは密室で死体と一緒に発見された……彼女自身から話を訊く必要がある」

「だけど尾根紡さんがあたしたちに心を許してくれるとは限らないんだよね」

「そうなんだよ。まだぼくたちは本当のスタートラインにすら立ってないんだ」

おそらく優子は色々な出来事が重なり過ぎて人間不信に陥っている。しかし成歩堂は、そんな彼女にどう手を差し伸べたものか計りかねていた。

「ねえ、なるほどくん。どうしたらあたしたちの気持ちが伝えられるんだろうね？　なんか口だけじゃ信じて貰えそうにないし……」

「気持ちを伝える……口だけじゃ信じて貰えない……そうだ！」

成歩堂は思わず真宵の顔を見つめる。

「なーに、なるほどくん。あたしの顔に何かついてる？」

「違うよ。ただ、真宵ちゃんのお陰で一つ方法を思いついたんだ。尾根紡さんは自分が何者かを証明する術を持っていない……だから代わりにぼくたちが証明するんだ。よし、行こう。今ならまだ窓口も開いてる」

「行くって……どこに？」

不思議そうにしている真宵に成歩堂は力一杯告げた。

「勇盟大学さ！　ぼくの母校であり、そして尾根紡さんの母校でもある」

二〇一六年　十月五日　午前九時
留置所

成歩堂たちが面会室に入ると、優子は暗い顔で待っていた。

「成歩堂さん……こんな朝早くにどうしたんですか？」

昨日覗かせた激情はもうどこにも見えない。それどころか全てを諦めているかのような面持ちだ。

「裁判はもう明日ですからね。時間を無駄にしていられません」

優子はその言葉で来訪の意図を察したようだ。

「成歩堂さん、まさか……」

「今回の裁判、ぼくに任せていただけませんか？」

しかし優子はかぶりを振る。

「ですから、お断りします。私なんか弁護しても成歩堂さんの経歴に傷が付くだけです」

「いえ、そんなことはありません」

「だって……私の話を信じていない人間が、私の弁護なんてできるわけないでしょう」

「あなたを信じます。だから弁護もできます」

成歩堂が強くそう言うと優子は苛立ちを隠そうともせず、両腕を掻きむしった。

「どうせ口ばっかり……みんなそうなんだから……」

成歩堂はスーツのポケットから折り畳んだ書類を取り出し、ガラス越しに彼女に突きつけた。

「これは……」

「どうにか見つけましたよ」

その書類にはこう書かれていた。

尾根紡優子
二〇〇一年三月　勇盟大学工学部修士課程修了
（進路の届け出なし）

「偶然ですけどぼくも勇盟大学を出てるんです。芸術学部ですけどね」

ただでさえ個人情報の保護が謳《うた》われている昨今、十五年前の卒業生の記録を調べるのはOBの成歩堂でも骨が折れた。院に進んだ友人、ゼミの教授、馴染みの職員、学部長、学長……大学の色んな方面に拝み倒して、どうにか彼女の記録を照会することに成功した。

「……大変だったでしょう？」

「そうでもないですよ」

強がってみたものの実際は大変だった。大学は「卒業生の無実を晴らすためにご協力お願いします」だけで押し切れるような人間ばかりではない。夕方から始めたのに終わったのは結局晩の遅い時間だった。

「私もOGですから、あの大学の窓口の厳しさは知ってます。ちょっとでも間違ったら申請を受け付けてくれないんですよ」

「その上、ネチネチ怒られるんですよね」

成歩堂がそう言うと優子は微笑んだ。ようやく心を開いて貰えた気がして安心したが、その笑顔はすぐに消えてしまった。

「ということは、私のいた研究室の人や昔の同級生たちにも話を訊いたんですね？」

「ええ。当時在籍した方もまだ何人か残っていたので」

「どうせ私のこと、変人とかホラ吹き女って言ってたでしょう？」

「ええ、それは敢えて否定しません」

流石に具体的な内容を列挙することは避けたが、優子の危惧は概《おおむ》ね当たっていた。

「だったらどうして……私なんかを信じられるんですか!?」

「逆ですよ、尾根紡さん」

今までずっと黙っていた真宵が突然口を開いた。一方、優子は明らかに戸惑っていた。

「どういう意味ですか？」

「確かにあの人たちは尾根紡さんについてひどいことを言ってました。だけど……だからこそあたしは尾根紡さんの気持ちが解るんです。あたし、霊媒師の家系に生まれて……周囲からひどいこと言われた経験がありますから」

真宵は今も修行中の身に過ぎないが、世間の偏見の目に晒されて生きてきたという意味ではタイムマシンを本気で信じていた優子とそう変わらない。天真爛漫《らんまん》な少女のようでいて色々と辛い目に遭ってきたらしい。

「そう、あなたもそうなんですか……」

優子の心は揺れている。今なら本音で伝えられる。

「常識的に考えれば、タイムマシンなんて簡単に信じられることではありません。しかしあなたの話がどうあれ、十五年前に尾根紡優子という人間が存在していたのは間違いないことなんです。そしてぼくは十五年前に消えた人間をわざわざ騙るメリットは薄いと判断しました。それに何より、写真のあなたと見た目がほとんど同じです。なので総合的に判断して、ぼくはあなたのことを信じるべきだと思いました」

「私のために……どうしてそこまでしてくれるんですか？」

優子の表情から角が取れたような気がした。成歩堂は真宵に倣って、本音で語ることにした。

「小学生の頃、『給食費を盗んだ』って学級裁判にかけられたんです。勿論、ぼくは盗んでなかったのですが、いくら真実を訴えても信じて貰えませんでした。あれは本当に辛い経験でした……だから同じ思いをしている人を助けたいと思って弁護士になったんです。だからどうか、ぼくにあなたの弁護をさせて下さい！」

成歩堂は勢い良く頭を下げる。

――ぼくと尾根紡さんは違う人間だ。そもそも性別も生まれた歳も全然違う。それでも誰にも信じて貰えない辛さを共有しているという点でぼくらは通じ合える……ぼくはそう思っている。

顔を上げると、優子は泣いていた。

「すいません。ぼく、泣かせるようなことを言いましたか？　いや、変なことを言ったのは解ってますけど……」

「いや、嬉しかったんです。信じてくれようとする成歩堂さんの気持ちが」

優子はメガネを外して涙を拭いた。そして改めて成歩堂にこう告げた。

「私は……私を信じてくれたあなたを信じます。だから弁護をお願いします」

隣で真宵が跳び上がった。

「やったね、なるほどくん!」

正式に依頼を取り付けたところで、成歩堂は早速優子に疑問点をぶつけることにした。

「ウチの事務所を飛び出した後のことを詳しく話していただけませんか? 確か電話の相手は例の北三田さんだったように思えますが?」

「はい、博士からでした。私がタイムトラベルをしたことも知っていて、どこにいるのか心配して電話してくれたようです。それで私が最初に目覚めた倉庫で、博士と落ち合うことになりました」

「やって来たのは確かに博士本人だったんですか?」

成歩堂としては、優子の言葉とはいえ、都合の良いタイミングで行方不明になった北三田耕太を素直に信じる気にはなれなかった。

「実際にこの目で確かめましたから、本人に間違いありません。まあ、私の知っている博士より少しだけ若かったような気がしますけど」

優子の話を信じればその耕太は二〇〇一年で半年過ごしている分だけ歳を取っている筈なので、整合性はとれているのか?

「それでどうして研究所の第一実験室に？」

「はい。私は博士のお願いで倉庫にあった大きなカプセルの中に潜んでいたんです。夜になったらある人物の手で研究所の第一実験室に運び込まれることになるから、それまで頑張ってくれって」

ということはあのカプセルは最初その倉庫にあったわけだ。しかし別の人間がカプセルごと優子の身体を研究所まで運んだとなると、他にも協力者がいたということになる。

「あの、気になったんですけど、カプセルの中に潜んでて寒くなかったんですか？」

そんな真宵の素朴な疑問に優子は答える。

「いえ、特には……電源が入ってなかったので」

まあ、カプセルのせいで蔵人の死体がカチコチになっていたというのなら、電源が入っていれば長時間潜んでいたら優子は凍死していただろう。

「しかし何故、博士はあなたにそんなことを頼んだのですか？」

「夜に会う予定の相手に襲われるかもしれないから、万が一の時に備えて潜んでいて欲しいと」

そのお願いが既に変だ。まるで最初から優子を嵌めようとしているようにしか思えない。

「おかしいと思わなかったんですか？」

「でも現に博士は襲われましたよ？　まあ、加勢しようとしてすぐに気絶しちゃったんですけど。何か間違ってますか？」

やはり優子は耕太を盲信しすぎている。だから耕太の話を全て鵜呑《うの》みにするし、命令されれば素直に聞いてしまう。だが感情的にその点を批判しても優子は意固地になるだけだ。

「では雲野蔵人氏を殺してはいないということですか？」

「当たり前です。私が起こされた時にはもう雲野さんはあのカプセルの中で凍ってました。もっともカプセルの中は真っ白で、中身までは確認できませんでしたけど……」

「では二人の乱闘に巻き込まれて、目覚めたら密室の中で雲野さんの死体と一緒だったと？」

「はい……うっ」

突然、優子が顔を顰めた。どこか怪我をしているのだろうか。

「どうしましたか？」

「あの、右足が凍傷になりまして。手当もしていただいたんで、じきに治ると思います。気絶する前は全然そんなことなかったんですけど不思議ですね」

先日事務所で初めて会った時も特に右足を痛めていた様子はなかった。しかし十月初旬、公園で一晩過ごしても凍傷になるのは難しそうだが……。

そういえば凍った死体は例のカプセルから見つかったという話ではないか。何か関係があるのかもしれない。

「その凍傷、もしかしてカプセルの冷気のせいですか？」

「どうなんでしょう……私にもよく思い出せないんです。でも直接触れていたらこんなものでは済まなかったかもしれません」

確かに死体がカチコチに凍り付くほどの冷気を発するカプセルだ。それが原因で凍傷になったのならもっと重症になっていただろう。

「ところでここからが肝心なことなんですが、北三田所長は現在行方不明で、その足取りも掴めていないそうなんですが、何か心当たりはありますか？」

突然おかしそうに優子は笑い始めた。

「それはそうですよ。だって博士は今、二〇〇一年にタイムトラベルしている筈ですから。襲われて、命からがら逃げ出した……それが変ですか？」

うーん、そう来たか……。

「いや、変じゃないですよ。ちょっとぼくの頭では理解が追いつかないだけで」

成歩堂は極力呆れを顔に出さないように曖昧に誤魔化した。

しかし気を遣っているばかりではいけない。優子が故意に嘘をついていないにせよ、彼女の言葉をそのまま裁判で代弁すれば負けは確実だ。どうにかして合理的な解釈をつけなければ。

そんなことを考えていると真宵に脇腹を突かれた。

「……あたしに任せて、なるほどくん」

ここは一つ、真宵ちゃんにお願いするか。

成歩堂は素直に面会室の席を譲った。

「あの、あたしもいいですか？」

「なんでしょうか？」

「尾根紡さんもタイムトラベルしてるんですよね？　タイムトラベルってどんな感じなんですか？　もしかして痛かったりします？」

それは純粋な好奇心から出た言葉のようだったが、優子は力なくかぶりを振った。

「実は……思い出せないんです。何があったのか、途中の記憶がぽっかり抜け落ちていて。夢だったタイムトラベルに成功したのに、実感がないなんて……」

そう口にする様子はとても悲しそうで、演技には見えなかった。

「それじゃあ……尾根紡さんに電話をかけてきたのは襲われてタイムトラベルをする前の博士だったのかなあ？　それとも後の？」

真宵ちゃんは何を言ってるんだ？

「電話の時も言いましたけど、当然、タイムトラベルする前の博士です」

成歩堂には真宵の質問の意図が見えなかった。

「それはおかしくないですか？　まだ尾根紡さんと出会ってないのに、どうして北三田博士は尾根紡さんのことを知っていたんですか？」

優子はそんな真宵の問いに咄嗟に答えられなかった。

そうか、真宵ちゃんのやり方は正しい。尾根紡さんの話を解体するには、まずタイムトラベルが行われたという前提で矛盾を突きつければ良かったのだ。

しかしすぐに優子は立ち直る。

「それは……確かそう、二〇〇一年の自分からメッセージを受け取っていたんですって」

たった今思い出したようにも、後付けで辻褄を合わせたようにも聞こえる返事だった。

「あれ、そういえば尾根紡さん、二〇〇一年に博士の殺害容疑で裁判を受けていたというお話でしたが、結局判決はどうなったんですか？」

すると優子は突然頭を押さえて苦しみ始める。

「大丈夫ですか？」

「事件のことを思い出そうとすると頭痛がするんです。そうでなくても靄がかかったようになってるのに……ただ」

「ただ？」

「そういえば優しい弁護士さんに助けて頂いたような気がすることを、お話ししていて思い出しました。でも名前も思い出せないなんて薄情ですよね、私」

大事なことが何一つ解らないことは解ったが、不思議と優子が自分に都合の悪いことを嘘で誤魔化している感じはしない。

人間は受け入れ難い事実を前にすると、脳が記憶の方を歪めて心の平穏を保とうとすることがあると聞いたことがある。優子の記憶が曖昧なのも、その事件で受けた心の傷が原因という可能性が考えられる。

だとすると事態は相当厄介だ。優子に嘘をついた自覚がなくても、それが事実とは限らないわけだ。脳に歪められた記憶をアテにした場合、確実に敗訴する。

「ひとまずゆっくり休んで下さい。あとはこちらで調べますから」

成歩堂は優子にそう言うのがやっとだった。


「これからどうするの、なるほどくん？」

留置所からの帰り道、真宵がそんなことを訊ねてきた。

「時間があまりないのは承知の上で、尾根紡さんを騙した北三田さんを追いたいんだ。状況的に彼が尾根紡さんを騙して、濡れ衣《ぎぬ》を着せたのは間違いないと思う」

「どうやって追うつもりなの？　本当にタイムトラベルしてたら、あたしたちじゃ追えないよ？」

成歩堂はそれが冗談で言っているのか、それとも本気なのか判断しかねた。ただ、仮にタイムトラベルでこの時代を去ったというのなら打つ手はない。

「それにしても解らないことだらけだ」

「どうして北三田博士は自分が殺されるかもしれないのに、わざわざ怪しい人物を自分の研究所に入れたのか、とか？」

「そうだね。完全に見ず知らずの他人を招き入れるなんてあり得ない。おそらくは被害者の雲野氏とどこかに繋がりがあった筈だ。それを見つけることができれば裁判でも戦えると思う」

　しかし言うは易く行うは難し、明日までに見つかるという保証なんてない。

「真宵ちゃんはタイムマシンがあると思う？」

「あたしはあったらいいなって思うけど、なるほどくんは信じてないの？」

「尾根紡さんの話は信じてるよ。けどそれとタイムマシンの存在がイコールとは限らないからさ。ぼくは真犯人がタイムマシンの話で尾根紡さんを騙していたと睨んでいる」

　もしかすると思い通りに動かせるコマを探していた結果、優子を上手く捕まえたのかもしれない。

「だけど、肝心の尾根紡さんの話がどこまで本当か解らないから……あたしもずっと考えてるんだけど、全然解らなくて。裁判は明日なのに」

　真宵が地団駄《じだんだ》を踏む。脳の処理能力が追いつかなくなってきたらしい。成歩堂もそろそろ自分の頭から煙が吹き出す気がしてきた。

「せめてどこかに当時の記録が残ってればいいのに……」

　何気なく真宵が口にした言葉に成歩堂はあることを閃いた。

「真宵ちゃん、それだよ！」

「え、どうしたの？」

「尾根紡さんは二〇〇一年に裁判にかけられたようなことを口走っていたじゃないか。ということは裁判所に行けば当時の記録が残っているかもしれない」

　成歩堂たちは地方裁判所へ急いだ。

二〇一六年　十月五日　午後一時
地方裁判所内　資料室

資料室への立ち入りはすぐに認められた。やはり弁護士バッジの力は偉大だ。

「さあ、手分けして探し出すぞ！」

「うん。尾根紡さんのこと、絶対に助けるよ」

成歩堂と真宵は当該資料の捜索を開始する。資料室には膨大な量のファイルがズラリと並んでおり、ここからお目当てのものを探し当てるのは骨が折れそうだった。

昨日大学で尾根紡さんのことを調べて疲れたのに、今日もまた同じようなことで疲れる羽目になるとは……。

いやいや、駆け出しの弁護士が手間を惜しんじゃいけない。やる気と若さで乗り切ってやる。

「まあ、事件の起きた年月日が解っているのだけは救いだね……じゃあ、真宵ちゃんはあっちの方をお願い」

「りょうかーい！」

昔は今と違って逮捕から裁判まで結構な時間がかかったと聞く。ひとまず十月から順にファイルを調べていけば遠からず見つかる筈だ。

頼む。見つかってくれ。

探し始めて三十分が過ぎた頃、真宵が突然一冊のファイルを手に声をかけてきた。

「なるほどくん、これ見て！」

「見つかったの？」

「それが、ファイル名が黒く塗りつぶされているの。なんか変だから一応確かめて貰おうかなって」

「本当だ」

実際にそうなっていることを確かめた成歩堂は思わず顔を顰める。

ひどいイタズラだ。だがここに立ち入れるのは法曹関係者だけの筈だから……残念ながら業界内に遵法意識のない人間がいるということになる。

「……ひとまず調べてみよう」

成歩堂がファイルを開くと、イタズラは中身にも及んでいた。なんと出てくる固有名詞が全て塗りつぶされ、判別不能になっていたのだ。これでは関係者から話を聞いて復元しようにもとっかかりが見つからない。

「もしかしてこの弁護士さんか検事さんのどちらかが、裁判に負けた腹いせにこんなイタズラを？」

「だとしたらよほどの負けず嫌いだね……」

こんなことをしても負けた事実は消えないというのに。

「でも思ったよりは読める。まあ、捨てられてなかっただけ恩の字だね」

まるで地獄に垂れた蜘蛛《くも》の糸だ。成歩堂は縋《すが》るような気持ちでファイル内の資料を読み始めた。


二時間後、成歩堂はどうにか資料を読み終えた。

虫食い状態の資料を読むのはかなり神経を消耗したが、解らないなりにおおよその粗筋のようなものは読み取れた気がする。

要は二人の研究者がタイムマシンの研究成果を巡り、殺し合いにまで発展した……という話だと思われる。そして殺された研究者の助手が被告人として起訴されたらしい。名前こそ解らなかったが資料中に彼女という表現があったため、かろうじて女性だと解った。

タイムマシン、女性の被告人、そして十五年前……なんとなく尾根紡さんの話と一致するような気がする。

「なるほどくん、読むの速いよー」

まだ読み終えていない真宵からそんな声が上がる。

「そうかな？　結構、熟読したつもりなんだけど」

成歩堂は真宵が読み終えるのを待ちながら、事件について考え直す。

しかしこの資料を読んで尚、不可解な点がいくつかある。

まずこの裁判は判決が出ていない。ある日突然、被告人が留置所から失踪したために凍結扱いになっている。だけど留置所を自分の意思で抜け出すなんて簡単なことではない。

まさかこの被告人は、留置所内でタイムトラベルを行ったから消えたのだろうか。

「あれ、なるほどくん。次のページどこ？」

真宵の声でそんな他愛のない想像から引き戻される。

「今、この弁護士さんが最後のチャンスに賭けるところなんだけど」

「ああ、そこだけは最初から無かったんだ」

担当弁護士がどうやって劣勢をひっくり返したのかが記述されている筈のページは、そっくり持ち去られていた。全部塗りつぶすのが面倒だったのか、それとも存在すること自体許せなかったのか……おそらくこの資料を台無しにした犯人は担当検事だろう。犯人にとってはそれほどの屈辱だったのかもしれない。

一瞬、成歩堂はこの犯人を問い質《ただ》して資料の欠損部を埋めようかと考えたが、すぐにそれを打ち消した。十五年も前の犯人が今日明日で見つかるとは限らないし、仮に見つけたところで簡単には容疑を認めないだろう。明日の裁判には到底間に合わない。

そもそも序審法廷という制度は弁護側にとって圧倒的に不利だ。急増する犯罪を効率良くスピーディに捌《さば》くという名目で導入されたはいいが、一部からは冤罪の温床となっているという指摘もある。しかしそうした仕組みに文句をつけたところで、明日の裁判を止めることはできない。

仕方がない。今の段階で解っていることだけ整理して、明日の裁判に活かせないか考えよう。

十五年前、ある密室殺人の容疑者とされた女性が判決を待たずして姿を消した。そして現在、その被告人本人としか思えない尾根紡優子が成歩堂たちの前に現れ、再び密室殺人に巻き込まれた……。

常識的に考えてこの二つの出来事を素直にイコールで繋いでいいわけがないが、そう考えないと様々なアレコレに説明がつかないのもまた事実だ。

十五年前に何故姿を消したのか……そして今になって何故また姿を現したのか……一体どうやって？　更に何故、優子の見た目にほとんど変化がないのか？

「駄目だ。全然解らない」

「もう、なるほどくん。いいところなんだから静かにしてよ」

「あ、ごめん」

成歩堂が静かに待っていると、ほどなく真宵も全て読み終えた。

「どうだった？」

「うーん、誰が誰について話しているのか考えながら読むので精一杯だったけど、この検事さんが悪い人ってことだけは解ったよ」

「真宵ちゃん、この世界には推定無罪って言葉があってね……」

「いや、絶対に悪い人！　こんなイタズラしたのもきっと検事さんだと思う」

「それは同意するけど……他に収穫はなしか」

こう言っては何だが、この調査に裁判前の貴重な時間を費やすほどの価値はなかったと思う。黒塗りの箇所があまりに多過ぎて、今すぐ調べられることが何もない。

「この資料を提出して『被告人はタイムトラベルをしてきたばかりなのでお手柔らかに』っていうのは通じないだろうしなあ……」

思うように捜査が進まないのは本当に悔しい。まあ、これまでの裁判も準備万端で迎えられたのかと言われれば微妙なのだが。

「あのさ、なるほどくん。もしかしたらこの塗りつぶされた文字は元に戻せるんじゃないかなって思うんだ」

確かにそれが真実への一番の近道なのは間違いない。ただ、そのアイデア自体は成歩堂も思いついていた。

「ぼくも復元しようかなとは一瞬思ったよ？　けど、ここまで念入りにやられたら無理な気がするなあ」

成歩堂がそう言うと真宵はどこか勝ち誇ったような笑顔を浮かべる。

「この前テレビで観たんだけど、人間の目にはただの黒に見えてもその明るさには結構幅があるんだって。だから塗りつぶされた字を蛍光灯に透かすと見えたり見えなかったりするのも、黒の明るさ次第なの」

「どれどれ……」

資料を一枚取って天井の蛍光灯に透かしてみたが、生憎黒塗りの箇所の解読はできなかった。

「やっぱり駄目だよ真宵ちゃん」

「人間の目だと限界があるみたい。専用の機械を使わないと」

「専用の機械って……とっても高そうだね」

真実を明かすために必要とはいえ、月々の家賃に心をすり減らす身としてはなかなかそこまで思い切れない。

「なるほどくん、この間のあの会社……なんだったっけ？」

「この間のって……もしかしてコナカルチャー？」

情報処理会社コナカルチャー、師である綾里千尋《あやさと》が殺された事件で関わった企業だ。真宵だってコナカルチャーの名前を耳にするだけでも姉を失った辛い記憶がフラッシュバックするだろうに、よくその話題を自ら口にできたものだ。

「そう。あそこならそういう機械揃ってそうな感じがしない？」

成歩堂もコナカルチャーの業務実態を完全に知っているわけではないが、下手な探偵事務所よりも情報調達に長けているのは間違いなさそうだ。まだ営業しているならコナカルチャーに頼むのが一番良さそうだ。

「でも、いいのかい？」

「あんまり良くないかな」

「だったら……」

真宵は大きくかぶりを振った。

「でも今はこれを塗りつぶした犯人の方が許せないから。さあ、なるほどくん。善は急げだよ！」

元気な声に背中を押され、成歩堂は急いで支度を始めた。

二〇一六年　十月六日　午前十一時
地方裁判所

翌朝、成歩堂は法廷に立っていた。

「なるほどくん、顔色悪いよ。寝不足？」

隣の真宵が心配そうに成歩堂に訊ねる。

「どっちかというと情報不足に悩まされている感じかな」

「えぇー！」

真宵の大声が廷内に響き渡り、皆がこちらを見てくる。裁判長以外の人間はもう全員揃っていた。

「みんな見てるじゃないか……いや、色々忙しかったのもあるけど、尾根紡さんに起きたアレコレを全部説明できるような上手い仮説をまだ生み出せてないんだ」

「でもコナカルチャーは？」

「朝一で電話したけど、まだ終わってないって言われたよ」

引き受けてくれただけマシとはいえ、やはり昨日の今日では無理があった。

「えー、役に立たない！」

「仕方ないよ。あれだけ念入りに塗りつぶされてたら時間がかかるに決まってるし。早くて今日の夕方か、明日以降だから……ひとまずこの裁判を凌がないと意味がなくなるね」

「じゃあ、ほぼぶっつけ本番ってこと？」

「それでもデビュー戦よりはマシだけどね……」

成歩堂がそう答えると同時に裁判長が入廷してきた。いよいよおふざけの時間は終了らしい。

裁判長は毛の無い頭と白く長い髭がトレードマークの老人だ。結構な年齢に見えるが、十数年前からあの姿のままという噂もある。だが論理的に考えると、おそらくは十数年後もあの姿のままだろう。

やがて着席した裁判長が厳かに宣言する。

「これより、尾根紡優子の法廷を開廷します」

「検察側、準備完了しています」

検事席ではメガネのパッとしない中年男性が不敵に笑っていた。

彼の名前は亜内武文《あうちたけふみ》、成歩堂が初めての裁判で戦った検事だ。一度勝っている相手だから必要以上に緊張する必要もないのだが、裁判の先行きを考えると決して楽観できない。かつては〝新人潰し〟という二つ名で有名だったそうだが、この態度は成歩堂をまだ新人のつもりで見ているのかもしれない。

「ククク、この間は偶然負けましたが、今回はそうはいきませんよ」

偶然って……。

成歩堂は呆れた。大事なことを見落としたまま起訴したからド新人の成歩堂に負けたのに、どうしてそんな強気なのだろうか。ベテラン検事ともなるとメンタルの強さが違うのかもしれない。

ただ、亜内は決して侮《あなど》ってはいけない相手であることは間違いないし、何より今回はデビュー戦をサポートしてくれた千尋はいない。

「表情が硬いよ、なるほどくん」

隣の真宵が少しからかうような口調でそう言った。

「そうかな？」

「大丈夫、あたしがついてるから。なるほどくんが困ったらサラッと泥舟を出しちゃうから、安心してて」

「泥舟は困るなあ、ハハ……」

苦笑いを浮かべつつ、成歩堂は少し安堵していた。

法廷で一番不安なのは依頼人である以上、弁護士が弱気になるわけにはいかない。だから成歩堂と同じように優子を信じている真宵が隣にいるだけで随分と心強い。その頼もしさは、かつて隣にいてくれた敏腕弁護士の千尋にも決して劣らない。

「……そろそろいいですかな？」

「弁護側、準備完了しています」

成歩堂がそう言うと、裁判長は静かな口調でこう告げた。

「亜内検事、冒頭弁論をお願いします」

亜内は肯いて、冒頭弁論を開始した。

「被告人、自称尾根紡優子は十月四日、北三田研究所において雲野蔵人の殺害現場である第一実験室で意識を失っているところを保護されました。検察側は被告人の犯罪を立証できるだけの証拠と証人を用意しております。残念ながら被告人の有罪は確実でしょう」

カンナが言っていた通りだ。事前に話を聴いておいて本当に良かった。

「なるほど……しかし自称というのは？」

裁判長が当然の疑問を口にする。

「保護された際、名乗ったものの、身元が解るようなものを所持していなかったのですよ。なので尾根紡優子という名前から身元を調べたのですが……一応、失踪した人間に同じ名前が見つかりましたが随分と昔の話で、年齢が一致しないので嘘と解りました」

成歩堂が調べた限り、確かに優子は二〇〇一年から失踪した扱いになっていた。

「しかし被告人が本名を黙秘したぐらいで裁判の進行を止めるわけにはいきません。まあ、名前がどうあれ刑務所に入れば同じですからね」

亜内の物言いに成歩堂は何ともいえない気持ちになる。犯罪件数の増加に対応するためとはいえ、今の検事たちは心のどこかが麻痺しているように思えるのだ。

「被告人、失礼ですが本当の名前はなんというのですかな？」

裁判長が優子に優しく訊ねた。しかし彼女はムキになったのか、胸を張ってこう答える。

「これが本名です！　私は……尾根紡優子なんです！」

小さくため息が聞こえた。成歩堂もそうしたい気分だ。裁判長の心証を悪くしていいことなど何一つないのだから。

「これは私の勘違いかもしれませんが……被告人、どこかでお会いしましたかな？」

「裁判長は私のことを知っているのですか？」

「いや、微かにあなたのことを知っているような気がしましてな。まあ、私も歳ですしどんどん人の顔を忘れてまして、念のために確認をと」

「そうですか……残念ながら私もよく思い出せないんです」

裁判長はゆっくりと首を振る。

「去る者日々に疎し、ですね。最近だと検事局長の顔をすっかり忘れていて、すごく気まずい思いをしたものです」

いや、それは笑い事ではないのでは？

「なかなか大変な裁判になりそうですね。では亜内検事、よろしくお願いします」

「では早速証人を呼びましょう。矢張政志《やはりまさし》さんです」

亜内の言葉に成歩堂は頭をいきなり殴られたような衝撃を受けた。


すぐに茶色い頭を尖らせたお調子者が現れた。同姓同名の別人ではなかったようだ。

「証人。名前と職業は？」

「矢張政志。警備員」

矢張は成歩堂の小学校の頃のクラスメイトだ。縁があるのか大人になってからも付き合いが続いている。

まあ、まさか殺人の容疑をかけられたアイツを弁護する羽目になるとは夢にも思ってなかったけど……。

「ちなみに一昨日は北三田研究所で警備のバイトをしてたんだぜ」

あご髭を撫でながら得意気にそう言う矢張に、成歩堂は思わず声をかけてしまった。

「なあ、矢張。何をしてるんだ？」

「何って……証人だよ証人。見れば解るだろ？」

「ううん……ああ、そうだな」

矢張政志という男は決して善良な人間とは言い難いが、少なくとも邪悪ではない。むしろ気の良い奴だ。トラブルさえ呼び込まなければ……。

成歩堂はそんな思いを呑み込んで曖昧に肯いた。

「少し前の被告人が証人になるというのも奇妙な縁ですね。まあ、昨日の敵は今日の友とも言いますから……ククク」

「逆に言えば昨日の友は今日の敵、そういうことだよ成歩堂。お前には悪いが、容赦なく証言させて貰うぜ」

矢張を間違って告訴したのは亜内だが……いや、矢張が何も疑問に思ってないのなら口を出すのはやめておこう。

「では早速お訊ねします。証人は三日の夜から四日の朝まで警備をしていたとのことですが、具体的にはどのような仕事を？」

「大まかに二つだけかな。玄関の脇にある警備室に座って訪問者が来たら相手をする。もう一つは研究所内の見回り。見回り中は入り口に鍵かけちゃうから誰も入れないけど、深夜だからそもそも誰も来ないいんだ」

「つまり事件当時の人の出入りを把握していたわけですか？」

裁判長の質問に矢張は肯く。

「そうなんだけど……オレだって殺人事件が起きるって解ってたら働かなかったのに。臨時で給料が良かったのがなー」

「おや、臨時ということは普段から北三田研究所で働いているわけではないと？」

「それがさあ。いつもの人が急病で倒れちゃって、すぐ代打で入れるのがオレしかいなくて……まあ警備の仕事自体は初めてでもどうにかなったから結果オーライだな。あとは見回り中に現場で倒れてる尾根紡さんさえ見つけなければなぁ」

そう言ってため息を吐く矢張に裁判長は疑いの眼差しを向ける。

「亜内検事、他に証人はいなかったのですか？」

「北三田研究所の夜間警備は一人体制でして、彼の他に本件の証人は存在しません。何より彼は第一発見者でもあります」

「しかしその日に初めて仕事をしたのでしょう？　証言の信憑性《しんぴょう》に疑問がありませんか？」

「その点に関しては検察側の見解は違いますね。むしろ信憑性は極めて高いと思っています」

亜内は掌《てのひら》でメガネを持ち上げる。自信の表れだろうか。

「ほう？」

「証人は交代の理由を担当者の急病と言いましたが、正確には盲腸でした。つまり警備員の交代は犯人にとっては予測不可能な要素だったわけで、彼が事件当時に北三田研究所で働いていたのは全くの偶然ということになります。おまけに本来の担当者なら勤務先に遠慮して言えないことも平気で口にできます」

亜内検事、やはり舐めてかかってはいけない相手のようだ。少なくとも今回は前のようなラッキー勝利を期待できない気がする。

「確かに……矢張君が突発的な犯行に及んでない限りは信頼できますな」

裁判長の言葉に、矢張は証言台に強く拳を叩きつける。

「おいおい、人をなんだと思ってるんだ。オレはな、人殺しなんて大嫌いなんだよ！」

ひとまず亜内の言う通り、今回の矢張は中立的な存在と見ても良さそうだ。まあ、中立的でも変なことを言わない保証はないのだが。

「では改めて証言をお願いします」

「オレがシフトに入った午後八時の時点ではもう研究所には北三田所長以外いなかったな」

「ほう、随分と良い職場ですね」

「経営の方は安定してるから、無理な残業はさせないんだってさ。けど研究成果を盗まれたら大変だってんで警備会社と契約してるそうだ。まあ、お陰でオレは仕事が貰えたから万々歳だぜ」

それでも矢張に警備をやらせるのは間違いだった気がするのだが……。

「しかし夜の警備が一人きりというのは結構キツい気がしますが……まあ、続けて下さい」

「それからしばらく暇してたんだけど、夜九時過ぎぐらいに雲野さんって人がデッカいカプセルみたいな機械を運んでやって来た。内線で所長に確認したら『約束があるから通してくれ』と言われたんで通したんだ。その後は誰も入ってきてない……まあ、楽な仕事だったな」

「はて、誰も入ってきていないと言うのなら被告人はいつ研究所に入ったのでしょうか？」

「え、いや、そんなことを言われても……オレはちゃんと仕事してたし！」

裁判長の指摘に矢張はムキになって言い返していたが、すぐに亜内がフォローする。

「証人はただ言葉足らずだっただけですよ。その点については私の口から補足しておきましょう。先ほど証人は被害者が機械を運んで来たと言いましたが、その機械がこれです」

亜内は一枚の写真を提示する。そこには第一実験室で見たあのカプセルのような機械が写っていた。

「専門家に問い合わせたところ、現時点では一般に販売されておらず特許の申請もまだのようですが、何かを凍らせる用途で作られた装置に間違いないとのことでした。仮にこれを冷凍カプセルと呼ぶとして……状況から鑑みるに、被告人は被害者が運んできた冷凍カプセルの中に潜んでいたと考えるべきです」

成歩堂は少しだけ感心していた。成歩堂たちが優子からやっとの思いで聞き出した事実に亜内は推理によって辿り着いていたからだ。

「被告人、そうなのですか？」

裁判長の言葉に優子は硬直する。

「は、はい……博士にどうしてもとお願いされて」

「何故、北三田さんがあなたにそんなことを頼むのですか？」

「それはあの……これから雲野さんに襲われるかもしれないから、万が一の時に備えて潜んでいて欲しいと」

「しかし、あなたはその申し出をおかしいとは思わなかったのですか？」

「思わなくはありませんでしたが……博士には恩がありましたから」

優子の言葉は裁判長の疑問の答えにはなっていない。だが、あまりそこを追究されると優子のタイムトラベルの件まで届いてしまう。

今回、成歩堂は「タイムトラベルの件は極力言及しない」というルールを設けた。仮に本当にタイムマシンがあったとしても、証明できないことを口にすれば裁判長の心証を著《いちじる》しく悪くするのが目に見えている。そうなればこの裁判、間違いなく負けるだろう。

故に成歩堂は慌てて話を逸らしにかかる。

「裁判長、今重要なのは尾根紡さんが冷凍カプセルの中に潜んで研究所に入ったということです。詳細は審理の進行と共においおい解ることでしょう」

「ふむ……それもそうですな。被告人、話を続けて下さい」

ふう。なんとか誤魔化せた。

成歩堂は弁護側に不利な話題がこれ以上出ないように祈りながら優子の話に耳を傾ける。

「私はカプセルの中でじっとしていました。博士からは『もしもの時は頼む。だけど合図があるまで出てこないように』と言われていたのですが、外から口論が聞こえて来まして。しばらく黙って聞いていたのですが、口論が激しくなる一方だったので、心配になって外に出てしまったら……博士と知らない男がもみ合っているところでした。私は止めようとしたのですが、二人にはじき飛ばされて壁に頭を打ったみたいで……気がついた時にはもう朝で警察の人が私を起こして……あとはずっと留置所です」

ここで優子の証言を整理しよう。

まず北三田所長は襲われることを予見していた。それで優子を助っ人にするために冷凍カプセルに潜ませた。北三田所長の危惧は的中し、雲野と取っ組み合いになった……問題はここからだ。どう考えても所長は優子に罪を押しつけたようにしか見えない。優子が語ったように過去に逃れたとしてもだ。

「ところで被害者の雲野さんはどういった素性の人物なのですかな？」

裁判長が亜内に訊ねたので成歩堂は、意識をそちらに集中する。被害者についての情報は喉から手が出るほど欲しい。

「ええと……研究所に出入りしている業者とのことでしたが、複数の所員から話を聞いたところ、不明でした。どうやら取引の実績がないようです」

「どういうことですか？　証人の話では所長とは面識があったようですが……」

「業者というのは方便で、ただの個人的な知り合いだったのかもしれません」

しかしその辺もちょっと妙だ。冷凍カプセルを運んで来たのは被害者なのに、優子を潜ませることができたということは所長は冷凍カプセルが元あった場所に自由に出入りできたということになる。もしかして所長と被害者は顔見知りどころか、もっと親しい間柄ということになりやしないだろうか？

それにしても、自分を殺すかもしれない相手に優子の身柄を預けるとは……人質にされるとは思わなかったのだろうか？　それとも優子の身の安全などどうでも良いと思っていたのか？

成歩堂は当然優子のことは信じている。しかし所長は優子が語るほど善人ではないと改めて思う。

「いかがですかな？　被告人も冷凍カプセルに潜んでいたことは認めてますし、もう判決に移っても……」

「異議あり！」

思わず声が出た。

「検察側の主張は理解しましたが、やはり強引です。何故なら事件当夜、研究所内にいたのは証人の矢張を除くと尾根紡さんと雲野さん、そして北三田所長の三人です。ということは所長が容疑者である可能性も残されています」

成歩堂の答弁に優子の表情が曇る。

被告人の無罪を証明するのに手っ取り早い方法は真犯人を見つけることだ。だが今回の事件の場合、優子が犯人ではないとすると所長が真犯人である可能性がまず浮かび上がる。

「そういえば証人の証言には所長がいつ出て行ったというポイントが抜けてますが……北三田所長はいつ研究所から帰ったのでしょうか？」

成歩堂がそう質問すると、矢張も亜内も目を逸らす。そのリアクションで二人が何か隠していることを確信した。

「なあ、矢張……そこのところはどうなんだ？」

「んー……裏口の鍵は所長が持ってたらしいし、何だったらトイレの窓からでも外には出られるじゃないか。細かいこと気にするなよ」

さっきまで自信満々だった癖に今度は妙に卑屈だ。やはりこれは怪しい。

「矢張、お前まさか居眠りを……」

疑念を口にすると、矢張はまた証言台を叩いた。

「人聞きの悪いことを言うのはやめろよな。もう！　そりゃ、もしかしたらちょっとコックリしてたかもしれないけど、全体的には仕事を果たしてるから大目に見てくれよ」

そうやってムキになるのがますます怪しいのだが……。

「そうですとも。所長はオーナーなのですからいちいち警備員に挨拶して帰らずとも許されるのですよ。それぐらい偉い存在です」

亜内も北三田博士の帰宅タイミングを把握していないことは認めた。

「しかし被告人は被害者と所長がもみ合いの喧嘩になったと証言してましたが……」

「ああ、それは被告人の嘘ですね。後ほど詳しく述べる予定ですが、所長は現場と一切関係ありませんから。なので呼んでおりません」

そこで成歩堂はカンナから聞いた話を思い出した。

「もしかして……結局、所長は見つからなかったのではないですか？」

成歩堂が質問をしても、亜内は押し黙っていた。

「あの、亜内検事？　どうして答えないのですか？」

裁判長にそう問われても尚、亜内はモゴモゴ何かを言っていたが、やがて観念したのかはっきりとこう告げた。

「最初にお答えしておきますが、これは断じて不手際ではありません！　確かに北三田耕太氏とは現在連絡が取れませんが、今回の起訴に際して問題ないと私が判断しました。所員の証言によると、氏には放浪癖があり、連絡が取れなくなるのは日常茶飯事でして……」

しどろもどろになっている亜内に、成歩堂は意地の悪い一撃を加えることにした。

「もしや……検察は所長の行方が辿れないから尾根紡さんを起訴したのではありませんか？」

「黙らっしゃい！」

亜内は間髪を容れずに叫んだ。

「人聞きの悪いことを……事件現場の状況を見る限り、被告人にしか犯行を行えなかったのは明らかです。したがって北三田所長がどこで何をしていようが本件にはなんら関係ないのですよ！」

亜内は自信満々に言い放つ。ということはやはりそれ相応の根拠があるということだ。

「そうなんですか？」

「肝心なのは現場の状況……証人、発見時の状況を説明して下さい」

「へえへえ。仰せのままに」

矢張は面倒臭そうに新しい証言を始めた。

「四日の午前五時頃、第一実験室の様子を確認しに行ったんだ。そしたら鍵がかかってないのに実験室の扉が開かなくておかしいって思ってな。それで仕方なく扉に体当たりして開けたら、部屋の中にはなんか凄い勢いで冷気を出してるカプセルと毛布からはみ出た女性の足……その場で自分のケータイから警察に通報したよ。警察が来るまでずっと立ちっぱなし。だから現場から人っ子一人、ネズミ一匹出入りしてないって断言できるぞ」

「ちなみに冷凍カプセルからは凍り付いた被害者の遺体が発見されました。所持品から身元は雲野蔵人ということが判明したわけです」

亜内が厳かに補足する。しかし成歩堂には腑に落ちない点があった。

「それだけですか？　つまりちゃんと検死をしたわけではないんですね？」

「目下解凍中ですが、裁判まで間に合わなかったので」

結局、間に合わなかったのか。

「しかし事件は一昨日ですよ？　解凍にそこまで時間がかかりますか？」

「通常の手段で急いで解凍したら細胞が破壊されて、検死にも差し障りがあると担当者が強硬に主張したので、なるべくゆっくりと解凍することを認めましたが……それが何か？」

「だったら、裁判はもっと先でも良かったじゃないですか……」

「ククク、私もしばらくは別の裁判が詰まっていますからね。優秀な検事は忙しいのです」

優秀な検事はスケジュールに引っ張られて法廷に立たないと思うけど……。

しかし死体はともかく、話を聞く限りでは矢張は理想的な第一発見者の振る舞いをしている。

「お前……本当に矢張か？」

思わずそんな言葉が成歩堂の口を衝いて出た。

「オレを何だと思ってるんだよ。たまにはちゃんと仕事するって！　な、亜内検事。アンタもそう思うだろ？」

亜内は返事の代わりにメガネをクイッと直して肯く。

「検察側の提示するシナリオはこうです。まず北三田氏は被害者に第一実験室まで冷凍カプセルの搬入を頼んだ。その時点で被告人はカプセルの中に潜んでいたわけですが……搬入は完了したものの冷凍カプセルのセットアップに時間がかかり、北三田氏は先に帰ってしまった。しかしその後、被害者と二人きりになった被告人はタイミングを見計らって襲いかかって、殺してしまった。衝動的な殺人だったのかもしれません。怖くなった被告人は隠蔽工作を行います。誰にも邪魔されないように部屋の内側から鍵をかけた後、被害者の死体をカプセルに入れ、スイッチを入れて凍らせ始めました。だが死体はなかなか凍らず、部屋の温度は下がっていくばかり……被告人は寒さに耐えられなくなって毛布に包《くる》まるものの、いつしか眠ってしまう……あとは矢張君が発見するまでそのままですよ。いかがですか？　もう審理を続ける必要すらないと思いますが」

「ぐっ……」

亜内の説明にはひとまず筋が通っている。どうにか崩さなければ。

「確かに検察側の主張は隙が無さそうですが……しかし手続き上、弁護側の意見を無視するわけにはいきません。成歩堂君、尋問をお願いします」

裁判長に促されて、成歩堂はしばし黙考する。

尾根紡さんが無実なら矢張の証言にもどこか綻《ほころ》びがある筈だ。ひとまず一つずつ確認していくしかない。そういえば矢張は最初に『四日の午前五時頃、第一実験室の様子を確認しに行ったんだ』と証言していたな……。

「待った！　どうしてそんな時間に第一実験室の様子を確認しに行ったんだ？」

「警備室に所長から電話があったんだよ。『搬入した機械が無事に動いているか中を見て確認してきて欲しい』って」

「そんな時間に所長本人から？」

「おう。まあ、所長の気持ちは解るぜ。折角手に入れた機械の調子が悪かったら哀しいもんな」

まあどのみち所長がその時間に電話をかけてきたというのは色々と不自然な気がするが……頭の片隅に残しつつ、尋問を進めるか。

「実験室の扉に鍵がかかっていないのに開かなかったそうだが……お前は何をもって鍵がかかっていなかったと判断したんだ？」

「おう。第一実験室の扉は鍵穴の上を見ると鍵がかかってるかどうか解るんだ。鍵がかかってないなら青、かかってるなら赤。駅のトイレのドアとかと同じ仕組みだ」

なんでそんな妙な仕組みを……いや、今はどうでもいい。

「で、青なのにどうしても開かなくて、仕方なく体当たりをしたんだ。幸い、内向きの観音開きだったからバーンと開いたぜ」

「ちょっと待て。部屋の中の機械の様子を見るのに扉に体当たりするか？」

「ああ、それはあれだよ。『最悪、扉を破ってでも中を確認してくれ』って電話で言われたんで。他の人間ならまだしも所長自身がそう言ってるんだから躊躇う理由はないだろ？」

何か引っかかる。まるで開かないことが解っていたみたいな言い草ではないか。

「扉を破ったのは解ったけど、どうして開かなかったのか理由は解ったのか？」

「ああ、とても単純なことでしたよ」

横から入って来た亜内がある写真を掲げてみせる。ぱっと見にはぽっきり折れた木の棒のようだが……。

「それは？」

「扉をロックするのに使われていた棒、いわゆるかんぬきですよ。これは鑑識が現場に入ってすぐに撮ったものです。どうやら証人が扉にタックルした際、真っ二つに折れたようですね」

成歩堂は第一実験室に入った時のことを思い出す。カンナがかんぬきをゴミと間違えて捨てないように押収したと言っていたが、まさかそういう意味とは考えなかった。確かに折れたかんぬきはゴミ同然だが……。

「しかし木製のかんぬきとは随分旧式ですねえ」

「第一実験室自体が古いようで、改装しながら使っていたようです。扉も手を入れてサムターン式の鍵を取り付けてあるので、かんぬきなしでも内側からロックがかかっているようにはなってます」

なるほど。サムターンを捻るだけでロックがかかるオーソドックスな鍵なら、矢張が「鍵がかかってないなら青、かかってるなら赤」と言ったのも納得だ。

裁判長と亜内の会話を聞きながら、成歩堂はひとまず尋問を続けるべきだと判断した。

「矢張、扉を破った後はどうした?」

「開けた瞬間、スッゴい寒い空気が溢れ出て来てさあ。クシャミしちまった。で、中見たらどう考えてもヤバい感じだったからソッコー通報したんだよ。もう二度と被告人になんかされたくねえからな!」

矢張は検察側の方を睨むが、亜内は知らんふりして成歩堂を見ている。

「現場から誰も出入りしてないってのは本当か?」

「当たり前だっつうの。いや、正直なところを言うと毛布被ってた尾根紡さん、最初死んでるのかと思ってさ。まさか冷凍カプセルの方に死体があったとはなあ……うっかり触らなくて良かったよ」

成歩堂は自慢げにそう語る矢張を眺めながら考える。

矢張は絶対に余計なことをしでかしている筈だ。何せこいつは「事件の影にヤッパリ矢張」と言われた男、矢張政志なんだから。簡単に信じてはいけない。いや、むしろ何かしでかしている方を信じている。

「お前、本当に触ってないのか?」

「クドいぞ、成歩堂! オレだって学習するんだよ。部屋の床なんかうっすら白くなってて、踏み入れたら足跡残りそうだったし」

そこに亜内が補足する。

「ちなみに彼の証言の確かさは鑑識が証明しています。第一実験室の中からは彼の髪の毛一本、指紋一つ見つかりませんでした」

「へへっ、そうだろ。いやー、疑われないってこんなに気持ちいいとはなー」

隙が見えてこない。余計なことをしない矢張ときちんと仕事をする亜内のタッグがこんなに厄介とは想像もしていなかった。

「しかしこうまであっさり信じられると拍子抜けだな。折角、疑われてもいいように保険もかけてあったのになー。ちょっと勿体ないなー」

成歩堂はピンと来た。どうやら矢張は余計なことをしでかしている。

「矢張、その保険っていうのはなんだ?」

成歩堂の質問に矢張は相好を崩した。

「よくぞ質問してくれました! これだよこれ」

矢張は写真を取り出す。

「たまたまカメラ持ってたから、現場の写真撮っておいたんだよね。ほら、後で何か言われた時に物を言うのって証拠じゃん？　お前も見るか？」

「ああ、是非」

「しょ、証人は勝手なものを持ち込まないように！　こら、弁護側に渡すんじゃありません」

亜内が抗議していたが、成歩堂は無視して矢張から写真を受け取った。

「成歩堂君、何か興味深いものが写ってましたか？」

裁判長にそう訊かれて成歩堂は首を捻る。白い冷気を吐き出す冷凍カプセル、優子のものと思しき右足がはみ出た毛布の固まり、折れて切り口まで真っ白になっているかんぬき……どれもそこまで面白い写真ではない。まあ、全般的に写真が白みがかっているのは気になるが。

だが成歩堂はすぐに思い直す。これは亜内も存在を知らなかった写真だ。もしかすると検察側の計算を狂わせる何かが写っているかもしれない。

「あの、裁判長。この写真を証拠品に加えても良いですか？」

「構いませんよ。では証人の撮った写真を証拠品として認めます」

よし。後はこの写真から手がかりを探すだけだが……本当にそんなものが写っているのだろうか？

手がかりを求めて尚も写真を見つめていると亜内が厭らしい咳払いをした。

「そろそろ良いのではありませんか？」

「そろそろって……審理はまだ途中ですよ」

そう言うと亜内は厭らしい笑みを浮かべる。

「おや、どうやらこの新米弁護士さんは大事なことがお解りでないようだ。現場はただの密室ではありませんでした。内側からかんぬきがかかっていたんですから……これはつまり内側にいる人間以外には殺害ができなかったということですよ？」

思わず歯噛みする。こう攻められることは半ば解っていたのに有力な仮説をまだ見つけられていなかった。

今は写真どころではない。亜内の提言を否定しないと裁判そのものが終わってしまう。

「待った！　尾根紡さんが冷凍カプセルの電源を入れたという証拠でもあるのですか？」

「スイッチから指紋は検出されませんでしたが、状況がそれを物語ってます。裁判長、これを」

裁判長は亜内が提出した資料をしげしげと見つめる。

「三日夜から四日朝にかけての時間毎の電気使用量のデータです。何かお気づきのことはありますか？」

「ううむ。これは……三日の午後九時半から四日の午前五時半頃まで、もの凄い使用量になっているではありませんか！」

「どうやらあの冷凍カプセルは動かすのに相当な電力が必要なようですな……まあ、あれだけ遺体をカチコチにするのですから当然かもしれませんが」

　遅れて成歩堂のところにも資料が回ってくる。確かにかなりの電力消費量だ。もし矢張が余計な電気を使っていたらブレーカーが落ちてたかもしれない。

「午前五時半に電力使用量が元通りになっているのは到着した警察が冷凍カプセルの電源を切ったためですが、午後九時半に使用量が上がったのは被告人がスイッチを入れたためと考えてもいいでしょう」

「ちょっと待って下さい亜内検事。被告人は気絶してたんですよ？　スイッチを入れられる筈ないでしょう」

「そんなもの、自己申告ではありませんか。肝心なのは内側からロックされた密室の中に遺体といたということです。しかし遺体にかんぬきはかけられませんから、消去法でかんぬきをかけたのは被告人ということになりませんか？」

「うぐぐ……」

　言葉に詰まった成歩堂を亜内は、メガネのブリッジを軽く持ち上げながら一瞥する。

「もうお解りですね。被告人が内側からかんぬきをかけたとしか考えられない以上、彼女を無辜の人間と言い張るのは無理がありませんか？」

「う、うううう……あああああ！」

　頭を抱える。やはりこの裁判、最初から無理があったのだ。

　そんな成歩堂に亜内検事は容赦なく追い打ちをかける。

「それともなんですか、まだ生きていた被害者がかんぬきをかけて冷凍カプセルに入って自殺したとでも言うのですか？」

亜内の挑発的な質問に裁判長は首を横に振った。

「それは流石にないでしょう。よほどの事情があれば話は別ですが、そもそも我々は被害者が自殺する動機も知りませんから……考えるだけナンセンスというものです」

被害者の自殺説は成歩堂も信じていないが、裁判長が「ナンセンス」と切って捨てさえしなければ時間稼ぎぐらいには使えた筈だ。

そんなことを思ってしまうぐらい、今の成歩堂には時間と余裕が足りない。

「なるほどくん、頭痛いの？」

成歩堂は隣の真宵にだけ聞こえるように愚痴をこぼした。

「……駄目だ。真宵ちゃん。思いつかないよ」

しかし真宵は口を尖らせた。

「だめ。なるほどくんがそんな顔してたら尾根紡さんも不安がっちゃうよ？」

こんな少女に正論で諭《さと》されるなんて……ぼくは本当に駄目だ。

「それはそうなんだけど、この場を切り抜ける良い考えが浮かばなくて」

更に弱音を吐いた成歩堂に真宵はこんな言葉をかけた。

「もう……なるほどくん、忘れたの？　こういう時はね、発想を逆転させるんだよ」

発想を……逆転……。

そうか。追い詰められてしまったあまり忘れていた。それが自分の原点ではないか！

「ありがとう真宵ちゃん。もしかしたら解るかもしれない」

成歩堂が一番引っかかったのは所長が矢張にかけたという例の電話だ。所長は何故そんな早朝に電話なんてかけてきたのだろうか？　亜内の言う通り一人で先に帰ってしまったとしても、日付が変わる前の時間に電話をかけることも可能だった筈だ。

いや、待てよ……どうしても早朝でないといけなかったとしたら？

「では弁護側の尋問も終わったようなので、そろそろ判決に……」

裁判長の言葉を聞いて、成歩堂は考えるより前に叫んでいた。

「待った！」


大丈夫、手応えはある。事件の全貌が解ったわけではないが、この方向で間違ってない筈だ。

「裁判長、失礼ですがまだ確かめるべきことが残っています」

「しかし審理は充分尽くされたように思えましたが……本当にまだ必要ですか？」

「はい！」

力強く即答した成歩堂に裁判長は「仕方ないですね」という表情で肯いてくれた。

「ただし、意味のない時間稼ぎだと判断した場合は容赦なく尋問を打ち切りますよ」

「感謝します」

　ここからはもう変なことはできないから、一気に決める他ない。

「それでは裁判長、証人が撮った写真をもう一度見て下さい」

「ええと三枚ありましたが……いったいどの写真ですか？」

「実はその内の二枚が証拠になるんですが、まずは尾根紡さんが毛布に包まれている写真からいきましょう」

「この写真がどうかしたのですか？」

「毛布から右足がはみ出ているのが見えるでしょうか。実は尾根紡さんは発見された時、右足に軽い凍傷を負ってました」

　凍傷はまだ癒えてないようで、昨日も優子はまだ痛がっていた。

「それは気の毒に……しかしそれがどうしたのですか？」

「凍傷というのは零度以下で起きます。つまり尾根紡さんの凍傷は扉が破られるまであの第一実験室の中が零度以下に保たれていたということの証明です」

「ほう……要は冷凍庫のような状態だったわけですか。あの冷凍カプセルは電気を食うだけあって、かなりの性能のようですね」

「その事実を踏まえた上で、次に真っ白になった折れたかんぬきが写っている写真を見て下さい。これは明らかに現場の状況とムジュンしています」

「一体、私はいつまで君に付き合えばいいのかね？」

　説明の途中で亜内が口を挟んできた。

「その点については弁護側の言う通りとして、室内は冷凍庫のような状態だったのだから、表面が白くなっているぐらい何もおかしくないでしょう」

亜内は本気でそう思っているようだ。それならばもうこの検事を恐れる必要はない。

成歩堂は胸を張る。

「はたして本当にそうでしょうか？　ではもう一度現場の状況を整理してみましょう。検察側の主張では第一実験室の扉はかんぬきで内側からロックされていて、それを証人が体当りで壊した……間違いありませんね？」

「しつこいですね。ずっとそう主張しているではないですか」

かかった！

「しかし、そう考えるとどうしても説明のつかない点がありまして。証人が写真を撮ったのは扉を破った直後……おかしいですよね？　かんぬきが折れたばかりなのに切り口が霜で白くなるだなんて」

「あ、あああああー！！」

亜内が絶叫した。どうやら成歩堂の言いたいことがようやく解ったらしい。

「どういうことですかな？」

そう訊ねてきた裁判長に成歩堂は丁寧に説明することにした。

「扉が開いた時点ではもう、実験室は冷凍庫状態ではなくなってるんです。それは警察が到着した頃にほとんど霜が消えていたことからも明らかです。折れたばかりのかんぬきの切り口に霜が降りるなんてありえないんですよ」

　成歩堂は息を深く吸い、こう宣言する。

「つまり、かんぬきなんて最初からかかっていなかったんですよ！」

　亜内は大きく仰け反った。やはり自分で気がついても、敵に告げられるとショックが大きいらしい。

「ううう、そんなまさか……」

　亜内を奇異の目で見ながら、裁判長は成歩堂に水を向ける。

「しかし成歩堂くん。現場には折れたかんぬきが落ちていたではありませんか」

「簡単な話です。何者かがかんぬきを予め折っておき、扉の向こうに放置しただけです。勿論、捜査陣が『現場はかんぬきによって密室状態であった』と誤認するであろうことを確信して」

「ふむ……ですが、それでは鍵もかんぬきも使っていないのに扉が開かないようにロックされていたということになりますが……証人、本当に扉はロックされていたのですか？」

　裁判長はジロリと矢張を見る。すると矢張は証人台で暴れ出した。

「なんなんだよ！　何度も何度も同じこと訊いて。あのさ、オレだって好きこのんで扉に体当たりしたわけじゃないんだよ。扉が開いてたら壊してまで入ったりしないって！」

　必死に訴える矢張がおかしくて成歩堂はつい笑いそうになる。しかしこの点に関しては矢張は潔白だ。

「裁判長、証人の言っていることは正しいですよ。むしろ仕事をきちんと果たしたと言ってもいいです。どうして所長は朝の五時に証人に電話したのか……そこを突き詰めて考えればおのずから答えは出ます」

「本当ですか？」

「例えばもし証人が朝まで何事もなく警備の仕事を終えて帰ってしまったとしたら、どうなっていたと思いますか？」

「そうですね……九時になれば所員の人たちが出勤しますから、その内誰かが発見したかもしれませんね」

「それはぼくも同感です。が、その前に犯人にとってはもっと不都合なことが起きます」

「ほう？」

成歩堂は検察側が用意した消費電力量の資料を突きつける。

「停電ですよ。あの機械は相当な電力を消費していましたからね。始業時間になって皆が一斉に照明やパソコンを点けたりすればブレーカーが落ちてしまいます。犯人はそれだけは避けたかったんです。折角扉にかけたロックが解けてしまいますからね」

「ブレーカーが落ちるとロックが解ける……木製の扉に電気でロックをかけていたのですか？」

「違いますが、まあ似たようなものです」

得意気に述べると、裁判長は少し気分を害したような表情を浮かべる。

「謎かけは結構、説明して下さい」

おっと、このままだと説明する前に敗訴してしまう。

成歩堂は慌てて説明を始める。

「いいですか。証人が扉を破った時、室内は零度以下でした。故に霜が降り、かんぬきも真っ白……ならばあるトリックが使えます」

「それは？」

「水ですよ。犯人は第一実験室を出て扉を閉めると、外から扉同士の継ぎ目に水をかけ続けたんです。やがて室内の温度が零度以下になると水は凍り付き、継ぎ目同士がくっつくことで扉は開かなくなりますから。

このトリックが巧妙なのは冷凍カプセルの冷気が無くなれば、凍っていたのかどうか確かめられなくなることです。今回は幸いにして証人が撮った写真によって判明しましたが……危ないところでした。検察が見落としても無理はありません」

こればかりは矢張のファインプレーとしか言いようがない。だが亜内はひどくショックを受けている様子だった。

「では誰がそんな手の込んだことをしたというのですか？」

「それは勿論、証人に電話をかけてきた所長でしょう。この密室は扉が凍り付いている内に破って初めて完成します。つまり『扉を壊してもいい』という不自然な指示こそが犯人であることの証明になります。どうですか、裁判長？」

裁判長は驚いた顔をしてぼくを見つめていたが、やがてゆっくりと肯いてみせた。

「確かに弁護側の推理を聞いた今となっては検察側の推理にはアラが目立ちますね。これはお粗末です」

「そ、そそそ、そんなあ！」

抗議をしている亜内を無視して、成歩堂は裁判長にこう語りかける。

「北三田博士と雲野さんの間にいかなる因縁があったのか、現時点では確かめる術はありません。だからこの事件は二人の関係を改めて洗い直して、北三田博士に事情を訊くことでしか解決できないと思われます。そして……被告人はただ単に利用されただけです」

優子は成歩堂の説明を唇を噛み締めながら聴いている。恩人を踏みつけにして自由を手に入れることに抵抗があるのだろう。だけど所長が優子の言うような人物なら、いつでも彼女を救えた筈だ。

余計なお世話かもしれないが、今回の件を機に耕太のことは忘れて、新しい人生を送って欲しい。

「それでは……」

裁判長が何かを言いかけた瞬間、何者かが勢い良く扉を開け放って廷内に乱入してきた。

「待った！」

叫んだのはワインレッドのスーツを身に纏《まと》った男だった。しかし成歩堂はこの男を矢張並みに……いや、ある意味では矢張以上によく知っている。

「御剣！」

　御剣怜侍。歳は成歩堂と同じだが検事デビューは弱冠二十歳、そしてずっと負け知らずの天才だった。先月、成歩堂に土をつけられるまでは。

「喜ぶのはまだ早いぞ、成歩堂龍一。師からの要請で、本件は私が引き継ぐことになった」

「そ、そんな話は聞いてませんぞ？」

　必死に抗議する亜内を御剣は怖い顔で睨んだ。

「検事、あなたが黒星を稼ぐのは勝手だがこのままでは検事局の威信にかかわる。交代だ」

「そ、それでは御剣検事に全てお任せするとしましょう」

　亜内は悲鳴混じりにそう叫ぶと、法廷を飛び出して行った。御剣はそんな亜内を一顧だにせず、成歩堂を睨みつける。

「成歩堂、キサマとは決着をつけたいと思っていたところだが……まさかこんなに早く再戦の機会に恵まれるとはな」

「い、異議あり！」

　成歩堂はつい抗議してしまった。

「もう今語るべきことは語り尽くした。これ以上何を語るんだ？」

　だが御剣は大袈裟にかぶりを振る。

「そう叫びたくなる気持ちは解るが、もう前提が変わったのだ」

「どういう意味だ？」

「実は先ほど冷凍カプセルから発見された遺体の司法解剖がようやく終わってな。被害者は雲野蔵人ではなく、行方が知れなかった北三田耕太だと判明した」

「な……何だってえええ！」

成歩堂だけではない。廷内中が驚いていた。

「まさか、あり得ません！　だってそんな筈が……」

ショックだったのか、優子はヘナヘナとくずおれる。

「したがって本件はこのまま、北三田耕太殺害事件へ移行することになる……裁判長、仕切り直しということでよろしいかな？」

裁判長はしばらく考えていたが、やがて深く肯いた。

「よろしい。後日、御剣検事を迎えて改めて審理を再開しましょう」

御剣はオーバーなジェスチャーで満足気に笑うと、成歩堂の方へ向き直る。

「成歩堂龍一、前回は不覚を取ったが今回はキサマの負けだ。今の内に負ける覚悟を決めておくんだな」

「それはこっちの台詞だ御剣。一度あることは二度あるってね」

と胸を張って強く言い切る。勿論、ハッタリだ。こういうのは気力と勢いが大事なのだ。

「それでは閉廷！」

裁判長の宣言の後、みな思い思いに法廷を去る支度を始める。だが成歩堂は動けないでいた。

そうだ。そもそもどうしてこんな取り違えが起きたのだ？　何か肝心なことを見落としているような……。

そんなことを思っているとと視界にニュッと手が入ってくる。

「うわっ！」

驚きのあまり仰け反ると、矢張が手をひらひらさせながら成歩堂の方を見ていた。

「何、ボーッとしてんだ成歩堂？　裁判はとっくに終わってるんだぞ。さっさとメシでも食いに行こうぜ」

矢張は小学生の頃と変わらない気安さで接してくれる。それが成歩堂にとっては嬉しかった。

「実は御剣の奴にも声かけたんだけどよ、アイツったら『仕事があるからこれで失礼する』だなんて気取った口調で断りやがった。昔はあんなに薄情じゃなかったのにな。当時の面影はあるけど、もしかして別人だったりしないか？」

別人……そうか。もしやそういうことかもしれない。

ある考えを閃いた成歩堂は矢張の肩を叩き、こう切り出した。

「矢張、ちょっと頼みがあるんだ……」

二〇一六年　十月六日　午後二時
留置所

「尾根紡さん、あなたに一つ確認しておきたいことがあります」

成歩堂の言葉に優子は自信なさげな顔で答える。

「はい。私に解ることなら……」

どうやら先の公判で明らかになった恩人である北三田耕太の死をまだ受け入れられていないようだ。おまけに彼女は二〇〇一年でも同じ人物の死を経験している。

二度死んだ男か……しかし普通の人間が二度も死ねる筈がない。ましてや生き返ったりはしないのだ。

成歩堂はため息を呑み込む。こちらとしても辛いが、彼女には矛盾を突きつけなくてはならない。

「再度確認しますが事件当日、北三田さんはあなたに冷凍カプセルに入るよう直接お願いした……間違いありませんか？」

「はい」

「しかしよく思い出して下さい。先ほどの裁判、警備員として働いていた矢張は『雲野氏が冷凍カプセルを運んで来た』と証言していました。これが何を意味するか解りますよね？」

「いえ……」

優子の表情は強張った。単に混乱しているのか、それとも脳が理解を拒んでいるのか……。ならばより直接的な手段に出るまでだ。

成歩堂は一枚の似顔絵を取り出した。

「こちらを見て貰えますか？　写真が用意できなかったので似顔絵ですが」

そこに描かれているのはモジャモジャ頭をした太り気味の中年男性だ。似顔絵を見た優子はにっこり笑い、自信満々にこう告げた。

「あ、博士ですね！　よく描けてますよ」

やはりそういうことか。

「実はこの似顔絵、あの矢張が描いたんですよ。閉廷後、頼み込んだらサラサラッと描いてくれました」

「え、意外ですね」

「昔からアイツは変なところで器用なんですよ。まあ、お陰でようやく事件のあらましが見えてきました」

「それはどういう意味ですか？」

戸惑う優子に成歩堂は無情な真実を告げることにした。

「実はその似顔絵を矢張に描いて貰う際、ぼくはこう頼んだんです。『お前の前に現れた雲野蔵人さんの似顔絵を描いてくれ』と。そして矢張はその要望に見事応えた……つまりあなたが北三田博士と呼んでいる人物は雲野蔵人を名乗って研究所に入ったということですよ」

「そんな……そんな筈が……」

更に一枚の写真を優子に突きつける。写っているのは髪を撫でつけた色黒の中年男性、その表情は自信に溢れ、成功者のオーラを纏っている。

「これが誰か解りますか？」

すると優子は目を輝かせる。だが成歩堂には彼女が藁《わら》にすがろうとしているように見えた。

「この人が雲野さんですよね？　博士と争っていた人とそっくりです」

ゆっくりかぶりを振り、そして真実を伝えた。

「これは今回の事件の被害者である北三田研究所の所長、北三田耕太氏の顔写真です」

「違います。私の知っている北三田博士とは全然……」

優子はそう言ったっきり声を失っていた。恩人が殺されなかったことに安堵しているのか、それとも恩人が偽名を名乗っていたことに衝撃を受けているのか……。

「ぼくたちはずっとボタンを掛け違えていたんです」

「被害者と加害者が逆転してたんだね……今思うとこの状態で初公判を凌げたこと自体、あたしたちは運が良かったのかも」

真宵の言葉を聞きながら、成歩堂は自分の妙な悪運に感謝せずにはいられなかった。そういう意味では御剣が新事実を持ち込んできたことも決して悪くなかった。これで今度こそ、優子のタイムトラベルの謎を解き明かす本当のスタート地点に立てたわけだ。

「尾根紡さん、どうして似ても似つかない人間を北三田耕太その人だと思い込んでいたんですか？」

「どうしてって……私は十五年前、北三田博士と一緒にタイムマシンの修理をしてましたから」

「しかし殺された北三田所長とあなたが言う博士は似ても似つきません。十五年の歳月が流れたとしても同じ人物がこのように変わったりしないでしょう」

「それはそうなんですけど……私にとってはその似顔絵の人が北三田博士なんです」

参った。これでは水掛論だ。

不意に真宵が何かを閃いたような顔で訊ねる。

「もしかして、その北三田博士が偽名を名乗ったってことじゃないですか？」

「それは……」

優子は何事かを言いかけて、苦しそうに頭を押さえた。

「思い……出しました。そうです、博士は偽名を使ってたんです」

「なんですって？」

つい素っ頓狂な声をあげてしまった。

「そう、確か……博士は意趣返しのためにライバルだった人の名前を勝手に名乗っていたということが裁判で判明したんです。博士の本当の名前は青柳……恭介。そう、青柳恭介です」

できればそういうことはもっと早く思い出して欲しかったが、まあ済んだことを嘆いても仕方がない。

それよりも記憶が正しく甦ったのかもしれない。成歩堂は期待をもって質問をする。

「ちなみに例の弁護士さんの名前は解りますか？」

だが優子は悲しそうにかぶりを振る。

「いいえ。思い出せません。顔はなんとなく浮かぶのですが……メガネをかけた素敵な紳士でした」

メガネの紳士はこの業界にいくらでもいる。弁護士から直接話を訊ければと思ったのだが、たったそれだけの条件で見つけるのは無理そうだ。

「じゃあせめて検事の顔ぐらいは思い出せますか？」

「それは……うっ」

頭を抱えて優子は苦悶の表情を浮かべる。検事のことを思い出すだけでも心の傷が痛むのかもしれない。であればこの話題は深追いしない方が良さそうだ。

「あ、思い出せなくても大丈夫です。無理しないで下さい」

優子が落ち着くのを待って、成歩堂は再度問いかける。

「もう一度話を整理させて下さい。その偽北三田耕太こと青柳恭介さんは十五年前に亡くなったんですよね？」

「え、ええ……それは確かな筈です」

「一方、三日前にあなたの前に現れた博士はその青柳恭介さんに瓜二つだったんですか？」

「はい。だから私はあれは博士本人だと……」

もしも犯人が本当にタイムマシンを自在に操れるのならぼくたちに勝ち目はない。だけどそうではないのなら、まだこの時代のどこかで何食わぬ顔で生きている。

「あなたの前に現れた北三田耕太氏が何者だったのか……どうやらぼくたちはそこから調べないといけないようですね」

そう口にした瞬間、成歩堂の携帯電話に着信があった。

「ちょっと失礼します」

そう断りを入れて電話に出るとコナカルチャーからだった。

『完全復元は無理でしたけど、それなりに読めるものに仕上がりました』

「ところで復元された文字の中に青柳恭介という名前はありましたか？」

『ええ、ありますよ』

成歩堂は思わず震えた。優子が十五年の時を超えたことはあながち嘘ではないらしい。

次の裁判までそれほど時間はない。復元された裁判の資料から二〇〇一年に何があったのかを明らかにし、その上で現在の事件との関連を調べ上げる。決して簡単な仕事ではないが、今はただやるしかない。

ともあれ反撃開始だ。首を洗って待ってろよ、御剣。

二〇一六年　十月六日　午後三時四十五分
結城商事

　青柳恭介の親類を調べたところ、甥の青柳大気が結城商事に勤めていることが解った。結城商事が留置所から比較的近いのもあって、とりあえず訪ねてみることにした。

　倉庫のことは気になるけど、倉庫は逃げないからね。それより生きている人間を捕まえる方が大変だ。

　成歩堂は受付の女性に名刺を差し出しながらこう告げた。

「あのー、成歩堂法律事務所の成歩堂龍一という者なんですけど、ちょっとよろしいですか？」

　受付の女性はニコリと笑いながら会釈した。

「弁護士の方ですか。すぐに法務部の担当者にお取り次ぎしますね」

「あ、そういうビジネスの話ではなくてですね」

どこかに内線をかけようとしていた彼女を止める。仕事は欲しいが、今日は営業をしに来たわけではない。

「実はそちらにお勤めの青柳大気さんと個人的にお話がしたくて……お取り次ぎいただくことは可能でしょうか？」

「少々お待ち下さい」

受付の女性が内線にかける。どうやら先方に繋がったらしく、受話器を成歩堂に差し出してきた。

「どうぞ」

「ありがとうございます」

成歩堂は受話器を受け取る。

「もしもし？」

『青柳ですが、何か？』

低音の良い声が耳に心地よかった。

「成歩堂龍一と申します。実は……」

成歩堂は自分の素性や裁判の経過などをざっと説明する。

「……というわけで、青柳恭介さんについて詳しいお話を聞かせていただきたいのですが」

『申し訳ありません。会議が詰まっておりまして、今すぐというのは難しいですね』

「そこをなんとかお願いします。次の裁判は明後日でして……青柳さんのお話次第では尾根紡さんを助けることができるかもしれないんです」

電話口の向こうの青柳はしばらく押し黙っていたが、やがて重々しい口調でこう答えた。

『解りました。明日なら大丈夫です。時間は……そうですね。午後一時はいかがでしょう？』

「本当ですか？」

『ただし私への質問事項を予めピックアップしていただくことが条件です。明日は明日でまたスケジュールが詰まっていますし、ダラダラと雑談をする余裕はなさそうなので』

「解りました」

確かに一流商社の人間ともなれば忙しいに決まっている。時間を割いてくれるだけでもありがたい話だ。

『質問の内容は夜の七時までにいただけると助かります』

「承知しました。それでは」

受話器を受付の女性に返すと、真宵が脇腹を突いてきた。

「どうだった？」

「明日なら会ってくれるって。でも質問の内容を予め伝えて欲しいって言われちゃった。突然言われると何を訊いていいのか悩むなあ……なんとか考えないと」

真宵は怪訝そうな表情になる。

「でも、先に質問を教えて欲しいだなんて変だね。まるで言い訳を考える時間が必要みたい。あたしだってなるほどくんに何を訊かれても、一晩あったらいい言い訳を思いつくよ！」

真宵ちゃん、何か言い訳が必要なことがあるのかなあ……。

「そうかな？　でもビジネスマンの中には時間を節約するためにそうする人もいるよ。その場その場で思いついた質問を口にされると結構時間を取られるしね。ぼくもたまに法律相談とかするけど話が終わらない人っているよ。まあ、明日実際に会ってみれば、青柳さんが怪しい人物かどうかはきっと解るよ」

「じゃあ、質問考える？　うーんと意地悪な質問をぶつけてみようよ」

小悪魔のような笑顔を浮かべる真宵に成歩堂はこう告げた。

「その前にもう一箇所だけ行っておきたいところがあるんだ。遅くなる前に急ごう」

二〇一六年　十月六日　午後四時五十分
談壇寺　境内

「おかしいなあ……」

捜査のために談壇寺を訪れた成歩堂たちだったが、敷地内に青柳恭介が借りていたと思しき建物は見当たらなかった。

「なるほどくん、どこにもないよ」

「おかしいな。住所はここであってる筈なんだけど」

成歩堂が周囲を見回しているとどこか頼りなさそうな感じの中年の僧が近づいてきた。

「おや、どちら様ですか？」

成歩堂たちは慌てて自己紹介をする。ここで警察を呼ばれては厄介だ。

「私は嬉野常寂《うれしのじょうじゃく》。この談壇寺の住職をしております。しかし弁護士さんが何の用ですかな？」

「実は担当している裁判の調査でして。こちらの敷地内にコンクリート打ちっ放しのラボがあった筈なんですが……」

「ラボ？」

常寂は首を傾げていたが、やがて何か思い至ったのか柏手《かしわで》を打った。

「ああ、それなら確かに先代の常芳が貸していましたね」

「本当ですか？　それはどちらに」

「けど、常芳の死後に取り壊しましたよ。流石に老朽化していたので」

「ええー」

真宵が心底残念そうな声をあげる。成歩堂も同じ気持ちだ。

まあ、これぐらいのことは想定の範囲内かな。

「借主がいなくなった建物ですから、いつまでもそのままだとは思いません。でも中には色んな備品があった筈です。それらはどうされたんですか？」

「あー、備品ですかあ……」

常寂はこめかみを掻いた。

「私がここを継いだ時にはもう殆どありませんでしたね。というのも、十五年前にちょっとした事件があったらしくて。私は直接知らないのですが、生前の常芳から聴いたことがあります」

「一体、何があったんですか？」

「ここを借りていた人が殺された事件の裁判が凍結される頃だったかと思います。警官の制服を着た男がトラックで境内の中まで乗り付けて来たそうです。常芳が驚いて男に目的を訊ねると『証拠品を別の場所に移すために来た』と。ちょうど交代シフトの切れ目にやって来たということもあって、常芳は素直に信じて運び去るまで作業を見守っていたらしいんですが、備品を積んだトラックが去ってから本物の警官がやって来て、先の男の嘘が発覚しましてね。そんなわけで当時のものはあらかた無くなってしまいまして……」

「そうですか……それはなんとも」

成歩堂は思わずため息を吐いてしまった。ラボの備品が消えたという情報は摑んだものの、これではほぼ無駄足だ。

「ちなみに常芳さんは犯人の特徴について何か言っていませんでしたか？」

「それがサングラスをかけていたからよく解らなかったと。若い男っぽいとは言ってましたが……」

サングラスをかけた制服警官は充分怪しいと思うのだが……まあ、今更言っても詮の無い話だ。

「でも常寂さん、さっき『殆どありません』って言ってませんでしたか？　だったら何か残ってますよね？」

真宵がそう言うと常寂は少し困ったような表情を浮かべる。

「何もないことはないんですが……参考になるでしょうか」

成歩堂は頭を下げる。

「お願いします。少しでも手がかりが欲しいんです」

「解りました。ではどうぞ、こちらへ」

常芳は二人を近くの土蔵に案内した。

「寺というのは歴史だけはありますから、勝手に捨てたら怒られる物だらけでしてね。どんな物でもとりあえず大事に残しておくんですよ。ちょっと待ってて下さい」

常芳が土蔵の鍵を開けると、カビ臭い匂いが鼻をついた。常芳は土蔵の中に消えると、五分もしない内に戻って来た。

「手前にあって助かりました。これです」

常芳が差し出したのは色あせ、丸まった模造紙だった。受け取った成歩堂が紙を開くと、そこには個人年表のようなものがびっしりと書かれていた。

「うわあ……これは凄いな」

「なるほどくん、あたし気持ち悪くなってきたよ」

青柳恭介の研究者としての軌跡を描いたものらしいが、何故か二〇〇一年以降の分も延々と書かれている。個人史というよりは願望なのかもしれない。これを書かせた狂気を想像して、成歩堂は身震いした。

「あれ、なるほどくん。ここ、おかしいよ？」

そう言われて真宵が指さした先を見る。

二〇〇〇年十一月十一日　計算式完成

二〇〇一年一月二十五日　DKKによる計算開始

二〇一六年十月三日　DKKの計算終了。タイムマシン完成

二〇一六年十二月五日　青柳研究所設立

「本当だ。二〇〇一年までと二〇一六年以降には色々と詰まってるのに、どうしてこの間だけ何も書かれていないんだろ」

「書いたけど消しちゃったとか？」

「いや、それは違うんじゃないかな。スペースから考えるとこの十五年分は最初から書く気がなかったとしか思えない。それより泥棒はどうしてこれだけ残していったんだろうね」

「盗む価値がなかった、とか？」

二人が悩んでいると常寂が割って入ってきた。

「いえ、それは違います。この年表、当時は借主の寝室の壁にぺったりと接着されてたんで

すよ。常芳の話だと、例の泥棒は最初はなんとか剝がそうとしたものの、やがて諦めてカメラで撮影してたそうです。取り壊し前に剝がす薬品を使ったらあっさりとれましたので、こうやって残してますけど」

つまり泥棒にとってはこれは必要な情報で、可能なら紙ごと持ち帰りたかったものと見ていいだろう。

「これ、お預かりしてもよろしいですか？」

「あ、はい。問題ありませんよ。何か役に立つことがあったらいいですね」

ひとまず今日のところはこれで終わりかな。

成歩堂たちは謎の年表を抱えて談壇寺を後にした。

「これ、何かの手がかりになるかな」

「この年表がどういう意味を持つのか部外者のぼくたちには解らない。得体の知れない情念のようなものは感じるけどね」

「尾根紡さんに訊いてみるのは？」

「それはアリだね。ちょうどいいから大気さんにも訊いてみよう。新しい視界が開けるかもしれない」

立ち止まった成歩堂が年表を開いて中身を確認していると、正面にいた真宵が何かに気がついたように声をあげる。

「あれ、なるほどくん。裏に何か書いてあるよ?」

「え?」

成歩堂は慌てて年表を裏返す。するとそこにはもう一つ、別の年表が書かれていた。

一九九六年　英斗高校入学
一九九九年　勇盟大学経済学部入学
二〇〇三年　結城商事入社
二〇〇八年　大プロジェクトのメンバーに抜擢
二〇一三年　プロジェクト大成功。今度はリーダーとして新たなプロジェクトを立ち上げる
二〇一八年　課長に昇進
二〇二四年　部長に昇進

誰の年表かは書かれていないが、表とはまた違う人間のもののようだ。ん、二〇〇三年に結城商事入社？

「なんだろうね、これ？」

「まだ解らないけど……とりあえず最初の質問は決まったね」

二〇一六年　十月七日　午前九時
某所

裁判を明日に控えて、二人はまず優子が目覚めたという倉庫を探すことにした。

優子の話によると、最初に目覚めたのは無機質な部屋だったらしい。常温になった冷凍カプセルの中に横たわっていた優子はカプセルから這い出ると、傍らに置いてあった服を身につけ、携帯電話と財布を手にして外に出た。すると沢山コンテナが並んでおり、自分がいたのもそのコンテナの一つだと解ったという。自分の置かれた状況を不気味に思った優子は一刻も早くそこを離れたい一心で歩いたそうだ。それで真宵と出くわして……それが四日前の話だ。

北三田所長が殺されたと判明した段階で、雲野蔵人は一番有力な容疑者になった。そしてコンテナを契約していたのは雲野本人である可能性が高い。偽名にせよ、何らかの痕跡が残っていると見て間違いないだろう。

「真宵ちゃん、疲れてない？」

「全然平気だよ。きっとじきに見つかるだろうし」

そうは言っているものの、朝一から付き合わされている真宵は少し辛そうだ。具体的な目的地が解っていないまま歩かされるせいで、精神的に疲労しているのだろう。

「多分、ここだと思うんだけどな……」

そんなことを話しながら歩いていると、『雁暮《かりぐらし》コンテナサービス』という看板が見えた。成歩堂法律事務所からそう遠くない場所で、コンテナが並んでいるのはここしかない。おそらく優子はここで目覚めたのだ。

敷地内に一歩足を踏み入れた途端、一人の中年男性が駆け寄ってきた。

「いらっしゃいませ！　あなたは大変運がいい。今ならコンテナが一つだけ空いてます。契約するなら今ですよ」

などとセールストークをまくし立て始めた。

まだ用件も伝えてないのに、せっかちな人だな。

「いや、借りに来たわけではなくてですね……」

「え、そうなんです？　まあ、気が変わったらいつでも仰って下さい。ただし、あと一つですからね。善は急げですよ」

「ところであなたは？」

「私は雁暮、ここの経営者です。この道一筋二十五年、安心のサービスでございます」

雁暮はそう言いながら揉み手で迫ってくる。黙って聞いていると契約させられそうだ。まずやるべきことをやらないと。

「あの、ちょっとお訊ねしたいことがありまして。もしかして雲野蔵人さんって方がこちらを利用されてませんか？」

「ええ、されてましたよ」

過去形？

「さっきから言ってるあと一つのコンテナってのは雲野さんが借りてたものです」

「もう少し詳しく聞かせて貰えませんか？」

雁暮は少し迷っていたようだが、やがて成歩堂に愛想良く笑いかけた。

「まあ、解約されちゃいましたし。もう義理はありませんね。私は未来のお客様の方を優先しますよ」

「ははは……ぼくも事務所が手狭になったらお世話になろうかなー、なんて」

少し罪悪感があるけど雁暮さんには気を持たせておくことにしよう。

「と言っても、実はそんなにお話しできることないんですよ。元々は親父がやってた仕事を三年前に継いだだけですから」

さっきはこの道一筋二十五年と言っていたではないか。この人、本当に信用できるのか？

「でも雲野さんはお得意様ですからね。親父からみっちりと言い聞かされましたよ」

「お得意様って……どういうことですか？」

「契約したのは十五年も前だったかな。いきなりやって来て三年分をポンと前払いして契約していったとか。やっぱり我々は前払いの魔力には勝てないんですよ」

「ちなみにどういったものが預けられていたのか、解りますか？」

「さあ……頼まれたら掃除ぐらいはしますが、基本的には借主のプライバシーには立ち入らない方針でしてね。特に雲野さんは四年目以降も年一で前払いしてくれたので」

多少怪しいものを預けていても一切関知しないということか。

「雲野さんはどんな方だったんですか？」

「私はまだ三年の付き合いだけど、お腹の出た中年男性ですよ。まあ、いつもサングラスをかけているので面相までは解らないんですが」

それはつまり、身元が割れることを警戒していたのだろう。

しかしお腹の出た中年男性……尾根紡さんが会ったという青柳さんと特徴は一致するけど、まさか本人ではないよな。

「一ヶ月に一度くらいかな。決まった日にお金を支払いに来て、コンテナの様子をちょっと見てから出て行く。それだけの人ですよ」

ふと成歩堂はその説明に矛盾を見つけた。

「あなたは先ほど、その借主は前払いしてくれたと言ってませんでしたか？　なのに、どうして毎月お金を支払いに来てたんですか」

雁暮はちょっと渋い顔で首を横に振る。

「違う違う。ハコ代は前払いでいただいてますが、電気代は別料金なんですよ。こっちはこっちで結構な額でして。雲野さんは特別な冷蔵庫だから電気を食うとかなんとか言ってましたが」

特別な冷蔵庫……まあ、モノは言いようだ。

しかしこれで解った。十五年前、談壇寺のラボから盗まれたものはここに隠された。当然、あの冷凍カプセルも……そして冷凍カプセルは十五年間休まずに稼働していたのだろう。

冷凍カプセルの用途が見えて来た気がするな。

「ところで、蔵人さんがコンテナの中身を引き払うところは見てなかったんですか？」

北三田研究所で発見された冷凍カプセルはここから持ち出されたものだろう。

「全然。私も二十四時間張り付いてるほど暇じゃないんです。鍵は借主さんが持ってますし、私のいない時に荷物全部引き払うなんてことは別に珍しくないですよ。お金のことさえちゃんとしてくれたらこちらは文句ありませんし」

確かにそうか。だからこそ優子も誰にも見咎められずに雁暮コンテナサービスの敷地から脱出できたのだろう。

談壇寺から備品をまんまと盗み出した雲野はここに戦利品を十五年も隠し続けた。それがどういうことを意味するのか現時点ではまだ解らないが、成歩堂は確かな手応えを感じていた。

二〇一六年　十月七日　午前十時二十七分
北三田研究所

もう一度事件のことを洗い直すべく、成歩堂たちは北三田研究所にやって来た。すると研究所の前で口論している男女が目に入った。

「だから自分は御剣検事の命令で来たッス」

「あ？　必要な情報ならもう渡しただろ」

一人はこの間世話になったカンナ、そしてもう一人は糸鋸《いとのこぎり》圭介《けいすけ》刑事だった。糸鋸は御剣と組んでいる刑事で、どうやら捜査のためにやって来たようだが……。

「いや、これはもう御剣検事も知ってることばっかりッス。何か新しい情報を掴まないと帰れないッス」

「帰った方がいいよ。新しい情報があったら届けてやるから」

「そういうワケにはいかないッス。御剣検事にサボってると思われるッス！」

カンナの表情が険しくなる。自分の都合を押しつけるような物言いが癇に障ったのだろう。

「じゃあ、はっきり言ってやるけどね。アンタみたいにデカい刑事がいるとみんな脅えて何も喋ってくれないんだよ！」

カンナの言葉が相当堪えたようで、糸鋸は絶句していた。

「さあ、帰った帰った」

「ううっ……新しいことが解ったら教えるッスよ？　絶対ッスよ」

成歩堂はスゴスゴと退散する糸鋸を見送ると、カンナに声をかける。

「溜田さん」

「ああ、こないだの弁護士さん。明日のための再捜査かい？」

「ええ、そうなんです……」

どうやら裁判が仕切り直しになったことは知っているようだ。

「所長が死んだと判明したことで所員たちも安心したのか、堅かった口もようやくほぐれてきたところだよ。新しい情報も増えた」

「あの、それを教えて貰うことは可能でしょうか？」

その申し出を聞いて、カンナは腕組みする。

「アタシはあくまで真実の味方だし、どっちか片方に肩入れしたりはしない。だからアンタが知ることは検察側も知る。それでいいなら構わないよ」

「ありがとうございます！」

今となっては警察に捜査の邪魔をされないだけで御の字だ。なんだかカンナが女神に見えてきた。

「さて、何から話したもんかねえ……」

「あの、北三田所長ってどんな人だったんですか?」

真宵の質問にカンナは肯く。

「まずはそこからだな。世間的には若くして成功を収めた研究者ということになっているけど、実際はそんないいもんじゃなかったみたいだよ。元々はコールドスリープ装置の開発・販売を目標に掲げていたのに、それが未だに上手くいってないから若返りを謳った健康食品などで利益を得ていたそうだ。ただ、所員の中には『あんな効果があるんだかないんだか解らないもの』と馬鹿にする者もいたな」

「でもその事業自体は成功してたんですよね? だったら問題はなかったのでは?」

「いいわけないだろ。要はコールドスリープの研究のための資金と人員を健康食品開発に回してたんだ。コールドスリープ装置に出資していた人間がそれを知ったら激怒して資金を引きあげるに決まってる。まあ、十五年前には実用化の手前までこぎ着けていたらしいが、どうやら開発データを盗まれたらしい。昔の仲間で、アカだかアオだかみたいな名前の……」

「青柳恭介ですか?」

「そう、それ! よく知ってたな」

カンナは成歩堂の肩をバンバン叩く。

「盗まれた後も何度か再現しようと思ったらしいんだけど全部失敗したみたいでな。そういう意味では所長も不運ではあるな。ただ、盗まれたことを出資者にずっと隠していた所長が悪い」

「ちなみに出資者というのは？」

「三年前に事故で亡くなったっていう義父の北三田由吉さ。だけど所内の噂ではどうも殺されたんじゃないかって言われてる」

「ええっ？」

真宵が驚くのも無理もない。

「ここの研究の二本柱はコールドスリープ装置とタイムマシンだった。由吉としてはどちらも簡単には完成しないと解っていたから、どちらか一方でいいからその成果に触れたいと思って出資していた。随分と元気なじいさんで『タイムマシンの完成まではワシは死なん』と豪語してたらしいけど、三年前には身体が弱り始めていて、『タイムマシンが完成するまでコールドスリープさせろ』と所長に要求してきたそうだ」

「でもコールドスリープ装置の研究は上手くいってなかったんですよね？」

「その通り。今まで散々『もうじき実用化までこぎ着けられる』と由吉を誤魔化してきたけど、それが無理になった。できている筈の研究ができていなかったことが出資者である由吉にバレたら、所長の地位も危ない……だから家族旅行の最中に事故に見せかけて殺したんじゃないかって」

「あれ、でも所長さんの奥さんも亡くなったって話でしたよね。いくらなんでもそこまでやるんですか？」

真宵が青ざめながら訊ねるが、カンナはゆっくりかぶりを振った。

「由吉を事故に見せかけて殺しても、長年連れ添ってきたエリカさんなら真相に気がつくかもしれない。それに由吉がいなくなっても遺産を直接相続するのは娘のエリカさんだったんだよ。だったら、一緒に消してしまった方が面倒はないだろうと、所員は異口同音に言ってたよ。今となってはもうどこまでが真実かは解らないけど、それなりに信憑性のある噂と思っていいんじゃないかな」

「なるほど……」

カンナの話で一つ繋がった。おそらく優子が十五年の時を超えたのはこのコールドスリープ装置のお陰だろう。

十五年前、コールドスリープ装置のデータを盗んだ恭介は自分のラボを作り、そこで優子と一緒に装置を実際に組み立てた。しかし完成当日に恭介は命を落とし、その後裁判の最中に何者かによって盗み出された。そしてどういう経緯でそうなったのか不明だが、優子は装置に入った……。

当時どこまで判明していたか不明だが、少なくともコールドスリープ装置の性能は本物だった。

真宵も同じことを思ったらしく、耳元でこんなことを囁《ささや》いた。

「なるほどくん……もしかして談壇寺から装置を盗んだのって所長さんかな?」

成歩堂は同意しようとして、すぐにおかしなことに気がついた。

「いや、それだと矛盾があるよ。だってもし所長が盗んでいたのなら、コールドスリープ装置の研究はまた軌道に乗っていたわけで、由吉さんたちを殺すこともなかった筈じゃないか」

「あ、本当だ……じゃあ、誰かな？」

「解らない。ただ、殺された所長ではないことだけは確かだ」

秘密の会話をしていた二人をカンナが睨んでいた。

「人の目の前で内緒話とか感じ悪いんだけどな？」

慌ててフォローに入る。まだ全ての話を聞き出さない内に叩き出されてはたまらない。

「いや、本当に大した話じゃなかったんで」

「そうそう。なるほどくんと夕飯どうしようかって相談してました！」

「あー、夕飯か。それは大事だな。育ち盛りの時に腹一杯食えないのは本当に辛い……」

カンナは遠い目をして何かを思い出している様子だった。成歩堂たちにそれほど腹を立てていたわけではなさそうだ。今の内に話を元に戻そう。

「溜田さん、新しい情報ってこれだけじゃないですよね？」

「ああ、思い出した。例のＤＫＫってマシンな、どうもタイムマシンを動かすために必要な式の計算をしていたらしい。こっちの方は割とガチな研究だったらしくて、所員の中でも期待している人間も多かった。いや、アタシなんかタイムマシンなんて信じてなかったけど、頭のいい人たちが本気でタイムマシンのこと話しているのを聴いてると、本当に作れるんじゃないかって気がしてくるんだよな……」

「具体的にはどんな話が？」

「いや、専門的なことはアタシもサッパリなんだけど、これだけは解った。計算が終了してもすぐにタイムトラベルできるわけじゃなくて、別に装置も必要らしい。けど装置を作っていたのは例の青柳ナントカで、今の研究所にはないとか言ってたな。計算結果を解析して作るしかないって。念のため、所長の私物も調べたけど、それらしいものは見つからなかった」

しかし恭介なら装置を持っていた可能性がある。もしかすると根こそぎ盗まれた備品の中に含まれていたかもしれない。となるとやはり談壇寺にやって来た偽警官は所長ではなかったのだろう。

「ちなみにDKKから記録メディアを盗んだ犯人の手がかりは出ましたか？」

「出た……っていうかDKKのある部屋のロックを解除できるのは所長だけなんだよ。で実際、事件当夜に所長の指紋によってロックが解除された記録が残ってた。ただ指紋認証は死体でも通るみたいで……所長が自分の意志でロックを解除して計算結果の入った記録メディアを取り出したのか、それとも殺されてから指でロック解除させられたのか不明だ。死体でも認証自体は通るらしいから……あー、面倒臭え！」

カンナはこめかみを押さえる。可能性が絞りきれなくて苛ついているのだろう。

けど、もしかするとそんなに難しく考える必要はないかもしれない。

「もしかするとどちらでも同じことかもしれませんね」

「あ、全然違うだろ？　自分の意志でロック解除するのと、殺されてからロック解除させられるのが同じか？」

　思わず怯みそうになったが、

「DKKの計算が終わった当日に自分以外の所員を帰して、雲野蔵人という怪しい人物と二人きりで会うことを決めたのは所長自身でしょう。確かに所長は結果的には殺されてしまいましたが、元々部屋のロックを解除してみせるつもりだった筈ですよ」

「けど、そんなことをして所長に何の得があるんだい？」

「現場に持ち込まれた冷凍カプセルが所長にとって必要なものだったとしたらどうでしょうか。そして犯人は記録メディアに興味があった……もしかするとこれは一種の取引だったのかもしれませんね」

　一応、仮説はあるがまだカンナの前で披露するほどの完成度ではない。しかしそれでもカンナは成歩堂のことを見直したようだ。

「アンタ……頼りない見た目の割とちゃんとしてるんだね」

「ハハハ……」

　頼りないは余計なお世話だが、評価されて悪い気はしない。

　さて……そろそろ答え合わせといこうかな。

二〇一六年　十月七日　午後〇時五十分
喫茶店

成歩堂たちは待ち合わせ場所として青柳から指定された結城商事の近くの喫茶店にいた。約束には少し早いが、遅刻するよりは遥かにマシだ。

まだかな青柳さん。早いこと答え合わせがしたいんだけど……。

「なるほどくん、さっきからなんでソワソワしてるの？」

そう訊ねられて成歩堂は笑う。

「ん？　ああ、それはね。ちょっと良さそうな推理を思いついてさ。これが正しかったら明日の裁判は勝てるかなって」

「本当？　聞かせて」

まだ時間もあるし、構わないか。

「いいかい？　尾根紡さんは雲野蔵人のことをタイムトラベルをした青柳恭介さんだと思い込んだ。しかしタイムマシンが本当に完成していたとは思えないし、恭介さんも十五年前に亡くなっているから本人ではない。つまり雲野蔵人は恭介さんとよく似ている別人ということになる。その時点で候補者はかなり絞られる」

「う―ん……プロの俳優さんがなりすましたとか？」

「その可能性は一応考えたよ。でも俳優本人が黒幕ならともかく、俳優を雇って所長を殺させるというのはあまり現実的ではないと思うな。純粋に演技だけ頼むならともかく、殺しも頼むとなるとその後俳優から脅迫されるリスクの方が大きいだろうし」

「じゃあ……どういうこと？」

「もっとシンプルに考えたらいいんだよ。十五年前の恭介さんは三十二歳、一方で大気さんは大学生だった。恭介さんは歳の割に老けていたというから、今の大気さんが十五年前の恭介さんそっくりになっていてもおかしくないと思わないかな？」

「あ……」

これこそが成歩堂の自信の源だった。

今日の面会で自分の目で確認することできればきっと確信が得られる。

「他に根拠もあるよ。当時の関係者は色々あって既に命を落とした人ばっかりだ。今残っているのはもう青柳大気さんしかいない。そういう意味でも重要な参考人なんだ」

真宵は首を傾げる。

「あれ……でも昨日考えた質問にはそんな雰囲気なかったよね。『あなたはコールドスリープ装置を盗みましたか？』って訊かないと意味がないんじゃない？」

「そんなストレートに訊いたら警戒されて、約束をキャンセルされてしまうかもしれないだろ？　あくまで恭介さんの話を聞かせて欲しいという建前で会話をしないと」

真宵は心底感心したように何度も肯いた。

「それもそうだね。けど、なるほどくん。凄いよ。あたしもそれで合ってる気がしてきた」

「まあ、別にこの場で大気さんの罪を追及するつもりはないんだ。この推理にもまだ大きな弱点があってね。どうして彼が雲野蔵人となり、尾根紡さんを騙してまであんなことをしたのかが解らないんだ。だから、そこに探りを入れられたらいいなって」

ふと時計を見るとそろそろ約束の時刻だ。成歩堂が店内にそれらしい人影がいないか見回していると、スーツ姿の男が入店してきた。歳の頃は三十代半ば、肌は浅黒く、精悍な男だ。いかにもテニスで鍛えてますって感じだな……。

しかしどう考えても青柳大気ではない。成歩堂はすぐに男から視線を切ってまた待ち合わせ相手を探し始めたが、男は真っ直ぐ成歩堂のテーブルに向かってきた。

「成歩堂龍一さんですね？　どうも、青柳です」

男はそう言いながら名刺を差し出してくる。だが成歩堂は面食らっていた。

え、この人が？　だったらぼくの推理は……。

しかし名刺交換は社会人の嗜《たしな》み、成歩堂もすぐに名刺を取り出す。

「ど、どうも、成歩堂です」

受け取った名刺にはこうあった。

結城商事　第二事業部フェイバリットフード課　課長代理　青柳大気

「フェイバリットフード課……どんなお仕事をしてるんですか？」

名刺を覗き込んだ真宵が向かいに腰を下ろした男に無邪気に訊ねる。

「良質なコーヒー豆や紅茶の葉をなるべく安く、大量に買い付ける仕事ですよ。お二人が普段口にしている缶コーヒーやペットボトルの紅茶も我々の買い付けあってのこと、意外なところで世間の役に立っているわけです」

そう語る姿は活力と余裕に満ちあふれている。まだ三十代半ばを過ぎたところだった筈だが、この歳で課長代理に昇進しているのはビジネスマンとしての実力の賜物《たまもの》なのかもしれない。

「ちょうどいい。これ、ウチが関わっている飲み物です。よろしかったらどうぞ」

そう言って飲み物の入った紙袋を差し出す。社会人として一度ぐらいは遠慮しておくべきかと成歩堂が悩んでいると、真宵がさっと受け取ってしまった。

「わあー、ありがとうございます。ほら、なるほどくんもお礼言う！」

「あの、ありがとうございます……」

なんか釈然としない流れだがまあいい。本番はこれからだ。

「それで叔父自身の話と叔父の残した年表について聞きたいとか」

ファーストコンタクトで気勢を削がれたのは確かだが、それでもするべきことは済ませておこう。

「まず青柳恭介さんについて聞かせていただけませんか？」

「叔父はいわゆる異端の天才というやつでしてね。親類からは爪弾きにされてましたが私とはウマが合いました。叔父が語る理論を全て理解できたとは言えませんが、まだ証明されていない理論の存在を確信して生きる叔父の姿には憧れたものです」

「では恭介さんは本当にタイムマシンを開発したと？」

「今となっては解りません。ただ、叔父は私が中学生の頃から試作品のタイムマシンなら完成していると嘯いてました。タイムトラベルをしても何もできないから意味がないとも言ってましたが、周囲はホラと取る人間ばっかりでした」

「試作品というのはどの程度のものですか？」

「それもよく解りません。ただ、私は例えば未来をちょっと見に行って帰ってくるぐらいのことはできたんじゃないかなと思ってます」

うらむ、それって既に充分凄いような気がするんだけど。

そこで成歩堂は訊ねるべき質問を思い出す。

「あ、この年表ですけど、何か心当たりはありませんか？」

成歩堂はテーブルの上に例の年表を裏返して広げる。

「それ、それですよ。それこそ私が叔父を信用していた根拠です。これは本人からは口外するなと釘を刺されていたのですが……叔父が書いてくれた私の未来予想図なんですよ」

「と言いますと？」

「信じられないかもしれませんが、その未来予想図と私の進路はピタリと一致しているんですよ」

「まさか……」

にわかには信じられない。もしもそれが本当なら、恭介は試作品レベルとはいえタイムマシンを発明していたということになる。

「たまたま一致したってことはないんですか？」

真宵が一番気になっているところに遠慮無く踏み込む。

「どうでしょうか。確かにこの先のことは解りませんが、ここまでは一致してますよ。まあ、私の出世は割と早い方でして、ただの当てずっぽうではこうはいかないと思います。まあ、出世というのは上司とプロジェクトの巡り合わせもありますから。私の昇進は最速ではありませんが上を狙うには充分ですよ」

事前に調べたところ、結城商事はかなり競争の厳しい会社のようだ。毎年、一流大学の学生を百人近く採用し、互いに競わせて生き残った者を次のステージに上げ、そこでもまた競わせるというシステムなので、たった十数年でも集団のトップをキープするのは大変らしいが、今のところ振り落とされずについて行っていることを考えると商社マンとして才能や適性があったのかもしれない。

だが社会は一寸先は闇、何のきっかけでキャリアが台無しになるか解らない。勿論、成歩堂とて他人事ではないが。

「じゃあ、二〇一八年に課長になれそうな気配ですか？」

「真宵ちゃん！」

だから先の話題はデリケートだ。そこまで突っ込んで訊ねるのは得策ではないと思っていたのだが、返ってきたのは朗らかな笑顔だった。

「まあ、今のところは順調とだけ言っておきましょう。でもこの歳になって、叔父はタイムマシンを作ることはできなかったのかなと思う瞬間があります。だって自分の未来が解っていたら、あんな風に死ぬことはなかったでしょう？」

「まあ、そうかもしれませんね」

「私はある時から叔父の言うことに間違いはないと思って頑張ってきました。今の私があるのは叔父のお陰です。けど、だからこそこう思うんです。叔父はきっと私を元気づけようとして、こんな年表を書いてくれたんじゃないかなって。たとえ嘘だったとしても、これは私の人生の標です」

　参った……これはどうしようもないぞ。

「叔父がタイムマシンの開発に人生をかけていたように、私はこの仕事に人生をかけています。ビジネスを成功させることぐらい、タイムマシンの開発に比べたら簡単じゃないですか？」

　そう嘯くと甲高い声で笑った。

「では次の質問は？」

「いや、もう結構です」

「なるほどくん？」

戦意を喪失したわけではないが、成歩堂が用意していた質問事項は雲野蔵人＝青柳大気という前提で考えたものばかりだ。それが否定されてしまった今、当人に訊ねるべきことなどもうなかった。

「そうですか……ではこれで失礼しますよ。今からなら内部ミーティングに間に合いますからね」

「ご協力、ありがとうございました」

喫茶店の入り口まで見送ると、成歩堂は自分のテーブルに戻り、消沈しながら席に着く。

「残念だったね、なるほどくん」

「はは、みっともないところを見せちゃったね」

「まあ、悪い人じゃなかったのかも」

そう言いながら真宵は貰った紙袋を抱きしめる。

「買収されてない？」

「そんなことないよ。それより……明日の裁判、どうするの？」

そう言われると頭が痛い。

「今思うと当時大学生だった大気さんが倉庫をどうやって借りたのかって点が抜けてたよ」

月三万としても年間で三十六万、仮に三年分前払いしたとしても百万は軽く超える。電気代が別料金だそうだから、もっと必要になる。商社マンの給料では余裕かもしれないが、学生の貯金とバイト代ではとても無理だ。

「大気さんが犯人ならこの裁判は楽勝だったんだけど。明日は別の方向性で戦うしかないか」

まだプランはないが、一晩かけてなんとか捻り出すしかない。

「今更なんだけど、なるほどくんはタイムマシンってあると思う？」

「どうだろう。現代の技術では不可能だと思うけど、もしかしたらあるのかもしれないね」

「だったら……この間、尾根紡さんの前に現れたのって本物の青柳恭介さんだったりしない？」

「そんなまさか……」

「でも、そう思わないと説明がつかない気がするんだよねー」

しかし真宵の言うことも一理ある。優子が幻覚を見たのでない限り、本物の青柳恭介がタイムトラベルをしたとしか説明できない状況になっている。だがそんなことを普通に口にしたら、裁判長が弁護側に愛想を尽かすことは目に見えている。

せめてタイムマシンが存在することを証明できたら裁判での戦略の幅が広がりそうなんだけどな……。

「あれ？」

何かモヤモヤしたものが成歩堂の頭の中を支配していた。

「どうしたの、なるほどくん？」

「いや、ちょっとした矛盾というか違和感というか、何か引っかかることがあるんだけど…

……それが何なのか解らなくて。もしかすると裁判で役に立つかもしれないんだけど……」

「頑張って気がついてよ、なるほどくん。あたし、ここで応援してるから！」

「いや、そう言われると余計に思いつけないんだけどさ……」

しかしこの日、成歩堂が違和感の正体に気がつくことはなかった。

二〇一六年　十月七日　同時刻
検事局

退室しようとしたその証人に御剣は釘を刺す。

「……それでは明日、遅れずに裁判所に来るように」

証人は黙って肯くと部屋を出て行った。それを見届けると、御剣はすっかり冷めてしまった紅茶を口にする。

さて、あの証人をどう利用するか……。

正直なところ、この事件を亜内から引き継いだ時点では泥仕合の予感がしていた。一応、糸鋸刑事に再調査も命じてはいたが、あまり期待もできない。師匠の狩魔豪の命令でなければ突っぱねていただろう。

現時点ではこちらの手の内に尾根紡優子の有罪を示す決定的な手がかりはないが、おそらくそれは弁護側も同じ。何かあれば昨日の法廷で提出している筈だからだ。

だがお互いに決め手を欠いたまま言葉の応酬をすれば裁判がもつれることは確実で、そうなると勝ちを取りこぼす可能性すら出てくる。

何せ、相手はアイツだからな……。

ほんの一月前、デビュー以来無敗を誇っていた御剣に初めて土をつけたのが弁護士としては新人の成歩堂だった。思い出すだけで胸中に苦い気持ちが湧き起こる。意図せずして訪れた再戦の機会だ。今回の裁判は是非勝ちたい。

だが、どうやって成歩堂と戦うか、それが問題だった。「どんな手を使ってでも勝て」というのが師の教えではあったが、そもそも御剣は自ら証拠を捏造してまで戦うつもりはなかった。それにしてもまさかこんな展開が待っているとは……。

まともにやれば泥仕合、だが有力な証拠品はない……そんな状況で思いがけない証人が御剣の前に現れた。それも向こうから証言を申し出てきたのだ。

しかしあの証人は普通には使えない。あまりにも胡散臭すぎて、あのおおらかな裁判長すら証言を認めてくれないだろう。だが裁判の展開次第では許される。いや、それどころか弁護側の息の根を止める切り札になるだろう。

御剣は傍らに置いたチェス盤から一騎のポーンをつまみ上げる。

ポーンは駒としては最弱。だが一度相手の陣地に侵入できれば最強の駒に成ることができる。この裁判でも同じことだ。意識的に隙を作って弁護側に攻めさせ、守りが手薄になったところにポンとあの証人を投げ入れてやるのだ。それで勝てる。勿論、決して簡単な芸当ではない。

並みの検事であれば攻めきられて終わるかもしれないが……それでも私ならできる！

御剣は目を瞑《つむ》ると、明日の裁判のシミュレーションを始めた。

二〇一六年　十月七日　午後三時四十分
留置所

ここ二日間の捜査で様々なことが判明した。にもかかわらず、成歩堂は明日の裁判を戦い抜くための決め手を見つけることができなかった。

「尾根紡さんが目を覚ましたのは雁暮コンテナサービスの貸しコンテナでした」

何か見落としていることはないかと、成歩堂たちは裁判前の最終確認にやって来たのだった。

「私はあのカプセルの中で意識を取り戻しました」

「その……大丈夫だったんですか？」

何せ、北三田耕太をカチカチに凍らせるほどのパワーだ。普通に冷やされて無事で済むとは思えない。

「私が目覚めた時、中は殆ど常温でした。ただ、自分が何も着ていないことに気がついたので、私はカプセルから這い出すとゆるゆると辺りに散らばっていた服を身につけました」

「その状況に違和感を覚えなかったんですか?」

「違和感……というか、カプセルには見覚えがあったので特には。自分で組み立てたものですし。ただ目覚めた時は『ああ、タイムトラベルが終わったんだな』とぼんやり思ってました」

それはまあ呑気というかなんというか。

「しかし尾根紡さんが作っていたのは本当にタイムマシンだったのですか?」

「指摘されるまではそのつもりでした。しかしあんな強力な冷凍機能がついていたとは……博士からは本体の発熱を抑えるための冷却装置だと説明を受けていたのですが……」

それは本来の使用法を優子に伏せておくための方便だろう。

「何度も確認して気分を悪くされたかもしれませんが……三日に尾根紡さんをウチの事務所の外へ呼び出したのは間違いなく青柳恭介さんでしたか?」

「少なくとも私はそう信じてました。ですけど目を覚ましてから一昨日まで、頭がぼうっとしてまして……自分の判断力にあまり自信がありません。顔や喋り方は本人とよく似ていたと思いましたが……」

なるほど。特に参考にならない。

「例の雲野蔵人の正体がどうにか摑めたら良かったんですが……ぼくの調べでは雲野は雁暮

コンテナサービスと契約していたようですが、最初から尾根紡さんをこう使うつもりで閉じ込めていたとしか思えませんね」

雲野にばかり拘っていても不毛かもしれない。少し視点を変えてみよう。

「では十五年前の裁判で、何があったのか憶えてますか？」

「それが思い出そうとする度に、恐ろしい黒い影が私を苛《さいな》むんです。とてもじゃありませんが、怖くて無理です」

「そんな……せめて弁護士さんがどんな推理を語って仕切り直しに持ち込んだのかぐらいは思い出せませんか？」

記録が丸々失われている箇所だが、そこが埋まれば今回の裁判を戦う上で有利になるかもしれない。

だが優子は静かに首を横に振った。

「そうですか……残念です」

「あ……でも弁護士さんが特に新しい証拠を出さずに裁判長を納得させたことだけはなんとなく憶えてます」

それはつまり、裁判の記録を読み込めばぼくにも解るということか？　ううむ、全然解らないぞ。

「そういえば何故、留置所から姿を消したんですか？」

「あの日の深夜、私が眠ろうとしていたら、廊下から誰かが『あなたを助けに来た』と囁いたのです。その人に助けて貰って留置所を脱出しました」

「顔は見ましたか?」

「いえ、暗かったので。ただ、博士だと思いました。あの時点では亡くなってましたけど、声の調子なんてほぼ博士でしたし」

博士、博士、博士……判断力が鈍っていたとしても、こうも博士尽くしではお手上げだ。

「尾根紡さん、ちょっといいですか?」

真宵が隣で手を挙げたので、成歩堂は会話の権利を譲った。

「なんでしょうか?」

「もしタイムマシンを自由に使えるようになってたら、どうするつもりだったんですか?」

「……私が子供の頃に戻って、母の死を防ごうと思っていました。母さえ生きていれば、私はまともに生きられた気がするんです」

「あれ、でもそうやって過去を変えちゃったら、尾根紡さんがタイムマシンを作ろうとする理由がなくなりませんか?」

「それについて博士は並行世界説と単一世界説の二通りの考え方があると教えて下さいました。

並行世界説というのは時間軸が可能性の分だけ無数に存在しているという考え方です。この場合、私がタイムトラベルすることで母が助かった時間軸が発生します。けれど、私がいた時間軸が消えるわけではないので、矛盾は起きません。

単一世界説は逆に時間軸が一本しか存在しないという考え方です。もしも時間軸が一本しかないのであれば私が母を助けた時点で、それ以降の未来は消え去ります。それと同時に消えた時間軸に属していた私も一緒に消えるでしょう」

「消えるって……尾根紡さんはそれでいいんですか？」

「実のところ、どちらでも構わなかったんですよ。死ななかった母と一緒に暮らせた私がどこかの時間軸に存在しているという安心さえ抱ければ、それでいいかなって」

誰にだって取り返しのつかない過去の一つや二つはあるし、それでもどうにかしたいと願ってしまうのが人情だ。しかし優子の場合、抱えている虚無が大きそうで、成歩堂一人ではどうにかできる気がしない。

だが優子は思いがけない言葉を口にした。

「でも、今はちょっと違います。以前は色んな人から馬鹿にされても、タイムマシンさえあれば全てチャラになると思って頑張れました。どうせ最後は消えるんだしと、多少の理不尽がなんだって……でも、いざ殺人犯に襲われたり、死刑がチラつくようになると……とても恐ろしくなりました」

「尾根紡さん……」

「どうかお願いします。私を助けて下さい、成歩堂さん」

元より弁護士として最後まで優子に付き合う気ではあったがこんな風に頼りにされるとなんだか力が漲ってきた。

「実は明日の裁判を切り抜ける方法はもう見つけています」

勿論、検察側の対応次第ではあるけれど……御剣、お前はこの事件を一体どうするつもりなんだ？

二〇一六年　十月八日　午前十時三十五分
地方裁判所

「これより、尾根紡優子の法廷を開廷します」

裁判長がそう言い放つと、検事と弁護士はほぼ同時に畏《かしこ》まる。

「検察側、準備完了しております」

「弁護側、準備完了しております」

この、本格的に言葉を交える前のヒリつくような感覚、嫌いじゃないぞ。毎日感じるのはゴメンだけど。

「それでは御剣検事。仕切り直しの裁判ということもありますし、改めて冒頭弁論をお願いします」

御剣は肯くと、まず北三田耕太の死因が後頭部を強く殴られたことによるものであり、死体は死後に冷凍されたという検死結果を告げた。これは前回の裁判ではなかった情報だ。

「被告人、尾根紡優子は十月三日の晩、北三田研究所において所長の北三田耕太の後頭部を殴り、殺害した。状況的にも被告人の有罪は明らか……それを私なりに立証してご覧にいれよう」

「ふむ。では弁護側、どうぞ」

「検察側の冒頭弁論は結論ありきで組み立てられたものです。

まず弁護側の調べによれば北三田所長は暗い噂が絶えない人物で、彼を殺害する動機がある人間は決して少なくなかったようです。一方、被告人には直接の動機はなく、弁護側は被告人を状況だけで一方的に犯人と断定するべきではないと考えます」

「異議あり！　弁護側の発言は本件をいたずらに混迷させるだけだ」

ここはすぐに返す。

「異議あり！　これは審理に必要な情報です」

「弁護側の主張を認めます。続けて下さい」

よし、勝ち取った。

「ただ、本件に限れば所長殺害の動機はほぼ特定できました」

成歩堂は青柳恭介によるタイムマシン研究のこと、そしてＤＫＫのことを説明した。

「……そしてＤＫＫの計算が終わるのが事件当夜だった……これは偶然とは思えません！」

「どういうことですかな？」

「この事件はタイムマシンを巡る争いなんですよ」

「タイムマシン……随分と荒唐無稽なお話ですね」

「裁判長に同意だ。どうしてそんな絵空事を争点にしなければならないのだ？」

「タイムマシンが本当にあるかどうかはひとまず脇に置いても、事件関係者たちが本物だと信じていたことこそが重要なんです。だからこそ殺し合いにまで発展した……皆が皆、タイムトラベルなんてただの絵空事だと思っていればこんな深刻な事態にはならなかった筈なんです」

「ふん。そんな根拠のない話に何の意味がある。目に見える証拠がなければ私も裁判長も納得しないぞ」

いい流れだ。これなら無理なくこちらの推理を提示できる。

「証拠ならありますよ」

「何だと？」

「現場に残されていた冷凍カプセルが何なのか解りませんか？」

「はて……あれは強力な冷凍庫ではないのですか？」

そういえば裁判長はまだ知らなかった。ここでちゃんと説明をしておかなければならないようだ。

「確かにあの冷凍カプセルは密室を作ってしまうほど強力な性能でした。しかしあの使い方はあくまでオマケ、何故ならあれはコールドスリープ装置なんですから」

裁判長は成歩堂の顔をまじまじと眺める。

「コールドスリープというのは、全身を凍らせて肉体の老化を抑えたまま眠れるという、あの夢のような技術のことですか？」

成歩堂は大きく肯く。

「そもそも所長は十五年前にコールドスリープを実用化の手前までこぎ着けた張本人です。ただ、いざ装置を作ろうと思ったタイミングで青柳さんの手によって全てのデータを奪われ、コールドスリープの研究は消えてしまったそうです。所長自身は何度も再現を試みたそうですが、本当に欲しいデータは取れなかったと……」

「惜しいですね。それが十五年前の話なら、今頃実用化されていてもおかしくなかった筈ですから……しかし現場に残されていたのがコールドスリープ装置というのなら、それはどこから来たものなのですか？」

「青柳さんが盗んだデータを元に一から作ったんですよ。そのために名前を偽り、尾根紡さんを助手として雇ったんですから。しかし、ここで何故青柳さんはそんなことをしたのかという疑問が出てきます」

そう言った瞬間、御剣は机を叩いた。

「下らん。私も青柳恭介と北三田耕太の間に遺恨があったことぐらいは調べてある。ただの腹いせに決まっているだろう」

「本当にそうでしょうか？　コールドスリープ装置の研究データは所長にとっては研究所を続ける上で命綱でした。お金で解決できるなら所長も取引に応じていたでしょう。だけど青柳さんは取引をしようとはせず、実際に装置を作り上げてしまった。何故だと思いますか？」

「……さっさと結論を言え」

御剣は不機嫌そうに先を促す。どうやら流石の御剣にも答えが解らなかったようだ。ちょっとした優越感を覚えつつ、成歩堂は答えを口にする。

「青柳さんが自分で実際に使うために決まっているでしょう」

その流れで証拠品として談壇寺から借りてきた年表を提出する。

「これを見て下さい」

「なんですかな？　随分と古いもののようですが……まあ、とりあえず受理しますが」

「これは十五年前に青柳さんが書き残した年表です。まあ、二〇〇一年以降のことも書かれているので、厳密には未来予想図と呼ぶべきでしょうか」

御剣は年表をしばし眺めていたが、すぐに興味を失ったように視線を切った。

「二〇三〇年に世界を救う？　私にはただの妄想にしか見えないが？」

「確かに……後に行くほど荒唐無稽になりますな。当時の青柳さんの精神状態を少し疑うべきかもしれません」

思わず大きく咳払いをする。

「ゴホン！　そこは本質ではないので無視して貰っていいですか？　見ていただきたいのは二〇〇一年から二〇一六年の間です」

「なになに……二〇〇一年一月二十五日、ＤＫＫによる計算開始……」

裁判長は訝《いぶか》しげに年表を見つめる。

「成歩堂君、二〇一六年まで何も書かれてはいないのですが？」

「何も書かれていないではないか、成歩堂！」

苛立たしげに御剣が言い放つ。

「十五年の間、他に予定が書かれていない。これをどう解釈するかでこの事件の見え方は変わってきます」

「下らん。先に未来のことから書きすぎてネタが尽きただけだろう」

「いや、ここは発想を逆転してみましょう。敢えて書かなかった……というか書く意味がなかった」

「なんだと？」

「青柳さんはこの十五年の空白を眠って過ごすつもりだったのではないかと思います。勿論、コールドスリープで。ＤＫＫの計算がどうしても十五年かかることだけは決まっていた。しかしタイムマシンの開発が人生の目標という青柳さんにはただ待っている間に歳を取るのは無駄だと感じたのではないかなと」

見れば御剣は白眼を剝いていた。成歩堂の主張が受け入れ難いのだろう。

「コールドスリープなんて狂気の沙汰だ。成功した例なんて世界に一つもない」

「生憎ですが、一件だけでよければ成功した例を挙げることができます」

「ほう？」

成歩堂は静かに優子を指さした。

「被告人の尾根紡優子さんこそ、十五年のコールドスリープから目を覚ました成功例なんですよ」

廷内がゆっくりとざわめき始めた。だが次の瞬間、廷内に木槌の音が響き渡る。

「みなさん、静粛に。ここで勝手に私語を続けるというのなら、退廷を命じますぞ」

裁判長は木槌と少しの言葉だけで傍聴人たちを黙らせた。こういうのは山火事と同じで初期消火が重要なのだろうか。何にせよ、ぼくにはまだ話すべきことが残っている。

成歩堂は数枚の写真を裁判長に突きつけた。

「さて、これは十五年前の尾根紡さんの写真です。彼女が通っていた勇盟大学から回収したものですが……どうです、同一人物としか思えませんよね？」

「あの、大学にはあまりいい思い出はありませんけど、必要なら全部話します。だから、私を尾根紡優子だと認めて下さい！」

優子の声は切実な響きを帯びていた。

「尾根紡さんには十五年前の記憶があり、そして姿形も当時と変わっていない……それならば本人と見做すべきです」

「ふざけるな。そんな非現実的なこと、認められる筈がないだろう！　裁判長、これは法廷侮辱罪だ」

しかし裁判長は御剣の激昂に耳を貸さず、優子をじっと眺めていた。そしてしばしの間を置いて、目を大きく見開いた。

「尾根紡……尾根紡優子さん……ああ、ようやく思い出しました。ほら、私ですよ私」

自分の顔をしきりに指さす裁判長を見て、優子も電流が走ったような表情になる。

「あっ、あの時の……」

なんたる偶然か、十五年前の裁判を担当したのもこの裁判長だったらしい。成歩堂は心中ガッツポーズをする。このことは弁護側にとってきっと有利に働くだろう。

「……全然変わってません。もしかして裁判長もコールドスリープをされたんですか？」

「いや、私はあまり老けなかっただけです。今でも周囲からは若いとよく言われます」

若い？　いや、裁判長の実年齢を知らないから何とも言えないけど、なんだかこの人は十年後も二十年後も変わっていないような気がしてきたな……。

裁判長は優子の顔をまじまじと見つめて、そして嘆息を漏らした。

「当時二十四歳の被告人が十五年前とほぼ変わらない姿でいるなんてにわかには信じられませんが……それでもタイムマシンよりはまだ現実味がありますね。よろしいでしょう。ここにいる彼女を十五年前に失踪した尾根紡優子さん本人と認定し、コールドスリープに成功したことも認めましょう」

「裁判長、ここで本人認定をした根拠を説明していただきたい」

「そうですね……姿形が当時と変わらず、当人しか知り得ないような情報を知っているということなので認めました。今回は被告人のプライバシーを慮《おもんぱか》って敢えて具体的な質問はぶつけませんでしたが、必要とあれば改めて何か質問をするかもしれません」

「承知した。それならば問題はない」

なんだ？　尾根紡さんの本人認定をひっくり返すつもりか？

成歩堂は御剣の言い回しに引っかかりを覚えたが、問い質すことはしなかった。藪《やぶ》をついて蛇を出すという諺《ことわざ》もある。今は藪にノータッチでいよう。

「コールドスリープ装置が本物である以上、青柳さんは本気で十五年眠って待つつもりだったと見るのが妥当でしょう。何せ、あの当時のコールドスリープはまだ実用化されていませんから、命懸けの挑戦です」

「少なくとも青柳さんはタイムマシンの完成を疑っていなかったということですね。しかしタイムマシン、あるなら是非利用してみたいですね。例えば裁判を担当する事件のその瞬間に飛んで行って、真相を確かめてから判決を出す……実際にそれができたらどんなに楽でしょうか」

いや、そういう話ではないのだが。というか、それなら裁判長の仕事はなくなるのでは？

「仮にタイムマシンが存在していれば未来の出来事が解るわけで、つまりそれは莫大な利益を生むということだ。誰かを殺してでも独り占めしたいと思う不届き者がいてもおかしくない」

　御剣が脱線を修正してくれた。敵ながらこういう時は頼りになる。

「十五年前の裁判の際、警官を騙った男によって談壇寺にあった青柳さんのラボから物品が盗まれるという事件が起きました。お陰で所長はコールドスリープ装置を取り戻すことができなくなったのです」

「それは初耳ですね」

「タイミング的には第三回の公判の直前でしたから、裁判長まで報告が行かなかったのでしょう」

「確かに……色々とドタバタしてましたからなあ」

「溜田刑事の調べでは所長はコールドスリープ装置の研究データが失われたことで、マズい立場に追い込まれていたようです。もし取り戻す手段があるとしたら食いつくでしょう。だから今回の事件の犯人はそれを見越して取引を申し込んだのだと思います。『コールドスリープ装置を渡す代わりに、DKKの計算結果が入った記録メディアが欲しい』とね」

「しかし被害者は警戒しなかったのですか？」

「勿論、人から恨みを買っている自覚はあったでしょうし、それなりに警戒はしていたと思います。しかし所長はコールドスリープ装置を取り戻せるという誘惑には勝てなかった。だから自分のフィールドである研究所に呼び出した……おまけにDKKが設置されている部屋のロックを解除できるのは所長だけですから、記録メディアを渡すかどうかの判断はギリギリまで保留できます」

「そう言われてみると、被害者は自分の庭である研究所を取引場所に選んだのかもしれませんね……ですが、犯人は一体何者なのですか？」

「被告人の話によれば彼女を冷凍カプセルに忍ばせて研究所に連れて行ったのは青柳恭介さんそっくりの人物だったそうですが、彼は十五年前に亡くなっていますから偽物でしょう。しかしその人物が真犯人である可能性は極めて高いと思われます。故に弁護側はその人物についての捜査が進むまでは裁判を休止すべきだと考えておりますが、いかがでしょうか？」

「ふむ、弁護側の提案にも一利あるような気がしますが……検察側はいかがですか？」

水を向けられた御剣だったが裁判長には返事をせず、弁護側を見据える。

「キサマにしては面白い推理だったな、成歩堂」

「そりゃ……どうもありがとう」

褒められて悪い気はしない。だが御剣はすぐに厭な笑みを浮かべる。

「聞いている間中、笑いを堪えるのが大変だった」

これは……自分の勝ちを確信している顔だ。でもどうやってひっくり返すつもりだ？

成歩堂の心配をよそに、御剣は裁判長に語りかける。

「裁判長、弁護側の推理を覆すことのできる証人を待たせているのだが、この場に呼んでもよろしいだろうか」

「しかし弁護側の要求ももっともだと思いますが……」

「フッ、なんら問題ない。証人の話を聞けば、再捜査の必要がないことも解る筈だ」

裁判長は髭を指で鋤《す》きながら何事かを考えている。

「そうですか。ならば検察側の要求を認めます」

「では。入廷するがいい！」

御剣の合図でモジャモジャ頭に太鼓腹の中年男性が入廷してくる。背中には大きなバックパック、そして白衣……その男性とは初対面の筈だったが成歩堂は何故かその姿に見覚えがあった。

え、あれ……そんな、そんな馬鹿な！

成歩堂がおそるおそる優子の様子を窺うと、声を失っていた。

「証人、名前と職業を」

裁判長に促されて、彼は口を開いた。

「青柳恭介、天才発明家。ついでに言うとワタシは二〇〇一年からタイムトラベルして来たばかりだ」

「な、なんだってえええ！」

思わず叫んでしまった。

御剣がこんなハッタリをかけてくるとは完全に盲点だ。

「待った！　そこにいる青柳恭介さんは検察側が雇った俳優という可能性があります。何故なら彼は十五年前に命を落としているからです」

青柳は心外そうな顔で成歩堂を見つめる。

「ワタシは自らの意思で証人になりたいと御剣検事を訪ねたのだが？」

「検察側で独自に精査したところ、この証人は青柳恭介で間違いなかろうという結論が出た。故に待機して貰っていた」

「い、異議あり。青柳さんは十五年前に死亡した筈です。そんないい加減なことは許されません？」

「果たしていい加減なのはどっちかな？　十五年前に行方不明になった容疑者を無理矢理本人認定させた人間に言われたくはないな」

「あ……そういうことか」

先ほど御剣が本人認定について突っ込んでいた理由に思い至った。あれはこの証人を出すための念押しだったのだ。

「う、うう……」

見事にカウンターを食らった形だ。おそらく御剣はここまでの展開を読んでいたに違いない。その気になれば、こちらの手持ちの情報がどれだけなのか調べることだってできただろう。

見込みが甘かった……。

「では証言をお願いします」

青柳は居住まいを正すと、低音の良い声で話を始めた。

「あの日、襲ってきた小森を撃退するために、ワタシは試作品のタイムマシンを使わざるを得なかった。アイツをどこか別の時間に飛ばして、難を逃れようとしたのだ。ところがワタシは襲われた拍子に手元が狂って自分自身を飛ばしてしまった……そしてあの時から十五年後の未来に辿り着いたわけだ」

「待った！」

叫ばずにはいられなかった。

「しかし……それはおかしくありませんか？　こういう言い方は何ですが、十五年前にあなたは亡くなっている。今、ここにあなたがいることは現実と大きく矛盾しています」

「話は最後まで聞け、成歩堂。その点についても説明がある。証人、先を続けてくれ」

青柳は肯くと話を再開した。

「タイムトラベルによってマシンのバッテリーはゼロになってしまったが、たまたまタイムトラベルした先が未来で助かった。電気がない時代に飛んでしまえば二度と戻れなかったからな。それに手持ちの現金が使えたのも大きい。ワタシは自身の休息とタイムマシンの充電のためにホテルを取った。充電が済み次第、元の時代に戻るつもりでな。だがそこで魔が差した。ワタシはつい近所の図書館で閲覧した十五年前の新聞で事件のことを調べてしまったのだ。そしてワタシは自分に死が待ち受けていることを知ってしまった……」

青柳はそこで一度大きな咳払いを挟んだ。

「いいかね？　時の流れのメカニズムはワタシたち人間には到底計り知れない。ただ長年の研究の結果、時間には事象の歪みを修整しようとする力があることが解った。仮にこれを修正力と呼ぶが、例えばワタシが十五年前の、諦めた小森が去ってしばらくした後の時間に戻ろうとしたとしよう。しかし時間の方はそれを認めず、ワタシはワタシが消えた直後に戻されてしまう。時間をあるべき姿に修正するわけだな」

「つまり……表面上は一瞬だけ消えたことになるってことですか？」

そう問うた真宵に青柳はウインクしてみせる。

「その通り。君は筋がいいな。ワタシの弟子にならんか？」

「証人、先を」

御剣が容赦なく切り捨てる。検察側の証人でも関係ないようだ。

「オホン。一瞬だけ消えたことになるということはつまり、消えていないのとほぼ同じだ。するとどうなるか解るかね？」

「まだラボの中にいる小森さんと鉢合わせしてしまう……」

「弁護士君、君も理解が早いな。そしてワタシは小森に予定通り刺される……それは時はワタシが死ぬことがあるべき流れだと思っているからだ。故にワタシは過去に戻れない」

時間旅行の論理はやや難しいが理解できなくもない。計算式や横文字の変な用語を多用しないせいだろうか。

まずは解っている矛盾から指摘するしかない。

「しかし……結果だけを見れば、あなたは十五年前に亡くなっています。これは大きな矛盾ではありませんか？」

「そうでもないぞ、弁護士君？」

青柳は不敵に笑う。

「自慢ではないが、ワタシは歳の割に老けている。こんなナリだがまだ三十二歳だ。しかし……仮に十五年前に死んだのが四十二歳のワタシでも検視官はさほどおかしいとは思わないのではないかな？」

「ええ、それはまあ……」

老けていることをこんなに誇る人間とは初めて会ったぞ……。

「ですが、それがぼくの疑問とどう繋がるんですか？」

「ワタシはこの時代の人間ではないから、当然ながらここに長く留まるつもりはない。というか、何があっても過去には戻る。しかしそれがいつになるかは解らない。明日かもしれないし、明後日かもしれない。あるいは十年後かもしれない。だが、それでも何らかの形で辻褄合わせは起きるだろう。だから今ここにワタシがいることと十五年前にワタシが死んだことは矛盾しないというわけだ」

「そんな、そんな馬鹿な……」

「それにもう一つの可能性だってある。仮に小森が帰った後のラボに戻れたとしよう。当然、ワタシは倒れている尾根紡君を起こす。しかし目覚めてもパニックが解けていなかった尾根紡君は目の前にいるのがワタシとは気づかずに刺してしまった……因果はどうあれ、私の死は簡単には変わらない。それが時の修正力の恐ろしいところなのだ」

「うーむ。にわかには信じがたいですが、この青柳さんが本物としか思えないのもまた事実。本人認定せざるを得ません」

落ち着け。本来、出てくる筈のない人物が勝手に法廷に転がり込んで来たと思えば、そう悪いことではない。

優子の反応から見ても、この青柳が優子を騙して現場まで運んだ当人であることは間違いない。その点さえどうにか立証できれば勝機はある。

「異議あり！　その証言には矛盾……とまでは言いませんが、辻褄が合わないところがあります。判決はそれを確認してからでも遅くはないと思いますが」

「そうですね。では弁護側の発言を認めます」

優子は自分を騙した青柳を本物ではないと言った。ならば、その化けの皮を剝がしてやればいい。

「青柳さん、あなたが襲われた二〇〇一年の段階ではまだＤＫＫは計算を終えていませんでした。なのにどうしてタイムトラベルが可能だったんですか？」

青柳はゆっくりと肯く。

「先ほど試作品のタイムマシンだったと言っただろう。ＤＫＫの計算は精度の高いタイムトラベルを実現するために必要だったのだよ。予定していたタイムトラベルが数ヶ月、あるいは数年単位でズレてしまうことがあれば到底実用性があるとは言えない。元の時間に返ってくるのにも苦労する。しかし簡易版の計算ならとうに終えていた。実際に使うには勇気が必要だったが、生きるか死ぬかの場面で贅沢は言っていられない。あれはワタシにとっても一か八かの賭けだったのだよ」

　昨日の調査でも試作品のタイムマシンが存在したらしいという話は聞いていた。それでも尚、そんな都合のいい話を認めるわけにはいかない。

「では、この時代に来たのは意図的なものではないと？」

「左様。まあ、ＤＫＫの計算が終わりそうなタイミングでこの時代に辿り着くことができたのは不幸中の幸いではあったがな。ＤＫＫの計算結果の入った記録メディアを装填すれば、ワタシのタイムマシンは完全になる。指定した時間に寸分の狂いもなく飛べるようになるのだ」

　一見理屈は通っている。だが数ヶ月、数年単位でズレが出ると言っている割にＤＫＫの計算終了に飛ぶことができたのは不自然ではないか。記録メディアがあればタイムマシンの精度が上がるということは信じるとしても、そんな偶然があり得るだろうか？

　計画の全貌は一向に見えてこないけど、邪悪な計算が働いている気がするぞ。

　そこまで考えて、根本的な指摘を思いついた。

「青柳さん、事情は解りましたが、ではどうして尾根紡さんを騙して、装置の中に潜ませたんですか？」

　青柳は一瞬目を伏せた。後ろめたい心があるのは明らかだ。

「……それが奴の指示だったからだ。何事にも利子というものがある。自分の物がただ返ってきただけでは許せないとな。装置だけでなく、コールドスリープに成功した人間も一緒に寄越せと言われた。ワタシはただ、奴と取引を行ったに過ぎない」

「そんな……博士、私を騙したんですか？」

優子が取り乱す。無理もない。

「許してくれ。ワタシは何があっても過去に戻りたかった。だから、君が奴を殺すとは思っていなかった」

青柳はあくまで罪を優子になすりつけるつもりでいるようだ。

「それでは所長を殺していないと？」

「当たり前だ。ワタシは取引を終えてすぐに帰った。行きと違って帰りは身軽だったから、裏口から帰らせてもらった。だから当番の警備員の意識には留まらなかったのだろうな」

ああ言えばこう言う、どこに予防線を張れば致命傷を避けられるのか熟知しているかのような問答だ。

「確かにやつのことは好きか嫌いかで言えば嫌いだ。ワタシを見下していたことも、エリカさんへの接し方も何もかも。だがそんなことをして今更何になる？　どうせ、なかったことになる時間軸だ」

こんな論理、おかしな人間の戯言《たわごと》で一蹴して良い筈だ。しかし青柳の言葉には妙な説得力があった。おそらくは優子もこの狂気に絡め取られたのだ。

「それではどうしてこの時代に留まっているのですか？」

「充電がな、まだ足りないのだよ。ワタシが今背負っているこれ、半分近くがバッテリーなのだ。少しでも充電を早く終わらせようと裁判所の電源を借りているのだが……」

見れば、青柳の背中のバックパックから延長コードが伸びている。確かに携帯電話一つ充電しきるのにも結構な時間がかかる。それだけの大きさのバッテリーなら簡単には終わらないだろう。

「事情が事情だけに大目に見ますが、盗電は立派な犯罪ですぞ？」

「かたじけない。元の時間に戻ったら、裁判長にはお礼をしなければ」

「お、そうですか？　では十五年前の私に元気でやっていると伝えておいて下さい」

裁判長も何を言っているんだか……。

青柳の論理は狂気を孕《はら》んでいるが故に一貫している。ただの思いつきで何かを指摘したところですぐに筋道立った反論が返ってくるだけだ。

「しかし楽しみですな。あなたが過去に帰ったら私の記憶が書き換わる……いや、もう書き換わってないとおかしいのですかな？　では挨拶されたのに忘れてしまっている可能性も……」

「まあ、それは仕方ありませんよ。ワタシが過去に帰ればこの時間軸は消えますから」

青柳が事も無げにそう言い放つと、裁判長は真っ青になった。

「消えるって……それは困りますぞ！　係官、すぐにそのコードを抜いて下さい」

裁判長の命令で係官が動き出そうとすると、青柳は慌てて制止する。

「待った待った。今のは言葉の綾だ。この時間軸がワタシの主観で消えるということだぞ」

「それは本当ですか？」

「いいか。DKKの計算結果を得た今、ワタシは時間の修正力から逃れてタイムトラベルすることができる。つまり十五年前に戻っても死ななくなるわけだ。だがその瞬間、ワタシが死んだというこの時間軸は存在しないことになる」

「それですよ。今我々のいる時間軸が消えてしまうなんて……」

「それについてはちゃんと並行世界という仮説がある。時間軸は可能性の分だけ無数に存在しているという考え方だ。例えばワタシが過去に帰って死を免れた瞬間、今とは違う新しい時間軸が誕生する。しかしこの時間軸に干渉することはなく、互いに独立して存在するだろう」

似たようなことを昨日優子も言っていた。

「なら良かったです……」

「まあ、この仮説が正しいかどうかはこれから調べるわけだが……」

裁判長はカッと目を見開く。

「時間軸が一本しかなかったらどうするんです。やはり充電を認めるわけには……」

「いやいや。ワタシが死のうが死ぬまいが、裁判長の人生に何ら影響を及ぼすとは思えない。ワタシが生きている時間軸でもあなたはきっと幸せに生きていることでしょう」

「それもそうですな。いやー、我ながら心配症でいけませんな」

裁判長は安心した様子で笑う。しかし成歩堂は全く笑えなかった。時間軸がどうこうではなく、優子の気持ちを考えてやりきれない思いになったからだ。

「青柳さん、あなたは一体どういうつもりで尾根紡さんに声をかけたんですか？」

「そうだね……尾根紡君、君はタイムマシンが完成したら何をするつもりだったかな？」

その問いかけに優子の表情が曇る。

「私はただ、母が亡くなった過去を変えたかっただけです」

「しかし、そんなことをしても、今の君には良い影響を与えないと教えただろう？」

「並行世界説でも単一世界説でも、幼い私が母と一緒にいられるならそれで構いません」

「ククク……ハハハハハ」

突然、青柳は笑い始めた。

「博士？」

「尾根紡君。つまりはそういうことだよ。ワタシの望みも君と同じだ。過去に戻り、私の大成を妨げる要因を全て消す。そして最高の人生をやり直すことだ。それが達成されるなら、今の私は消えたっていい。いわんや私以外をや、だ。全てが捨て駒なのだ」

「そんな……」

正直なところ、別の時間軸の自分が幸せになるなら今の自分は消えてもいいという青柳の考えは理解できない。ただ、目の前にいる青柳が邪悪な人間であることだけはハッキリした。

何かないのか？

そうだ。十五年前、あの弁護士さんはどうにかして窮地を乗り越えた。おそらくはそれまでに得た情報から裁判長を納得させるだけの推理を編み出した……ならば今のぼくにもできる筈だ。

「……裁判長、弁護側は証人の話を根本から否定することができます」

「ハッタリはよせ、成歩堂。どうせ時間の無駄だ」

「いや、弁護側が筋道の通った反論をできると言うのなら、是非聞かせて貰いたいですね」

「ありがとうございます！」

成歩堂は裁判長に頭を下げ、そして証言台の方に向き直る。

「青柳さん。十五年前のあの夜、あなたは電話で外部に助けを呼べたにもかかわらずその選択肢を捨て、息を引き取りました。それはどうしてなのですか？」

「それはもっと未来のワタシに訊くべき質問だ。残念ながらワタシにも解らん。まあ、助けを呼べるなら呼ぶべきだとは思うが。その時が来れば解るのかもしれないな……」

わざととぼけている様子はない。どうやら本当に知らないと見ていいだろう。

「そうですか……残念です。しかし同時にホッとしています。あなたが被告人の尊敬していた青柳恭介さんとは全くの別人ということが解りましたから、遠慮無く打ちのめすことができます」

「なんだと？」

反駁《はんばく》を無視して、成歩堂は例の年表を突きつけた。

「青柳さん、これに見覚えはありますね？」

「ああ。ワタシが書いた年表だが、十五年経っても残っているとはな」

青柳は目を細めて年表を見つめる。

「この年表はいつ書いたものですか？」

「二〇〇一年の九月末……つまりワタシにとっては最近だな」

ここだ。ここで二つ釘を刺す。

「そうですか。ところで『一九七六年　未来の自分と出会う』とありますが、これは？」

「そのままの意味だ。ワタシは七歳の頃、初対面の大人から『君は将来タイムマシンを発明する』と告げられた。当時はその見知らぬ大人が誰なのか解らなかったが、歳を取れば取るほどその大人が自分にそっくりになっていくことに気がついた。だからあれは未来のワタシ自身だったのだろうと……しかしタイムマシンを研究する上で、未来の自分からの激励ほどありがたいものはないと思わないかね？　お陰で折れずにやり抜くことができた」

話の内容自体は昨日の聞き込みで得た内容と大差ないな……。

「なるほど、年表内の二〇〇一年九月以前のことは実際にあった出来事を書き起こしたのですね。では、それ以降のことは何を根拠にしているのですか？」

「試作品のタイムマシンをちょちょっとな。それで未来を覗くことができた。勿論、未来は常に揺れ動く。だが、大筋では間違っていない筈だ」

よし、もう充分だ。

「ありがとうございます。裁判長、今の言葉をよく憶えておいて下さい」

「それは承知しましたが……つまり証人は二〇三〇年に本当に世界を救うのですか？」

「当たり前だろう。ワタシに間違いはない！」

そう言って青柳はふんぞり返る。

その余裕、いつまで続くかな？

「ここまでの話を踏まえると、十五年前の事件で青柳さんが外部に助けを求めなかった理由は説明できます。偽名を使っていましたし、コールドスリープ装置のデータを盗んだ件で逮捕される可能性があったからです」

「しかし背に腹は変えられないでしょう？　どんな状態でも死ぬよりはマシな筈です。少なくとも私だったら逮捕のリスクを承知で助けを呼びますよ」

「ええ。きっとぼくだってそうします。でも青柳さんにはそんなリスクを負う必要がなかったんです。何故なら……この世で一番信頼できる人間が助けてくれる予定だったからです」

「おや、それはそこにいる尾根紡さんではないのですか？」

成歩堂はゆっくりとかぶりを振る。

「尾根紡さんのことも確かに信頼していたでしょう。他にもどなたかいたのかもしれません。しかし一番となると話は別です」

「それは一体、誰のことですか？」

「当然、青柳さん自身ですよ。自分ほど信頼できる人間なんてこの世にそうそういませんからね」

「異議あり！」

御剣が耐えきれない様子で叫んだ。

「自分を頼っただと？　馬鹿馬鹿しい。それで結局はどうにもならず、死んでいるではないか。裁判長、弁護側の主張は堂々巡りであり、ただの時間稼ぎに過ぎない。即刻弁護側の言葉を却下し、判決を要求する」

「異議あり！　検察側はまだこちらの真意を理解していません。そして、ここからが肝心なんです」

裁判長は双方の顔を見比べていたが、すぐに成歩堂にこう告げる。

「解りました。続けなさい、成歩堂君」

よし！

御剣は歯ぎしりしながら成歩堂の方を睨んでいた。

「どうやら自分を信頼する、という表現に少し誤解があったようです。腹部を刺され、自力で治療することもままならない青柳さんに事態をどうにかできたとはぼくも思いません。しかし、それをどうにかできた青柳さんもいたとは考えられませんか？」

「成歩堂、お前は自分がどれだけ意味不明なことを言っているのか解らないようだな。いつどの瞬間であっても青柳恭介は一人きり、お前の問いはハナから成立しない！」

「……本当にそうかな？」

「何？」

成歩堂は胸を張り、勝ち誇ってみせる。この主張の先に勝利が待っているかどうかは解らないが……こんな時こそ強気でニヤリだ。

「青柳さんがタイムマシンの研究に熱を上げるようになったきっかけを思い出せ」

「忘れてなどいない。証人が子供の頃、未来の自分が目の前に現れたからだろう？」

「あ、そうでしたね。歳を取ると忘れっぽくていけません」

裁判長が感心した様子で相づちを打つが、御剣は机を叩いた。

「そんなもの、ただの勘違いか夢だろう」

その瞬間、証言台の青柳がムッとした表情を浮かべたのを成歩堂は見逃さなかった。だが、今は審理を続ける方が優先だ。

「実のところ、ぼくたちがどう思うかなんて関係ない。青柳さんがそう信じていたことが重要なんだ。信じていたからこそ、無謀ともいえる研究を続けることができた」

「……確かにその点は認めよう」

ふと成歩堂は御剣が二十歳という異例の若さで検事になったことを思い出した。

あいつは昔から成績優秀だったが、だからと言って二十歳で検事になったことは解せない。それにあいつのお父さんは弁護士だった……この十五年の間で何があったかは知らないが、あいつはあいつなりに信じるものがあって検事の道を選んだのだろうか。

「腹部を深く刺されて死にそうになっても、青柳さんには自分はまだ死なないという確信があったんだよ。どうしてか解るか？」

「いや、さっぱり解らんが……」

その言葉が本心からのものなら……この勝負はぼくの勝ちだ。

成歩堂は息を深く吸うと、答えを告げた。

「まだタイムマシンを完成させて、幼い頃の自分に会っていない。だからそれまでは絶対に死なない、と考えていたからだよ」

廷内は静まりかえっていた。みんなの理解が追いついていないのか、理解したものの受け入れ難かったのか……できれば前者であって欲しい。

「そんなもの……因果が逆転している！　現に被害者は死んでいるではないか！」

沈黙を破ったのは御剣だった。すると堰《せき》を切ったように廷内がざわつき始めた。

「それは結果論だ。青柳さんは本当に危機が迫った時は助けてくれるという確信があったからこそ、密室に閉じ籠もったんだよ。ここで待っていさえすれば、必ず未来の自分が助けてくれるってね」

「馬鹿な……ナンセンスだ！　そんな推理が認められるわけなかろう！」

「それはもう手遅れだよ。彼を証言台に立たせた時点で、お前はタイムトラベルの存在を認めたのと同じ、都合が悪くなったから否定するのは見苦しいぞ御剣」

「なんだと！」

裁判長が木槌を叩く。

「皆さん、静粛に。御剣君も落ち着いて下さい」

「認めるというか……既に認めるのですか？」

「認めるというか……既に認めていました」

認めていた……過去形？

「十五年前の裁判で弁護側はほぼ同じ推理を述べました。そして私はそれを認め、その上で裁判の仕切り直しを命じたのです。もっともその続きが行われることはありませんでしたが……」

身体から力が抜けそうになる。

良かった。ちゃんと同じ推理に辿り着けたんだ……。

「そういえば御剣君、十五年前の裁判で被告人の弁護をしていたのは君のお父上ですよ」

「待った！」

御剣は一際強く机を叩いて裁判長の言葉を遮った。

「裁判長、私のプライベートにまで踏み込むのはやめていただこうか。それは本件の審理に関係ない」

まさかあの名前の解らなかった弁護士さんが御剣のお父さんだったなんて……確かに弁護士をしていたが、なんという偶然だ。

いや、確かにこの事実自体は事件と関係はない。裁判に集中しよう。

「失礼しました。ただ私は成歩堂君が口にした推理こそ、あの不可解な密室を説明できる唯一のものだと思っておりますが、検察側の見解はどうでしょうか？」

御剣は裁判長と成歩堂の顔を見比べて何事かを考えている様子だったが、やがてゆっくりと口を開いた。

「……弁護側の提示した推理だが、受け入れ難いというのが正直な気持ちだ。しかしタイムマシンの存在を前提に審理を進めていたのは検察側も同じ、状況が不利になってから手を差し戻すのは検事として許されることではない。新たに決定的な証拠が出て来ない限り、この推理は覆せないだろう」

しかし十五年前の事件について今更決定的な手がかりが出て来るとは考えづらい。それはつまり、こちらの推理を認めたということだ。

「あの時は裁判長として一旦の仕切り直しを命じましたが、今となっては自分の判断が間違っていた気がします。あの時、私が無罪判決を出してさえいれば、こんなことにはならなかった筈ですから」

「裁判長……」

「尾根紡優子さん、十五年前の事件についてはあなたを無罪と見做します。遅いかもしれませんが、これが私なりのケジメです」

「なるほどくん、やったね！」

隣で真宵が飛び跳ねる。ひとまず大きな前進だ。

だが成歩堂が御剣の様子を窺うと、腕組みしてこちらを睨んでいた。

「喜ぶのはまだ早いぞ、成歩堂。昔の事件で無罪だろうが今は今だ。この裁判にはなんら関係がない」

「残念だけど御剣、それが大アリなんだ。この推理が成立するとなると……今度はそこの青柳さんの証言には矛盾が生じるからな」

ここまで長々と十五年前の事件の推理を述べたのは苦し紛れでもなんでもない。偽りの証人の嘘を暴くためだったのだ。

「あなたが我々よりも一連の事件に詳しいのは認めます。だけど完全に詳しいわけではない。何故なら、あなたはぼくの質問に答えられなかった……その一点であなたが青柳恭介さんとは別人である可能性が出てきました」

裁判が始まった時には考えもしない可能性だったが、今となってはそれ以外に真実はないように思える。

「しかし成歩堂君、それだけで本人認定を取り消すわけには……他になりすませる心当たりもありませんし」

「そうでしょうか？　ぼくは一人、心当たりがありますよ」

成歩堂は勢い良く青柳を指さした。

「あなたは青柳恭介さんの甥、青柳大気さんですね？」

指名されて尚、青柳は押し黙っていた。廷内の人間は皆、彼が第一声を発する瞬間を固唾を飲んで見守っていた。

突然、廷内の空気に相応しくない着信音が響き渡る。

「……なるほどくんじゃないよね？」

小声で確認してくる真宵に成歩堂は首を横に振る。

「ちゃんと電源は切ってるし、あんな着信音じゃない」

成歩堂が耳をよく澄ますと、着信音は証言台の方から聞こえて来ているような気がした。

ということは……。

青柳は堅い表情のままポケットから携帯電話を取り出すと、通話キーを押した。そして先ほどとは打って変わって厳しい口調で話し始めた。

「私だ。今日のコンペはプランAで行けと言っただろう？　私がいないぐらいで情けない……何、抜丸《ばつまる》商事が？　仕方ない。プランBへ変更だ。ここで良質なコーヒー豆を確保できなければ我々のプロジェクトは頓挫する。じきに駆けつけるから、それまで乗り切れ」

青柳が電話を切ると、そこにはもうどこかおどけた雰囲気の中年男性はいなかった。

「失礼。火急の用件だったため、この場で電話を取らせて貰ったよ。ご明察の通り、私は結城商事第二事業部フェイバリットフード課課長代理、青柳大気だ」

「なるほどくん、どういうことなの？　昨日会った人とは全然違うよ？」

真宵が混乱した様子で成歩堂の袖を引く。

「……詳しいことはじきに解るよ」

もっと早くにこの結論に至るべきだった。

一昨日に約束を取り付けた際に耳にしたのは低い声だった。対して昨日の男は甲高い笑い声の持ち主……明らかに別人ではないか！　そう考えると質問を事前に送らせた理由も明白だ。答えさえ用意しておけば、出向くのが替え玉でもなんら問題ないからだ。

「うん」

一方、御剣は堂々と自己紹介をした青柳に青筋を立てる。

「キサマ……青柳恭介ではなかったのか？　検察相手に偽証とは良い度胸だな」

だが青柳は狼狽しない。

「偽証罪については甘んじて受け入れよう。全ては叔父への恩返し、それだけだ」

「と、言いますと？　どういうことですかな？」

裁判長に説明を請われた青柳は朗々とした声で返事をする。

「誰にだって今の自分があるのはこの人のお陰、というのがあるだろう。私にとっては叔父がそうだった」

ぼくにとっての千尋さんのようなものか。

「私は幼い頃から叔父にはとても可愛がって貰った。だから叔父が命を落としたと聞かされた時はしばらく立ち直れなかった。だが少し前、死んだ筈の叔父から私の元に奇妙な手紙が届いた。内容は雁暮コンテナサービスの一角でコールドスリープしている尾根紡優子を取引材料にして、ＤＫＫの計算結果を手に入れろという指示だった」

　裁判長は半信半疑の表情で青柳の話を聞いている。

「では、北三田所長の殺害には関わっていないということですか？」

「当然だ。私はただ、取引をしに行っただけだ。そして目当てのものは手に入れた。元より、私には北三田耕太氏を殺す動機がない。なんなら私の交友関係を洗って貰っても構わんよ。仕事でもプライベートでも北三田研究所と関わったことはないのだからな」

　自信満々にそう口にする以上はおそらくそうなのだろう。だが現状、彼は優子を操ることができた唯一の人間だ。

　彼には本当に所長を殺す動機がないのだろうか？

「うーむ。偽証は許される行為ではありませんが、本件の審理に関係がないというのなら処分はまたにして、ひとまず退廷願いましょうか……」

「待った！　弁護側は証人にまだ訊ねてないことがあります」

　面会の約束を取り付けておきながら当日は別人を送り込み、本人はその時間帯に検事局に出向く……これなら絶対にかち合わないし、弁護側の不意をつくことができる。

　おそらくは最初に内線で話した時が始まりの合図だったのだ。成歩堂からの電話で裁判が自分にとって良くない方向に進んでいることを察知し、自ら青柳恭介役として裁判に出廷することを決めたのだろう。正直なところ、大気と恭介は親族だけあって顔も体型もよく似ており、意識しなければ見分けることはできない。

動機はまだ解らないが、ここまで念入りに準備を重ねた人間が潔白の筈はない。

「しつこいな。私には北三田所長を殺す動機はないと言っただろう」

「本当にそうでしょうか？　取引は記録メディアと交換です。しかし計算結果はコピーできます。所長にタイムマシンを完成させられたら困ったことになったのでは？」

大気の表情が僅かに曇る。真芯を捉えた指摘ではないことは明らかだった。

こういう時は……そうだ。発想を逆転させる。例えば、因果を入れ替えてみたり……。

その時、成歩堂の脳裏に天啓が降りてきた。

「待て！　そこの証人が青柳恭介ではなく、青柳大気だと判明した時点でタイムマシンを巡る茶番は終わった筈だ。いつまでこの話題を続けるつもりだ」

「ところが終わってないんだよ、御剣。何故なら大気さんもまたタイムマシンの存在を心から信じていたからだ」

成歩堂は年表を裏返すと、青柳に突きつけた。

「ここに恭介さんが書いたあなたの未来予想図があります」

「それがどうした？」

「この中に現時点で予想が外れている箇所があったら教えて下さい」

青柳はふて腐れたような顔で、ボソッと答える。

「……何一つ外れていない」

しかし裁判長は心から驚いている。

「なんということでしょう。それではやはり恭介さんは本当にタイムマシンを完成させていたのですか……なんだか頭が混乱してきましたよ」

「いいえ、裁判長。恭介さんがタイムマシンを完成させていたのならまず自分の死を避けられていた筈です。だから、こう考えるべきではないでしょうか。大気さんがこの年表を自分の本当の未来だと思って頑張った、と」

「でも、それ自体は素晴らしいことではないでしょうか？」

「裁判長の言葉には同意したいところですが……物事には表と裏があります。自分の未来の可能性だと思って勉強や仕事に打ち込む内はいいですよ。しかしこの二十年、大気さんはあまりにこの年表をなぞって生き過ぎました……この年表を絶対のものと思い込むようになったのです」

青柳は何も言わずに成歩堂を見ている。だが、内心は焦りで一杯の筈だ。

「ですが、この年表を絶対的なものと見做すのは精神衛生上決してよいものではありません。年表によると大気さんは二年後の昇進が決まってました。しかしもしもこの予想が外れるということになると……残りの年表の信憑性が疑わしくなってきますからね」

「説明が回りくどいぞ、成歩堂。時間の無駄使いはやめろ」

「必要だと思ったから説明したまでなんだけど……解った。じゃあ、ストレートに言おう。恭介さんは自分がタイムマシンを開発できると信じていたから無茶をできた。それと同じことを大気さんもやったと思えばいいんだよ」

「……なんだと？」

「ただし大気さんが信じていたのは恭介さんだ。更に言えば恭介さんの書き残した年表だった……あの年表はね、大気さんにとっては一項目だって間違いがあってはいけないものなんだよ！」

御剣が一瞬大きく仰け反った。がすぐに体勢を立て直す。

「……まことに不本意だが、弁護側の言わんとすることを理解できた気がする」

「本当ですか？　実は私、まだ理解していなくてですね……解りやすく説明していただけると助かります」

裁判長ははにかみながらそう告白するが、傍聴人たちもほとんど理解できていないようだ。

ぼくの説明、そんなに下手だったかなあ……。

「つまり弁護側の結論はこうだ。そこにいる青柳大気は年表をただ事実にするためだけに、DKKの計算結果を手に入れ、完全版のタイムマシンを完成させようとしていた……タイムマシンが本当に動作するかどうかにかかわらず、彼はそうせざるを得なかったのだ」

「その通り。そうしなければ恭介さんが書いた二〇一六年十月以降の年表は全て意味をなさなくなるからね。だから恭介さんに代わってタイムマシンを完成させ、彼を死から守ることが急務になったんですよ」

「年表を守るだけなら過去から生きている恭介を連れてくれれば済む。二〇一六年十月にタイムマシンが完成していて、恭介が生きていれば予言達成だ」

裁判長は解ったような解らないような表情で肯く。

「でもどうして今になってこんなことをしたのでしょうか？」

「DKKの計算が終わったというのが一つ。それと恭介さんの未来予想が再始動し始めたタイミングというのがもう一つ。勿論、何もせずにスルーするという選択肢もありましたが、ここで何もせずに見送って年表が間違うことを考えたら安いものです」

気がつけばいつの間にか、成歩堂と御剣は同時に青柳を指さしていた。

「さあ、どうなんですか！」

青柳は小さく何事かつぶやいている。だが、成歩堂の耳まで届かない。

「……まえに……かる」

「え？　何か言いましたか？」

「お前に何が解る！」

青柳は悪鬼のような形相で成歩堂を睨みつけていた。

「商社の世界は弱肉強食、少しのミスで出世の道を断たれるんだ。しかし私は一度も出世コースを外れたことがない。解るか？　全部、叔父の予言のお陰だ！　叔父が嘘をつく筈がないだろう！　間違っている筈なかろう！　私は、私は……」

そうまくし立てながら青柳は誰かに電話をかける。だが肝心の相手が出ないようだ。

「畜生！」

苛立ちが頂点に達したのか、とうとう青柳は怒りに任せて携帯電話をへし折ってしまった。

「私はなあ、この激しい競争社会を勝ち抜いてきたんだ。今更、お前らなんかになあ！」


十五年前の裁判の後、狩魔豪という検事に声をかけられた。

「このままではお前の輝かしい未来が失われてしまうが……回避する方法もあるぞ？」

狩魔は年表の写真を見せながらそう提案した。あいつは私の心の核を一瞬で理解し、すこぶるスマートな犯罪計画を提案してきた。

「やるかやらないかはお前の判断に任せよう。だが、機会がお前のドアを二度叩くと思うなよ？」

私はそれでようやく決心し、私は三つの大きな犯罪を犯した。

「あの備品はいい取引材料になる。できるだけ全て回収しろ」

一つ目は警官を騙り、叔父のラボの備品をほぼ全て持ち出したこと。年表だけはどうしても持ち出せなくて撮影するに留めたが、それでも充分だった。盗んだ備品は全て雁暮のコンテナに隠した。うるさく言われるのが厭だったからコンテナ代の三年分をその場で先払いしてオーナーを黙らせた。狩魔が予算を大目に用意してくれたお陰だ。もっとも、四年目以降は商社の給料で余裕で賄えたのだが。

「拳銃は出所が解らないように処置した。あとはお前のセンス次第だ」

二つ目の犯罪は尾根紡優子の消失だ。私は狩魔の手引きで留置所に侵入し、尾根紡優子に

「助けに来た」と偽って牢の外に連れ出した。そして狩魔から譲り受けた拳銃を牢の隙間から投げ入れて暴発させ、看守たちの注意を引いたのだ。お陰で警備が手薄になった瞬間に抜け出すことができた。彼らのシフトも巡回コースも全て狩魔から教わっていたからこそできた芸当だ。

そして三つ目は尾根紡優子をコールドスリープさせたことだ。

「留置所から尾根紡優子を逃がしたら、どうにかしてコールドスリープ装置で眠らせろ。十五年も寝かせればきっと良いダミーになる。だが切り時を間違うなよ。DKKの計算結果が出るタイミングだぞ」

狩魔とはそれっきり会っていない。後の報道で裁判が凍結されたことを知ったが、私の心は安まらなかった。

そして十五年間、私は雁暮から借りたコンテナ群の一室で優子をコールドスリープさせていた。解凍のタイミングがズレたせいで倉庫から一人で逃げ出した時はどうなるかと思ったが、なんとかなった。

私は上り詰める人間だ。こんなところで終わっていい筈がない。

……それに、本当に必要なものは既に手に入れている。

廷内には「青柳大気が真犯人だったのか」という雰囲気が充満していた。裁判長もやれやれという顔で大気を眺めていた。

「残念ながら私欲のためにあらゆるものを利用するその姿勢、到底認められるものではありません。残念ながら今日は出社できないようですね」

「出入り口を封鎖しろ。逃亡の恐れがある」

御剣も係官に指示を出す。弁護側も何か言わねば格好がつかない。しかし何を言えばいいのだろう……。

「見えるか？　このスイッチが」

いつの間にか、青柳は手にリモコンのようなものを持っていた。

「別に信じなくてもいいが、私の背中にあるのは叔父が開発した本当のタイムマシンだ。そして中にはもう所長から殺して奪った計算結果がセットしてある。つまり、私はいつでもどこへでも飛ぶことができるのだよ！」

「ハッタリはよしましょう。あなたはしかるべき裁きを受けるべきです」

成歩堂がそう口にした途端、御剣が顔を顰めた。

「馬鹿なことを……正論ではあるが、今は追い詰めるべきではない」

しまった。逃げるという選択肢を奪われれば、青柳は実力行使に出るしかないではないか。

青柳はスイッチを掲げて吼《ほ》えた。

「やり直してやる。この裁判も、この人生も全て！」

青柳に退く気がないのはもう明らかだった。だが、それでも成歩堂は青柳を制止する。

「やめ……」

その瞬間、法廷が真っ暗闇に包まれた。

二〇一六年　十月八日　午後〇時十分
地方裁判所

停電が復旧した後も法廷内はざわめいていた。それを静めるべく、裁判長が木槌を打ち鳴らす。

「みなさん、どうか静粛に。爆破テロではなく、ただの停電です。ほら、その証拠に青柳氏もほら」

「裁判長、それが……」

係官たちが申し訳なさそうな表情で首を横に振る。

「青柳氏の姿が見当たりません」

そう言われてようやく成歩堂も青柳が消失していることに気がついた。

まさか本当にタイムトラベルでどこかに飛んだわけじゃないよな……。

「そんな……この廷内には隠れられる場所なんてないでしょう？」

裁判長の言葉を受けて、御剣は肩をすくめると、係官たちを睨んでこう言い放った。

「まさか逃亡を許すとはな」

係官たちは縮み上がりながらもなんとか応じる。

「いえ、指示を受けて真っ先に出入り口を施錠したのですが……それが破られた形跡がないんですよ」

「な、なんだと？」

「信じがたいことですが、この場から煙のように消えたとしか思えません」

「馬鹿な！」

御剣は背面の壁に拳を打ちつける。

「そんな話、認められるか。探すのだ！　まだそう遠くには行ってない筈だ」

係官たちは慌てて解錠すると、そのまま外へ駆け出して行った。

今のは八つ当たりのような気もするけどなあ……可哀想に。

「なるほどくん、もしかして青柳さんは本当にタイムマシンを動かしたのかもしれないよ」

「どうしてそう思うんだい？」

「ほら、バックパックから伸びた電源コードがコンセントに繋がってたでしょ？　タイムマシンを動かすにはかなりの電力が必要だって言ってたし、裁判所の電力を一気に吸い取ったんじゃないかなって」

確かにタイムマシンが本当に存在していたのなら停電にも消失にも理由がつけられるが……。

「しかし困りましたね。審理の途中だったというのに。これでは綺麗に裁判を閉じることができません。青柳大気氏が捕縛され、取り調べを受け、裁判で全てが明らかになるまで、本件は凍結扱いとしましょう」

「待った。それはいくらなんでも……タイムマシンのせいかもしれませんし！」

つまり凍結が解除されるまでの間、ずっと優子は無罪判決を受けられないということだ。

勿論、青柳が捕縛されるまでの条件付きではあるが、成歩堂にはなんとなく青柳と二度と会えないという予感があった。

「心情的には私もタイムマシンの実在を信じたいところですが、現代の技術ではタイムマシンはまだ夢物語です。物理学界で何らかの発表がなされるまでは受け入れるわけにはいきません」

「そんな……でもパッて消えちゃったんですよ。タイムマシンがあったと思わないと説明できませんよ！」

真宵が必死に食い下がる。裁判が無効になることを恐れているのだろう。成歩堂もその気持ちは良く解る。

「真宵ちゃん、そこまでだ。裁判長にだって立場がある。勝手な判断でタイムマシンの存在を認めたりはできない」

「だけど……」

だが次の瞬間、裁判長は弁護側の方を向いて微笑んだ。

「しかしタイムマシンの実在についてはさておき、青柳恭介及び青柳大気両名がタイムマシンの実在を心から信じていたのは一連の審理の流れからも明らかです。特に青柳大気氏の不可解な行動に関してはこれで説明がついてしまいますし、弁護側も実際にタイムマシンを犯行に使ったと主張しているわけではないので、タイムマシンの実在性については本件には無関係と見做しても良さそうです」

どうやら裁判長は弁護側の肩を持ってくれているようだ。

「よって私は青柳大気氏が逃亡する前に裁判の大勢は決まっていたと見ますが……いかがですかな、御剣検事？」

成歩堂の鼓動が高まった。

ここで御剣が異議を唱えたら、この裁判の行方はまだ解らない。

しかし御剣はただ一言、こう述べただけだった。

「異議なし」

「み、御剣？」

どういう形であれ、検察側にとっては裁判をやり直すチャンスだ。それを自ら手放すなんて……。

「勘違いするな。たとえ途中で盤面をひっくり返されようが、勝負があった事実は変わらない」

検察側が抵抗をしなかったのは嬉しい。嬉しいのだが、それ以上に何か引っかかるものがあった。

「どうやら決まりですね。ただ、やはり裁判は疑わしきは罰せずが大原則です。青柳大気氏はほぼクロのように思われましたが、現時点では彼を犯人と断定するわけにはいきません。同様に被告人をシロと断定することも無理です。青柳大気氏が逮捕されて取り調べを受けるまで真相解明は叶わないのですから。

しかし、いつ来るか解らないその時まで尾根紡優子さんに被告人として過ごせというのもまた酷な話です。よって青柳大気氏が逮捕されるまでという条件付きではありますが、被告人の尾根紡優子の身柄の拘束を解きます」

ぼくは勝ったのか？

「やった……やったよ、なるほどくん！」

隣では真宵がはしゃいでいる。向こう側では御剣が苦虫を噛み潰したような表情でこちらを見ている。つまりは成歩堂が勝ったということで良いのだろうが……何故か成歩堂は心から喜べなかった。

????年　??月??日
????

気がついた時、そこはもう法廷ではなかった。

青柳は思わず全身を撫でる。そして身体が一箇所も欠けることなく跳躍に成功していることを確認して、ようやく安堵した。

咄嗟のことで時間を指定する余裕はなかったが、拘束されてタイムマシンを取り上げられてしまうという最悪の事態は避けられたのでひとまずは安心だ。

いや、今や私は時間の支配者、何をするのも思うがままだ。自分の罪を改変……いや、これから先に待つ全ての障害を改変してやる。

だがそんな高揚した気分も周囲を見回した途端に冷めてしまった。

ここは……どこだ？

青柳が立っていたのは夕暮れ時の空き地だった。子供の遊び場らしいのは解るが、遊具らしい遊具もなく、お世辞にも綺麗とは言えない。どうやら未来でも現代でもないようだが……あまりの殺風景さに不安を掻き立てられる。

叔父の研究は信用しているが電気がなければ世紀の発明も無用の長物だ。まさか明治時代より前ではなかろうが……電気はどこだ？

心を落ち着かせるためにタイムマシンに手をやる。とりあえずバッテリー残量を確かめてから善後策を練ろうとしたが、どう操作してもタイムマシンは一切反応しなかった。

その段になって青柳はようやくタイムマシンから焦げ臭い匂いがしていることに気がついた。

どこかの回路が焼き切れたのか？　なら充電どころじゃない。早く修理を……。

しかし青柳はただのタイムマシンの信奉者に過ぎない。直したくても直せないのだ。

このままでは見知らぬ時代に一人取り残されて、朽ち果てるしかなくなる……折角ここまで上手くやったのに、こんなことが許される筈がない！

「おじさん、それなに？」

青柳がタイムマシンを触っている様子が物珍しいのか、一人の少年が声をかけてきた。だが金持ちならともかく、こんな子供と関わり合いになっても一文の得にもならない。

「あっちに行って……」

少年を追い払おうとして青柳は声を失った。

この少年……幼少期の私にそっくりではないか！

「ねえねえ、おじさん。それなーにってば！」

いや、落ち着け。私はこんな小汚いところで暮らした記憶はないし、こんな風に馴れ馴れしく知らない大人に話しかけるような子供でもなかった。よく似ているだけで他人の空似だ。

そう、よく似ているだけで……。

だが次の瞬間、青柳はもっと恐ろしい可能性に思い至る。

「おじさん、具合悪いの？」

少年は顔中の毛穴から汗を噴き出し始めた青柳を心配そうに見つめている。だが、その眼差しに青柳は覚えがあった。

恭介は幼少期に未来の自分と出会ったと信じていたが、今となってはもうそれはあり得ないことは明らかだ。恭介のタイムマシンの理論は正しかったが、彼は完全版のタイムマシンを使う前に命を落としてしまったのだから……だが、幼少期の恭介と会ったのが今の青柳だとすれば何もおかしくはない。つまり、目の前の少年は幼少期の恭介という可能性が極めて高い。

叔父が語っていた時の修正力……まさか本当にあるとは！

しかし、ただの偶然にしては出来すぎている。全ての辻褄を合わせるために時が青柳をここに運んだとしか思えない。

いや、もしかするとこれはチャンスかもしれない。ここで私が恭介少年にタイムマシンのことを告げずに立ち去れば、全てはリセットされ、その後の歴史も大きく変わる。それならきっと私の失敗もなかったことにできる筈だ。よし、この子供は無視してやろう。

「た、タイムマシンだよ、坊や」

自分の意思に反してそんな言葉が口を突いて、青柳は思わず口を手で押さえる。

「タイムマシン⁉　そういえばおじさんの格好、なんか雰囲気が全然違うね」

恭介少年は目を輝かせて青柳に迫ってきた。

まだ誤魔化せる。たった一言、「冗談だよ」と告げれば少年は失望して去って行く。なのにそう言おうした途端、青柳の唇は強張って発声できなくなった。

ここで歴史をリセットできる筈だ。だけどその場合、歴史はどのように書き換えられるんだ？　それは必ずしも私にとって良い結果になるとは限らないのではないか？　それどころか私が誕生しない歴史が始まる可能性だってある。

勿論、ここでリセットができなければタイムマシンを失った私はこの時代から逃げられない。どうせ引き返せないなら試す一手だ。

「実を言うとね、おじさんは未来から来たんだ。タイムマシンを発明した天才の子供時代はどんなだろうか、確かめにね」

頭では解っているのに、口は辻褄を合わせるべく勝手に動く。

「あれ……もしかして天才少年ってぼくだったりする？」

今や他人には理解できない強迫観念が青柳を完全に縛っていた。

怖い。これまでは叔父が敷いた人生のレールを全力で走れば良かったのに。レールを外れるのがこんなに怖いことだなんて……私には無理だ。あの女を誘拐して眠らせた時も、あの男を殺した時だってこんなに怖いと思ったことはないのに。

「……やっぱり賢いね。そう、そうなんだ。青柳恭介君、君はいずれタイムマシンを発明するんだ」

青柳の口は勝手にあの年表の内容を語り始めた。そして恭介少年は目を輝かせながら耳を傾けている。

「本当？　ぼく、絶対にタイムマシンを発明できるんだね。じゃあ、今日から頑張るよ！」

恭介少年はひとしきりはしゃぐと「もう帰る時間だから」と青柳に手を振って、空き地から去って行った。最早どうしようもない。辻褄は合ってしまったのだ。

私はこれからどうすればいいんだ……誰か私に道を示してくれ！

青柳はアテもなく、ただここではないどこかを目指して歩き始めた。

二〇一六年　十月八日　午後〇時三十分
地方裁判所　被告人第三控え室

「本当にありがとうございました」

優子は成歩堂と真宵に深々と頭を下げた。

「思えば母親が亡くなってから、ずっと自分の人生をやり直したい一心で生きてきました。たとえ今の自分がいないことになってもいいから、過去に飛んで母親の死を防ぐんだって。逮捕された時だって心のどこかではどうでもいいとさえ思ってたんです。けど、成歩堂さんに弁護を担当していただいてから変わりました。裁判の最中、何度か有罪判決が頭に浮かんで震えましたから」

「なるほどくん、言われてるよ？」

「ハハハ、面目ありません……」

しかし優子は晴れがましい顔で首を横に振る。

「でも、それがかえって良かったのかもしれません。怖いって思うことはまだ今の人生に未練がある証拠ですよね。それでようやく自分がただ拗《す》ねて生きてきただけなんだって気がつかされました。成歩堂さんは色々な意味で私の恩人です」

「そんな、大袈裟ですよ……」

そう言われたら悪い気はしないが、優子の今後を思うと手放しには喜べない。裁判なら勝てばいいが、そっちの相談は丸っきり専門外だからだ。

「あのー、これからどうするんですか？」

真宵が訊きづらいことをあっさり口にして、

「それが……思いつかないんです。たった十五年でも浦島太郎状態ですから。私の取り柄は研究ぐらいですけど、それだって十五年前の内容ですから雇ってくれる場所も思いつきません。だから依頼料をお支払いするアテもないんです」

「いや、依頼料のことはともかく、それは困りましたね……」

勿論、成歩堂法律事務所としては僅かな収入でも欲しいところだが……。

「あの、ちょっとよろしいでしょうか？」

「はい？」

ロマンスグレーの紳士と厳しそうな雰囲気の女性が割り込んで来た。生憎、二人に見覚えはない。

「ワタクシ、北三田研究所副所長の天内《あまない》と申します。こちらは秘書の二階《にがい》です」

二階は黙って肯いた。必要のないことは喋らない性質なのかもしれない。

「実はワタクシたち、本日の裁判を傍聴しておりまして……そちらの尾根紡さんを当研究所にスカウトしたいと」

天内の話によると北三田所長亡き後、研究所を存続させる方法について所員たちで話し合っていたそうだ。

「お申し出は嬉しいのですが、私一人ではタイムマシンは再現できないと思います……」

「いえ、タイムマシンのプロジェクトは凍結することが決まりました。勿論、データや機器の復元が難しいというのも一因ではありますが……タイムマシンなど一個人がどうこうして良いものではありません。悪用される可能性を排除できない以上、触れるべきではないと判断しました」

事件のせいで研究者は理性のタガが外れている人間ばっかりだと思っていたが、決してそうではないようだ。

「その代わり、コールドスリープの研究を本格的に進めようかと。残念なことにあのコールドスリープ装置は証拠品として押収されてしまいました。しかし裁判が再開する見込みがない以上、我々の手元に還ってくるのはかなり先になります。だからあなたのお力が必要なのです」

「あの、コールドスリープ装置を組み立てたのは事実ですけど、あくまで助手として手伝っていただけで、その仕組みが頭に入っているわけでは……」

「構いません。我々と一緒に一から始めましょう。何より、コールドスリープから蘇生したというあなたが現場が居てくれることが励みになります。コールドスリープの技術さえ確立できれば、現代の医療では助からない人の命を救うことができるんです。これはもう未来を変える研究と言っても差し支えはないでしょう」

「未来を、変える……」

優子は一瞬、躊躇うように成歩堂たちに視線を向ける。だが成歩堂は彼女の背中を押すべく、黙って肯いた。

「……詳しいお話を聞かせていただけますか？」

「ええ、是非。二階君、資料を」

「あの、ぼくたちは外に出ますから、ごゆっくりどうぞ」

そう言いながら、成歩堂は真宵を促して廊下に出る。しかし真宵は心配そうな表情で背後を振り返る。

「尾根紡さん、また騙されないといいけど……」

「大丈夫だよ。今度こそ自分の意思で歩き出したんだから」

自分の過去を変えることに拘っていた優子は今、誰かの未来を変えることを夢にしたのだから。


突然、真宵が成歩堂の手を取って飛び跳ねた。

「ところで、おめでとうだね」

「え、何のことだい？」

「この事件があたしたちの初裁判で、初勝利だよね？」

ああ、真宵ちゃんの目にはそう映ったんだ……。

「いや、この事件のことは忘れよう」

「なんで？」

成歩堂はこの敗北感を上手く言葉にできる気がしなかった。けど、それでもどうにか自分の言葉で真宵に告げることにした。

「弁護士デビューの事件も、真宵ちゃんと出会った事件もぼくの運が良くて勝てたのは確かだ。けど、それでも運も実力の内だって思えるところだってあったんだよ。でも今回はただ運が良かっただけだった……そんな感じがするんだ。これが当たり前だと思ったらぼくはきっともう弁護士として成長できない」

「なるほどくん……」

「聞こえよがしに厭味を言うとはなかなかにいい趣味だな」

声のする方を振り向くと、御剣が廊下の壁に背を預けて立っていた。

いつからいたんだ？　全く気がつかなかった。

突然のことに狼狽しつつ、御剣を問い質す良い機会だと思って成歩堂は口を開く。

「厭味って……事実だよ。無罪判決じゃないんだから」

「条件付きとはいえ、事実上の無罪判決を貰って置いてその言い草、いつからそんなに厭な奴になった？」

「そんなつもりはない。それに裁判が凍結されたのはお前のお陰だろう」

御剣は押し黙った。

「なあ、御剣。さっきの裁判、後半に何度か異議を挟む機会があった筈だ。特にぼくが十五年前の事件の推理を口にした時、もっと強く否定していれば、裁判の結果は解らなかった。どうしてそうしなかった？」

「みっともない質問をするな。終わったことをああだのこうだの……感想戦のつもりか？」

そう言われて、ようやく成歩堂の中で閃くものがあった。

「もしかして……亡くなったお父さんの推理を踏みにじりたくなかったんじゃないのか？」

しかし御剣は何も答えない。だが、成歩堂にはそれが真実だとしか思えなかった。

「だとしたらぼくはお前のお父さんを盾にしただけだな」

「勝者の余裕か？　付き合いきれんな」

そう言って御剣は踵を返した。だが、成歩堂にはどうしても訊ねたいことがまだあった。

「待て、御剣。お前、十五年前に何があったんだ？」

御剣は煩《わずら》わしそうな表情で振り向いた。

「答える義理はないな。それに過去は過去だ。今更知って何ができる？　タイムトラベルでもして変えてくれるのか？」

「……ぼくたち、あんなに仲が良かったじゃないか」

「くどい。所詮お前は弁護士で私は検事、どこまで行っても決して交わらない。仮にタイムマシンがあって過去をやり直すことができたとしても、私は百回生きて百回検事になっただろう」

何が御剣をこうさせてしまったのか……しかし成歩堂は今の自分には決して立ち入れない何かを感じた。

「次だ。次はもう容赦しない」

「望むところだよ、御剣」

御剣はそれ以上何も言わず、廊下の向こうに消えていった。成歩堂はその後ろ姿を複雑な思いで見送った。

弁護側が勝ったわけでも検察側が勝ったわけでもなく、敢えて言えば両方負けた。これはそんな勝者なき裁判の記録。

「弁護士としてはまだまだ足りないけど……すべてはこれからだよな」

それでも成歩堂は闘志を燃やす。これから待ち受けている残酷な未来も知らずに。

本書は《ミステリマガジン》二〇一七年三月号から十一月号にかけて、全四回にわたり連載された小説をまとめたものです。

著者略歴　1983年奈良県生，作家　著書『丸太町ルヴォワール』〈シャーロック・ノート〉シリーズ『日曜は憧れの国』他多数

HM=Hayakawa Mystery
SF=Science Fiction
JA=Japanese Author
NV=Novel
NF=Nonfiction
FT=Fantasy

逆転裁判《ぎゃくてんさいばん》

時間旅行者の逆転

〈JA1291〉

二〇一七年九月二十日　印刷
二〇一七年九月二十五日　発行

（定価はカバーに表示してあります）

著　者　円《まど》居《い》　挽《ばん》
発行者　早川　浩
印刷者　草刈明代
発行所　株式会社　早川書房

郵便番号　一〇一 - 〇〇四六
東京都千代田区神田多町二ノ二
電話　〇三 - 三二五二 - 三一一一（大代表）
振替　〇〇一六〇 - 三 - 四七七九九
http://www.hayakawa-online.co.jp

乱丁・落丁本は小社制作部宛お送り下さい。
送料小社負担にてお取りかえいたします。

印刷・中央精版印刷株式会社　製本・株式会社フォーネット社

Printed and bound in Japan
ISBN978-4-15-031291-6 C0193

本書は活字が大きく読みやすい〈トールサイズ〉です。